ESPÍRITO SANTO

Luiz Eduardo Soares
Carlos Eduardo Ribeiro Lemos
Rodney Rocha Miranda

ESPÍRITO SANTO

OBJETIVA

À memória de Alexandre Martins de Castro Filho.

O relato descreve nossa interpretação dos fatos. O capítulo "Diálogos Póstumos" é ficcional, a despeito de se fundamentar nas ideias, na personalidade e na experiência de vida da pessoa a que se refere. Duas narrativas sobre experiências subjetivas (de Manoel e de Alexandre na manhã do crime) são fruto de suposições — as quais, entretanto, apoiam-se em depoimentos dos envolvidos ou no exame detalhado das respectivas trajetórias. Os nomes foram mudados, com exceção dos personagens que já foram julgados e dos que conduziram as investigações.

Sumário

1. Assassinato 11
2. As Peças Começam a se Encaixar 29
3. Diálogos Póstumos 45
4. A Justiça pelo Avesso 57
5. Na Companhia de um Homem Honrado 75
6. A Primeira Ameaça a Gente nunca Esquece 85
7. Missão Especial 95
8. Testemunha de Acusação 115
9. A Expansão da Guerra para o Front Russo 137
10. A Saga da Segurança Pessoal de Alexandre 151
11. O Mundo Fabuloso de um Delator 159
12. Santuário da Impunidade 179
13. A Secretaria de Segurança Contra-ataca 187
14. A Hora e a Vez do Tribunal de Justiça 195
15. O Avesso do Avesso da Justiça 207
16. Corpo e Alma da Justiça 223
17. A Cara do Brasil 227

Agradecimentos 231

1. Assassinato

O juiz Alexandre Martins de Castro Filho foi assassinado por volta das sete e quarenta e cinco da manhã do dia 24 de março de 2003, em Vila Velha — cidade vizinha de Vitória, capital do Espírito Santo —, quando se dirigia à academia de ginástica. Tinha 32 anos. Nove meses antes, um vidente que morava no interior de Minas Gerais enviou-lhe uma carta, alertando-o para o crime e recomendando cautela. Sua legião de amigos e admiradores, mesmo desprovidos de poderes sobrenaturais, sugeria prudência. Cada um dos autores deste livro tinha boas razões para endossar esses conselhos, mas torcia para que Alexandre não se curvasse às ameaças. Até porque — cada um à sua maneira e cumprindo missões distintas — estávamos no mesmo barco e compartilhávamos a mesma luta. O que estava em jogo era muito grave não só para o Espírito Santo, mas para toda a sociedade brasileira.

O vidente voltou a escrever, desta vez para o presidente do Tribunal de Justiça do Estado. A carta chegou poucos dias antes do homicídio, mas só foi lida 48 horas após a tragédia. Alertava para a iminência do crime contra o jovem juiz e clamava por cuidados especiais.

Na semana anterior à morte, respondendo a um repórter, em mais uma das centenas de entrevistas que não se negava a dar, foi o próprio Alexandre quem nos reassegurou aos que confiávamos em sua coragem e liderança: "Não vamos nos intimidar."

Era verdade. Ele não se deixaria acuar pelo medo. Mas não era imortal. Intimidá-lo não era possível; matá-lo, sim.

Seus assassinos chegaram a essa conclusão havia algum tempo. Prepararam-se com a perícia de profissionais. Afinal, matar — além de espoliar o erário público — era seu ofício. Vigiaram os passos do juiz, pacientemente. Alugaram um apartamento próximo ao seu. Estudaram sua rotina. Contrataram pistoleiros que imaginaram eficientes, capazes de acertar o alvo com precisão e sem espalhafato, no momento certo, no local apropriado, reduzindo ao mínimo as chances de defesa, executando a emboscada quando a vítima estivesse só e desprevenida.

* * *

Naquela segunda-feira rasgada pelo sol, às sete e trinta da manhã, Rodney Rocha Miranda, secretário de segurança do Espírito Santo, corria ao longo do litoral, na orla de Itaparica, em Vila Velha, como costumava fazer todos os dias. Sozinho, ele tinha consciência de que era um alvo prioritário para o crime organizado, essa entidade obscura em constante metamorfose, oculta por incontáveis máscaras, que se alimenta de operações clandestinas. Corria para cobrir o corpo de suor e recuperar, mergulhando no mar frio, a vitalidade entorpecida pelo repouso da véspera. Energia não lhe faltava. Nem entusiasmo pela missão que lhe confiara o governador recém-empossado, Paulo Hartung. Rodney ignorava o Espírito Santo, onde sequer estivera antes, e não tinha ideia do que o esperava. Mesmo assim, uma estranha vibração de seu sexto sentido policial travou seu desembaraço muscular e quase o fez parar, ali, bem em frente ao rapaz de olhar irônico, abotoado num capote que os militares chamam gandola, abraçado aos joelhos sobre um banco, a poucos metros do calçadão. O rapaz fitou-o e o acompanhou com o olhar até onde a vista alcançou. Rodney engoliu a angústia intempestiva, atribuiu o sentimento soturno a um excesso de zelo e prosseguiu em seu exercício, apesar de perceber que o olhar dissimulado o espreitava. Deu-se conta de quão exposto estava, cumprindo o ritual do cooper à beira da praia, ostentando a inocência e o desamparo de uma sunga e um par de tênis.

Desarmado, sentiu-se nu. Estendeu a corrida ainda um pouco, buscando concentrar-se nas tarefas do dia. A despeito do esforço de mudar o foco, retomou o centro de sua preocupação a imagem do rapaz de olhos mordazes, a contemplá-lo. De novo, teve ganas de pedir-lhe satisfações. Recobrou a lucidez e percebeu que faria um papelão. Considerando-se os trajes do secretário, uma abordagem ali seria patética, além de arbitrária. Entretanto, hesitou e finalmente concluiu que, sim, cabia, impunha-se abordá-lo. Deu meia-volta, sem interromper a corrida, e retornou. Chegando ao ponto no qual o encontrara, viu que ele já não estava lá. Rodney voltou a sentir um mal-estar que não era físico. O radar policial voltava a detectar alguma coisa fora de lugar. Nesse momento, observou, com alívio, do outro lado da rua, o carro com seus seguranças o seguindo.

O exercício matinal de Rodney não terminaria com o ansiado mergulho reparador. Quando se aproximava do ponto do qual partira, onde planejava refrescar-se, o secretário viu a esposa na porta de seu prédio. Adivinhando a gravidade do que a fizera descer à rua, correu em sua direção. Ela lhe trazia, no rosto devastado pelo assombro e na hesitação da voz, a notícia do assassinato de Alexandre, que acabara de ocorrer a menos de um quilômetro dali, no bairro de Itapoã.

* * *

Naquele mesmo instante, o principal parceiro de Alexandre, seu maior amigo na magistratura, o juiz Carlos Eduardo Ribeiro Lemos, interrompia uma aula para atender o telefonema que mudaria sua vida. Um técnico em informática do Tribunal, vizinho da academia de ginástica e campeão da objetividade, lhe comunicava que o corpo de seu melhor amigo jazia no meio da rua. Alexandre estava morto.

Passaram o domingo juntos: Carlos Eduardo, a esposa; Alexandre, sua noiva; e Rodney. A ideia era saborear um churrasco e esquecer a guerra em que estavam metidos. Que nada. Por mais que se esforçassem, o que os ocupava era sempre, e irremediavelmente, a encrenca estadual, que se nacionalizara com a chegada da missão especial, enviada pela presidência da República. No churrasco, Alexandre era o único dos três acompanhado por um segurança.

No final da tarde, treinaram tiro. Rodney não ficou para o treino. Sua mudança estava chegando de Brasília naquela tarde. Não queria deixar a esposa sozinha montando a casa nova. Quando se despediu ao lado do carro de Alexandre, este lhe mostrou a espingarda calibre 12 que guardava atrás da poltrona do motorista. O secretário contou-lhe uma história que quase lhe custara a vida e que lhe ensinara uma lição básica. Rodney, por pouco, salvara-se. Sua arma se prendera no coldre e um assaltante não o matara por um triz. O conselho do policial federal — então secretário — para o juiz era o seguinte: muito cuidado com as armas. Treino, sem dúvida, muito treino era importante, mas a qualidade das armas e do atirador de nada adiantaria se elas não estivessem acessíveis para uso imediato.

A pontaria de Alexandre estava cada vez melhor. Talvez isso o tenha induzido a dispensar o segurança, na manhã seguinte, quando deixou a noiva em casa para exercitar-se na academia. Mas nem a espingarda, nem a pistola foram úteis. A primeira permaneceu em seu esconderijo, atrás da poltrona do motorista. A segunda, na pochete, fechada na cintura, tornou-se acessível tarde demais.

Ao se despedirem, domingo à noite, Alexandre fez um sinal para Carlos Eduardo parar o carro, debruçou-se na janela e pronunciou as últimas palavras que diria ao amigo: "Tenho um negócio pra te contar e um pedido a fazer. Eu e Letícia vamos casar em julho." Nesse ponto, ele se emocionou, encheu os olhos d'água e completou: "Eu e Letícia gostaríamos que a Duda fosse nossa dama de honra." Carlos sabia que Alexandre era doido por sua filhinha e o ouviu comovido.

A cena continuaria na cabeça de Carlos Eduardo por muitos anos. Está lá, ainda hoje, plantada como um móbile consagrado à memória de Alexandre. Ela gira em volta de si mesma e revolve a alegria saudosa, que é uma espécie de princípio ativo da imagem do Alexandre-sem-toga, carioca iconoclasta e extrovertido, aquela figura que só se revelava aos olhos dos íntimos.

Segunda-feira, por volta das oito horas da manhã, atordoado, Carlos dirigiu-se ao local do crime. O corpo já não estava lá.

* * *

Rodney e a esposa abraçaram-se e permaneceram ali, entrelaçados, um apoiado no outro, na portaria do prédio para o qual acabavam de se mudar. Permitiram-se chorar a catástrofe humana — e também política, no sentido mais nobre da palavra, porque a cidade e a Justiça tinham sido vilipendiadas. Mas era imperioso recompor-se e lançar-se à caça. O secretário não podia deixar-se levar pela revolta e o desejo de vingança. O homem, sim. Como separá-los, àquela altura? Foi o homem quem vestiu o secretário e pendurou-lhe a pistola à cintura. Foi o homem quem beijou a mulher e lhe jurou que chegaria em casa são e salvo, com o caso resolvido e os covardes identificados e destruídos — o que quer que isso significasse —, custasse o que custasse. Mas foi o secretário quem atendeu a ligação do governador, convocando-o ao palácio. O telefonema profissional não disfarçava a emoção.

* * *

Chegaram ao hospital praticamente ao mesmo tempo, Rodney e Carlos Eduardo. Nada disseram. Choraram abraçados. Rodney teimava em não se deixar abater. Cumpria-lhe identificar e prender os homicidas. Carlos ainda não acreditava. Pediu para ver o corpo. Só assim a ficha cairia, como admitiu mais tarde. O secretário de segurança o acompanhou. As pernas avançavam, enquanto as emoções embaralhavam imagens e pareciam congelar os músculos. Entraram na sala de luzes brancas. Um lençol cobria o cadáver. Nenhum dos dois se lembra quem o descobriu. De todo modo, suas mãos não lhes pertenciam. O foco da consciência concentrava toda sua energia na elaboração daquele enigma: o amigo morto. Cabia a cada um deles metabolizar o incompreensível. Era preciso transformar em realidade o fenômeno inconcebível diante do qual eles se prostravam. Ali estava o corpo de Alexandre. O corpo definido por horas diárias de ginástica, com as treze tatuagens que eram seu orgulho e as três perfurações a bala que drenaram sua vitalidade animal.

*   *   *

Menos de uma hora depois, no palácio do governo, Carlos despertou para a impropriedade da roupa que vestia: tênis, calça jeans e camiseta polo. Uniforme de professor. Deu de ombros: quem se importaria com figurino numa hora dessas? Ele e Rodney foram encaminhados pela recepcionista para uma sala de espera. O governador os receberia em breve. Sentaram-se. Respiraram um minuto, mas foram bruscamente surpreendidos pela chegada de um personagem que figurava na história de Alexandre, praticamente desde o início, mas no outro lado, no front dos inimigos. A crer-se nas denúncias que se acumulavam desde 2002 — as quais, depois do crime, ganharam renovada credibilidade —, era um dos juízes suspeitos de terem tramado o assassinato. Aboletara-se na poltrona, seco, austero, com a pose do mais puro dos magistrados. Viera ver o governador e acompanhar as providências. Carlos e Rodney saíram da sala e informaram a recepcionista de que não participariam da reunião com o intruso. O governador os recebeu a sós. Confessou sua dor, sua perplexidade, admitiu sentir-se culpado por não ter feito mais, não ter feito antes, pela segurança de Alexandre. Rogou a Carlos que não circulasse nem um minuto sem proteção profissional. Rodney o tranquilizou. O celular do secretário não parava de tocar. Um primeiro suspeito fora objeto de uma denúncia anônima. Era tempo de agir. Testemunhas prestavam depoimento na delegacia especializada em homicídios. Deviam ir para lá, Rodney e Carlos, com urgência.

* * *

Na delegacia,* mal pisaram o hall de entrada, um delegado os empurrou para um cubículo. Sem fôlego, trêmulo e rubro, tentou manter o volume da voz tão baixo quanto possível, como quem guarda um grito no cofre. Um juiz estava ali, desde cedo, ameaçando as testemunhas, interrompendo seus depoimentos com advertências: "Pense bem no que vai dizer. Pode ser perigoso. Você pode vir a sofrer retaliações. Pense bem. Ninguém está livre de uma vingança."

"Claro que eu pedi que ele não interferisse", disse o delegado, "mas ele alega que está aqui representando o presidente do Tribunal de Justiça. O que é que eu posso fazer?"

Carlos e Rodney entraram no banheiro para telefonar ao presidente do Tribunal, desembargador Zenildo Magnani. "O senhor mandou o juiz Lauro Maia Neto, aqui para a DHPP, em seu nome?", perguntou Carlos. "Ele está coagindo as pessoas." O presidente negou. Carlos lhe pediu que ordenasse ao juiz que saísse, imediatamente. O presidente agiu, cumprindo seu dever; mesmo assim não foi fácil. O juiz, ao telefone, pressionado pelo desembargador, negou-se a sair. Insistiu na importância de sua presença para acompanhar os procedimentos. Valeu-se da alegada determinação do presidente até onde pôde. O barraco estava armado. Parece que tudo servia a um só propósito: acuar as testemunhas e preparar a tese

---

* Na verdade, tratava-se da sede da Divisão de Homicídios e Proteção à Pessoa (DHPP), subordinada à Superintendência de Polícia Especializada da Polícia Civil, cujo titular à época era o delegado Danilo Bahiense.

do latrocínio — nome técnico do roubo seguido de morte. Quanto maior a confusão, melhor. Finalmente, rendeu-se o juiz, interpelado pelo presidente do Tribunal.

Os depoimentos foram retomados, imediatamente.

No mesmo momento, Rodney foi convocado pelo subsecretário de segurança. Um suspeito fora identificado, em um bairro popular, Guaranhus, vizinho do local do crime.

* * *

Um pouco antes, às nove e meia da mesma trágica manhã do dia 24 de março, em Guaranhus, um Vectra vermelho com dois homens parou diante de uma casa modesta. Um rapaz saiu da casa e dirigiu-se ao homem sentado no banco do carona. O homem careca, de terno escuro, abriu a porta do carro — não mais do que trinta centímetros. Apenas o suficiente para passar um envelope ao rapaz que se aproximara. Não trocaram palavras. No para-brisa, um adesivo informava: Poder Judiciário. O Vectra partiu. O rapaz voltou para a casa da qual saíra. Carregava o envelope e sorria. Dentro da casa, outro rapaz abriu o envelope e contou quinze mil reais. Não se continham de tanta alegria — informaria, mais tarde, a testemunha.

* * *

Carlos Eduardo tinha de voltar para casa, acalmar a esposa, organizar-se para a batalha. De casa — já protegida por policiais da confiança de Rodney —, iria a São Paulo, participar de uma reunião no Tribunal de Justiça local com todos os juízes de execução daquele estado para discutir o caso de outro juiz, que havia sido assassinado alguns meses antes pelo PCC, em Presidente Prudente. Um dos criminosos era capixaba e, de início, foi contemplada a possibilidade de que o crime tivesse alguma relação com o homicídio de Alexandre. Sair de Vitória naquele momento e naquelas condições era a última coisa que ele queria fazer, mas nenhuma hipótese, nenhuma pista poderia ser descartada. A prioridade era a investigação para que a memória de Alexandre fosse honrada com uma resposta imediata. O Tribunal de Justiça de São Paulo suspeitava de algum acordo. Quem sabe um paulista retribuíra, em Vitória, o feito do capixaba, dificultando as investigações? A pista viria a se mostrar falsa. De todo modo, era preciso que Carlos checasse a procedência das especulações.

De volta a Vitória, nas primeiras horas da manhã do dia 25, insone, exausto, Carlos Eduardo dirigiu-se ao velório, que se iniciara no fim da tarde anterior e atravessara a noite. Lá estava Rodney, com uma expressão de esgotamento que o assustou, talvez porque espelhasse a sua própria. Abraçou Letícia, o grande amor da vida de Alexandre, que o transformara, profundamente. Cumprimentou o governador, o ministro da Justiça, Marcio Thomaz Bastos, e o pai de Alexandre, coronel da Polícia Militar do Estado do Rio de Janeiro, advogado, professor, um dos maiores civilistas do país.* Mas não conseguiu ficar ao lado do corpo do amigo, como teria preferido fazer, porque não suportou a presença de tantos juízes solidários e comovidos. Suspeitava que os assassinos estivessem entre eles.

* * *

Alexandre seria sepultado na cidade do Rio de Janeiro, onde crescera, aos cuidados da avó, tendo perdido a mãe muito cedo; onde se iniciara nos estudos do direito, seguindo o caminho do pai. Vitória viria a atraí-lo como um bom lugar para morar. Uma cidade encantadora. Parecida com o Rio. Um verão permanente. Festa de luz no litoral. Lindas mulheres. Ele adorava a praia. E as mulheres. Não viveria longe do mar. Faria ali concurso para a magistratura, aprovei-

---

* Naquela mesma semana, além do ministro da Justiça, estiveram, no Espírito Santo, Luiz Eduardo Soares, então secretário nacional de Segurança Pública, e Paulo Lacerda, diretor da Polícia Federal, para preparar a transferência de recursos, visando apoiar os esforços do estado.

tando a experiência como professor de grande sucesso no curso para bacharéis em Direito que seu pai instalara na capital do Espírito Santo. Mas o Rio era sua cidade natal. Deveria regressar à sua terra.

Paulo Hartung convidou Carlos Eduardo a juntar-se ao pequeníssimo grupo que viajaria ao Rio, para as exéquias, em avião fretado: além dos dois, a deputada federal do PT, Iriny Lopes, a juíza presidente da Associação dos Magistrados do Espírito Santo, dra. Janete Vargas Simões, e o então presidente da Assembleia Legislativa, deputado Cláudio Vereza, também do PT.

Na sala VIP do aeroporto, Carlos Eduardo desabou, finalmente. A partir de certo ponto, o cansaço funciona como combustível das emoções extremas. Por trás dos óculos escuros, o fiel escudeiro de Alexandre, nas batalhas cotidianas da Justiça, renunciou ao autocontrole. Um magistrado honrado e forte também está autorizado a chorar, em público, a perda de seu parceiro de trabalho e ideias. Enquanto o avião era preparado, Carlos contemplava a pista e o horizonte através da parede de vidro, beneficiado pelo silêncio e a refrigeração ambiente. Como as lágrimas produzem efeito prismático, recortando a luz numa geometria de mosaico, Carlos custou a divisar o perfil que, de fora da sala, lhe dirigia um discreto sinal. Custou a crer que fosse mesmo um sorriso. Hesitou ante a visão do coronel PM Amaro Horta, inimigo seu, de Alexandre e Rodney. Com o assassinato, ingressara na lista dos suspeitos. Mas o coronel não se fez de rogado. Ostentando um sorriso irônico, entrou na sala, caminhou até Carlos Eduardo, bateu-lhe no ombro e ponderou: "Chato, né? Isso passa. Você é jovem."

Carlos Eduardo, juiz de direito, currículo invejável, representante do poder judiciário na missão especial que investigava o crime organizado no Espírito Santo, professor, cidadão respeitável, com relevantes serviços prestados à causa pública e faixa preta de judô, não deveria erguer-se da cadeira e nocautear o vetusto coronel, ex-secretário de segurança, que ocupava cargo expressivo no governo do estado. Não deveria, mas quase o fez. Contiveram-no o esgotamento físico e o fiapo de consciência que ainda lhe restava.

O avião finalmente decolou, mas Carlos não encontraria o esperado momento de paz para repousar — por uma hora que fosse, tempo da viagem até o Rio. A cobertura interna da cabine de passageiros fervia, ao lado de sua perna esquerda, um minuto depois da partida. Alertada, a dupla de pilotos iniciou uma checagem completa dos equipamentos e constatou pane grave. Retornaram ao aeroporto, imediatamente. A aterrissagem foi cercada de cuidados e temores. Restou ao grupo o próximo avião de carreira. Na volta à terra firme, lá estava o coronel, à espera do grupo.

Quem teria sido responsável pela revisão da aeronave? Carlos não pôde evitar a especulação: o que sobraria das forças que resistiam ao crime organizado, naquele momento, se a queda do avião matasse, ao mesmo tempo, o governador que comandaria a recuperação do estado; o secretário de segurança, responsável pelo enfrentamento direto, na ponta; o juiz que guardava a memória da luta contra o crime organizado e acumulara legitimidade e experiência, demonstrando a mesma disposição de Alexandre; o presidente da Assembleia Legislativa, honesto militante do PT, e uma deputada de currículo limpo, aliada da missão especial? O que restaria para liderar a resistência?

* * *

O velório de Alexandre parou Vitória. O cortejo fúnebre até o aeroporto mobilizou legiões de amigos, colegas, estudantes, admiradores, cidadãos. A população capixaba despediu-se emocionada. Lenços, palavras de ordem, sussurros de adeus, bandeiras brasileiras nas janelas, aplausos, hinos, orações: cada um, cada uma trazia o que seu repertório privado de relíquias patrióticas lhe proporcionava — o retrato, a flâmula, o recorte de jornal desfraldado como a insígnia de luto e gratidão. O silêncio podia ser tão eloquente quanto o canto coletivo ou o pranto. Curvando-se em sinal de respeito ou encarando o esquife que passava como quem responde a um chamado, o povo disse "presente".

Carlos Eduardo confidenciou a Rodney, na viagem ao Rio: "Alexandre não fazia a menor ideia do que significava para o Espírito Santo." Talvez fosse o caso de completar: os interlocutores tampouco se davam conta da dimensão de sua luta. A própria eleição de Paulo Hartung representava o clamor popular contra a degradação. O Espírito Santo, que se tornara sinônimo de corrupção e pistolagem, começava a virar o jogo. Nesse contexto, o assassinato significou um retrocesso descomunal, revertendo o slogan com o qual Lula havia sido eleito presidente da República: apesar de tudo e a despeito de tantos sacrifícios, no Espírito Santo, o medo continuava vencendo a esperança.

* * *

Na volta para casa, depois do enterro no Rio de Janeiro, em silêncio, Paulo Hartung, sentado à janela do avião de carreira, contemplava a cartografia sinuosa e exuberante de sua cidade. Em que pensaria o governador? Talvez vislumbrasse pela primeira vez com absoluta nitidez e sem ilusões o tamanho do desafio que o aguardava, a brutalidade da batalha que teria de travar.

* * *

Às sete horas da manhã do fatídico dia 24 de março, Alexandre acordou disposto. Esgueirou-se para fora da cama devagar, para não despertar Letícia. Preparou-se para a ginástica. Na véspera, tivera o cuidado de telefonar para Júlia Eugênia Fontoura, sua personal trainer, e combinar a mudança de horário. Costumava se exercitar à noite, mas, naquela segunda-feira, daria aulas à noite. Vestiu shorts, tênis e camiseta. Pôs a arma na pochete. Letícia levantou-se. Tinha de chegar cedo ao trabalho. Tomaram um gole de café. A despedida da manhã de segunda era a mais sentida, porque o fim de semana sempre os deixava mal acostumados. Amor e rotina não casam muito bem — seja quando a segunda reprime o primeiro, seja quando se confundem. Nesse caso, a repetição mecânica destrói o fascínio erótico. No caso deles, seria diferente. Por quê? Porque sim. Eles acreditavam que sim.

Alexandre preferia deixar a moto para os fins de semana. Embarcou em sua caminhonete Ford Ranger prata de cabine dupla, apertou o comando do portão da garagem, virou à direita e ligou o piloto automático. Podia pensar em outra coisa. Para que perder tempo com a rotina? O que passou pela cabeça de Alexandre no breve trajeto de casa à academia? As belas alunas da academia de corpos sarados? Valeria a pena envolver-se? Seria possível sexo sem envolvimento emocional e, portanto, sem o risco de destruir o noivado? Seu histórico de conquistador inveterado provava que sim, mas isso era o passado. Tudo isso ficara para trás desde que conhecera Letícia. Era melhor não abalar aquele momento único de felicidade. Não, não valia a pena comprometer um amor assim precioso, que lhe caíra nas mãos como uma bênção, depois de tantos anos de esbórnia e um breve casamento frustrado.

Melhor ocupar a cabeça com as tarefas do dia e um balanço geral do último ano de trabalho intenso. O cerco começava a apertar em torno do juiz Mário Sérgio Seixas Lobo, vilão que escrevera, inadvertidamente, o primeiro capítulo da biografia pública de Alexandre. Bom, ótimo sinal.

Luis Carlos Prates, ex-presidente da Assembleia Legislativa, já estava preso, apesar de tudo — inclusive da lei inacreditável, de sua lavra, segundo a qual os delegados da Polícia Civil só seriam promovidos à categoria superior da carreira com a aprovação de um conselho para o qual deputados fariam indicações.

Prates atrás das grades. Maravilha.

Coronel Petrarca estava encarcerado no Acre. Um verdadeiro gol de placa — e o artilheiro, nesse caso, fora ele, Alexandre. Fora dele o gostinho incomparável de abotoar com as próprias mãos as algemas no pulso daquele bandido. Fantástico. A ameaça sussurrada entre dentes por Petrarca, naquele momento histórico, de que se vingaria, só fez aumentar o prazer. Golaço.

Avançavam os processos contra os corruptos que agiam no estado. Os criminosos de colarinho-branco recuavam. A atmosfera justificava um otimismo moderado. Muita gente graúda vinha sendo presa, graças à parceria que ele, Alexandre e Carlos Eduardo lograram estabelecer com o subprocurador geral da República, José Roberto Figueiredo Santoro, e com o amigo Rafael Rodrigo Pacheco Salaroli, chefe de policiamento da Polícia Rodoviária Federal no Espírito Santo. Timaço. Parecia seu Flamengo dos tempos de Zico, Junior, Geraldo, Adílio, Andrade, Carpeggiani, Tita e companhia, que ele festejou, no Maracanã, em tantos dos grandes domingos de sua adolescência. A tendência era que o movimento positivo ganhasse impulso com Rodney na secretaria de segurança, apoiado pelos subsecretários Fernando Francischini e Patrícia Segabinazzi de Freitas, pela delegada Fabiana Maioral Foresto e pelo promotor de Justiça Marcelo Zenkner. O grupo se completava e o otimismo encontrava renovados motivos para se justificar, no íntimo de Alexandre, considerando-se a presença de Paulo Hartung à frente do executivo estadual, apesar de algumas dúvidas terem neutralizado, por algum tempo, as primeiras impressões favoráveis que o governador lhe causara. Dúvidas que levariam este relato de volta ao coronel Amaro, como veremos — mas que, do ponto de vista de qualquer cidadão neutro, acabariam por ser dissipadas pela história dos anos que se seguiram à morte de Alexandre.

* * *

O cenário justificava aquela sensação de bem-estar, própria a quem malhava todos os dias, seguia uma dieta espartana, vendia saúde, estava em paz com sua consciência, reuniu — dignamente — dinheiro bastante para se dar os presentes que desejasse, convivia com a mulher que era o amor de sua vida e encontrava energia para saudar até mesmo as promessas mais insípidas e áridas de uma segunda-feira profana. Não surpreende o desprezo olímpico que Alexandre nutria pela psicanálise e todo tipo de terapia psicológica. Seu destino passava ao largo das hesitações hamletianas sobre ser ou não ser. Ele era, e ponto final. Aliás, se alguém duvidasse, ele seria sempre mais ele. E estaria disposto a provar, pela palavra ou quaisquer outros meios, de acordo com o ambiente e a natureza do desafio. Autoconfiança sobrava, na economia de suas emoções.

Será verdade?, perguntam-se ainda hoje seus amigos mais próximos. Seria sua segurança interna assim tão blindada e refratária às fraquezas humanas? Talvez — graças, quem sabe?, ao pai, por bem ou por mal — não fosse excesso, mas falta o que se manifestava sob a armadura altiva da toga e do temperamento feroz. Talvez Alexandre contasse com um modelo vitorioso que lhe servia de guia e lhe preenchia os vazios existenciais com afeto e confiança. Ou talvez lhe faltassem esses dois ingredientes — ausentes na matriz materna, precocemente subtraída ao seu convívio, e escassos na fonte paterna, distante e exigente por natureza e disciplina profissional —, condenando-o a uma correria desenfreada em busca de valorização e reconhecimento e o expondo até o limite da imprudência.

Alexandre estacionou o carro ao lado dos outros, perpendiculares à calçada, na rua Natal, a uns dois quilômetros de sua casa. Já havia gente na academia — ele deduziria pela quantidade de carros. Mas era cedo — o que se depreendia do parco movimento na rua, ainda semissilenciosa.

Uma motocicleta com o condutor e um carona desceu a rua, passou pela caminhonete Ford Ranger, fez meia-volta adiante, retornou e estancou, subitamente, atrás do carro de Alexandre, quando ele se preparava para saltar. Ninguém via a cena, à exceção de dois operários, que trabalhavam desde as sete horas da manhã no primeiro andar do prédio em frente, um dos quais, tendo percebido a arma na mão do carona e o estranho percurso da moto, chamou a atenção do companheiro para a iminência de um assalto. Ambos suspenderam o que faziam e se fixaram no desenrolar da abordagem, que transcorria a pouco mais de dez metros de onde estavam. Ouviram com nitidez quando o carona desceu da moto — o rosto visível sob um pequeno capacete do tipo coco — e, dirigindo-se a Alexandre, que acabara de sair do carro, chamou-o pelo nome.

O juiz voltou-se para trás e recebeu o primeiro tiro, no peito, à queima-roupa. Inclinou-se e cambaleou para o meio da rua, como se uma força gravitacional irresistível o atraísse. Tropeçava e tinha dificuldades para sacar a arma presa à pochete. O juiz tombou sobre o próprio braço e sua mão, num espasmo, puxou o gatilho. O único projétil que partiu de sua arma quebrou a janela do oitavo andar de um prédio residencial. O motorista pulou da moto e, deixando cair o capacete, desferiu o tiro que atingiu Alexandre na cabeça. Caído no meio da rua, de lado, a vida se esvaindo, Alexandre recebeu o terceiro tiro, novamente disparado pelo homem que conduzia a moto. O projétil atravessou-lhe o braço e o tórax, lateralmente.

A repetição do estampido despertou a curiosidade dos que se exercitavam na academia Belle Forme, e os momentos finais do crime contaram com mais testemunhas.

Os assassinos se retiraram sem pressa, na mesma motocicleta. Tiveram, inclusive, que empurrá-la, por algum problema mecânico. Um minuto depois, um carro alto, negro, importado, de vidros escuros e indevassáveis, desceu a rua, parou ao lado do corpo, retomou sua rota, fez meia-volta como a moto e, antes de seguir adiante, de novo estancou ao lado do corpo como que a certificar-se de que a missão fora cumprida.

* * *

Na caixa de mensagens do antigo celular do delegado Jorge Pimenta, sua amiga dizia alguma coisa com a voz embargada. Alguma coisa como "não sei mais o que fazer pra te localizar. Tenho medo de falar sobre isso com a polícia. Não confio em ninguém. Mas é importante. É urgente, Jorge. Se você ouvir esse recado, liga pra mim. A vida de algumas pessoas está correndo risco".

Eram, aproximadamente, sete e quarenta e cinco da manhã de segunda-feira. O céu claro anunciava um dia quente. A menos de um quilômetro, Rodney corria à beira-mar. Ele quase interpelou o dono da motocicleta usada pelos assassinos de Alexandre. O rapaz suspeito, metido em sua gandola, e que espreitava o secretário de segurança, quase teve a chance de interpelá-lo, apertar o gatilho e encerrar, com sincronia perfeita, um capítulo desafortunado da história do Espírito Santo. E do Brasil.

2. As Peças Começam a se Encaixar

Diz-se que o crime é organizado não quando os bandidos se reúnem em torno de uma mesa para tramar um golpe, distribuindo tarefas e planejando ações. Isso é trivial e vale para uma empresa, uma universidade, um time de futebol de várzea ou para o condomínio de um prédio. Trata-se de crime organizado quando a divisão do trabalho ilícito envolve agentes de instituições públicas. Isto é, quando articula uma rede clandestina que se apropria, privada e ilegalmente, de instrumentos, recursos materiais e intelectuais, prerrogativas e cobertura de origem estatal — ou que, por sua natureza, deveriam servir ao Estado, enquanto representante do interesse comum.

No Espírito Santo, a rede foi tecida em profundidade e extensão — contando com a impunidade, disseminando o medo que promove a omissão das autoridades e, depois, conquistando sua cumplicidade ativa e despudorada. Quase todo o aparelho de estado foi capturado pelo crime. Portanto, a força do crime organizado chegou a ser muito significativa, mas o estágio rudimentar de sua economia e de sua política — sim, porque o crime também se rege por leis econômicas e faz a sua política — contribuiu para seu desbaratamento e o relativo saneamento do quadro patológico que

Paulo Hartung herdou, em janeiro de 2003, quando chegou ao Palácio Anchieta, sede do governo. "Relativo", é bom que se enfatize, porque essa luta é um processo sempre aberto, passível de revezes e repleto de contradições, como se verá.

Essa constatação não reduz os méritos dos que combateram o bom combate, em nome do respeito à legalidade constitucional, dos direitos humanos e do estado democrático de direito — e, afinal de contas, dos valores mais elementares de honestidade e respeito. Apenas contextualiza esse combate e ajuda a explicar como um punhado de soldados do exército de Brancaleone pode ter alcançado razoável êxito, lutando em terreno tão minado e adverso. Esse exército heroico e pequeno formou-se na própria experiência de indignar-se, resistir ao medo, enfrentar as ameaças, correr riscos, fixar limites e orquestrar uma rede de alianças construtivas. Soube agir com competência, na política, no campo jurídico, na área policial, abrir-se para um diálogo transparente com a mídia e a sociedade civil organizada, e trabalhar incansavelmente, avançando com prudência e ousadia. É verdade que os bons ventos da economia ajudaram a solidificar a autoridade do governo do Estado e a fortalecer o governador e seus principais aliados. E é também verdade que uma nova leva de políticos sérios e a coragem cívica de lideranças sociais foram partes relevantes desse processo — processo, de resto, ainda inconcluso, mas já marcado por alguns avanços indiscutíveis.

Para que se tenha uma ideia mais clara do grau de primitivismo desse tentacular crime organizado capixaba, vale a pena acompanhar os detalhes do que se passou imediatamente após o assassinato de Alexandre.

Ainda no dia 24 de março de 2003, enquanto o corpo do juiz era velado, fontes policiais e denúncias anônimas acusaram o sargento da Polícia Militar do Estado do Espírito Santo, Heber Valêncio, de participação direta no planejamento do assassinato. Rapidamente, ele tornou-se o suspeito número um. Por duas razões: em primeiro lugar, porque era muito próximo do coronel PM William Gama Petrarca, personagem onipresente nas denúncias relativas à pistolagem no estado e cujo envolvimento no homicídio já se insinuava pelos indícios iniciais; em segundo lugar e principalmente, porque o sargento teria procurado um presidiário, na Casa de Detenção de Vila Velha, propondo-lhe cobertura para fuga, em segurança, em troca do assassinato de um dos juízes da Vara de Execuções Penais, Alexandre ou Carlos Eduardo.

Vale a pena nos aproximar das ocorrências citadas acima, seguindo sua pulsação no tempo presente.

24 de março; 20:00 — Campana e cerco à casa de Heber Valêncio

Sob o comando do secretário de segurança, Rodney Miranda, as polícias se mobilizam para prender Heber Valêncio. Montam uma campana diante de sua casa, para surpreendê-lo. Policiais descaracterizados ocupam posições estratégicas. Em seguida, viaturas do quarto batalhão da PM trazem reforço fardado. Os dois grupos preparam-se para a operação de busca e apreensão e espalham-se para cercar a casa, quando chega o tenente-coronel Áureo Macedo Carmelo de Souza, da Diretoria de Inteligência da Polícia Militar, e determina a imediata retirada de todos, alegando a falta do mandado judicial de busca e apreensão — apesar de já ter sido informado pelo delegado Jorge Pimenta, da DHPP, que o documento legal estava sendo providenciado.

Enquanto os policiais negociam a decisão a tomar, resistindo a cumprir a ordem do tenente-coronel, aproxima-se da casa o filho do sargento Heber. O subtenente Álvaro Cintra, que viera na equipe do tenente-coronel, aborda o rapaz e lhe pede o número do telefone celular de seu pai. Liga para Heber, sem disfarçar de seus colegas o que fazia. Entreouvida por todos, a conversa não deixa margem a dúvidas: "Estou na frente de sua casa. Não, não, é melhor você ficar onde está. Não volta pra casa, não. Vou te encontrar. Precisamos conversar sobre umas coisas urgentes e graves. Me passa o endereço de onde você está."

Esse procedimento não parece compatível com a rotina em casos nos quais a intenção seja surpreender o suspeito e prendê-lo antes que ele tenha tempo de desfazer eventuais provas do crime. Curiosamente, o tenente-coronel Carmelo de Souza era membro da equipe de elite do setor de inteligência da PM. Ou seja, um profissional mais do que tarimbado nessa matéria. Portanto, não é de erro que se trata. Nem de negligência.

20:45 — A prisão de Heber em Cariacica

No bairro de Campo Grande, na cidade de Cariacica — região metropolitana da capital —, na avenida Expedito Garcia, em frente ao supermercado Champion, acompanhado pela equipe da DINT (Divisão de Inteligência), o tenente-coronel Carmelo encontra o sargento Heber e o prende, sem recorrer a algemas ou a qualquer meio de coerção. Heber estava na companhia do terceiro-sargento Ranilson Alves da Silva, mas Carmelo não considerou suspeita essa presença ou essa relação, apesar de Heber estar sendo procurado pela polícia, acusado de participação no homicídio de um juiz, e a despeito do fato de que Ranilson era um policial militar — ou seja, por dever de ofício, estaria obrigado a dar voz de prisão a quem estivesse sendo procurado.

Heber foi conduzido para a DHPP. Ranilson o seguiu em seu próprio carro — não foi preso.

22:00 — O preso tem um desejo; a multiplicação das armas; e a prisão de Ranilson

A caminho da delegacia, Heber pede a Carmelo licença para contar à sua esposa o que se passa. Ela trabalha no posto de gasolina Chegada, em Jardim América, ainda Cariacica. Carmelo leva Heber ao posto, sempre seguido pelo grupo da DINT. Ranilson se integra à comitiva.

Quatro policiais à paisana que estavam no local, sob o comando do cabo Adauto, e que sabiam que Heber estava sendo procurado, o identificam. Estranham que ele circule pelo posto, livremente. Aproximam-se e o flagram ao lado de um balcão tomando café, no bar do posto, conversando com o tenente-coronel Áureo Macedo Carmelo de Souza — que portava uma pistola ponto quarenta de cor preta, aberta, ou seja, com o ferrolho rebatido para trás, não municiada — portanto, inepta para pronto emprego —, e segurava um carregador da pistola na outra mão.

Diante dessa cena, o cabo Adauto aborda Heber, provocando reação de Carmelo, que se identifica como superior hierárquico e afirma que o sargento já está preso e que o está conduzindo à sede da Divisão de Inteligência da Polícia Militar.

Adauto ousa confrontar o superior, advertindo-o de que a ordem da Secretaria de Segurança é levar Heber para a Delegacia de Homicídios, a DHPP, onde se tomaria a termo seu depoimento e se adotariam as medidas formais pertinentes.

Telefona ao subsecretário Francischini, que acumulava o cargo de chefe interino do Núcleo de Inteligência da secretaria, e lhe informa que o sargento Ranilson foi encontrado com Heber e o acompanha, naquele momento, no posto de gasolina, sem que nenhuma providência a seu respeito tivesse sido tomada.

O subsecretário, pelo telefone, ordena que Ranilson seja preso, imediatamente, e que todos o aguardem onde estão.

Enquanto isso, o subtenente Álvaro Cintra, do grupo de Carmelo, manipula duas pistolas niqueladas (inox-prata), abertas, sem munição e sem carregadores, conforme testemunho da equipe de Adauto: uma delas pertence a Heber; a outra, a Ranilson.

Curiosamente, o tenente-coronel Carmelo, que tentara desmobilizar os policiais diante da residência de Heber, recusando-se a aceitar a busca e apreensão por falta do mandado judicial, não precisou da documentação legal (mandados de prisão) para prendê-lo longe de casa, nem para deter Ranilson, por ordem de Francischini, no posto de gasolina, onde tomavam café, juntos, antes da chegada do cabo Adauto.

23:00 — Na delegacia, perguntas sem resposta

Ouvidos pelo delegado Danilo Bahiense, na delegacia, o cabo PM Adauto e seu subordinado, o soldado PM Hélio Zeferino de Souza, falam com ênfase sobre a pistola preta, a qual, entretanto, fora omitida no depoimento do tenente-coronel Carmelo, responsável pelo acautelamento das armas dos presos e por sua condução e entrega, em segurança, à autoridade policial.

Ante a insistência, Carmelo hesita, nega sua existência, volta a vacilar e, finalmente, admite tratar-se de pistola de seu próprio uso em serviço.

Diante dessa declaração, Adauto indaga o motivo pelo qual o tenente-coronel usaria sua arma sem munição e a manteria aberta. Carmelo descontrola-se e volta a garantir que ignora a existência de tal pistola. Tampouco encontra equilíbrio psicológico ou imaginação suficiente para explicar por que manteria sua arma empunhada se Heber não oferecia perigo, nem havia risco plausível de que tentasse fugir, conforme ele próprio, Carmelo, afirmara para justificar não o ter algemado.

Surge aqui uma dúvida significativa a respeito da origem da referida arma, uma vez que a pistola de Alexandre, que havia sido levada da cena do crime por um dos assassinos, Odessi Martins da Silva Júnior — vulgo Lombrigão —, era, exatamente, uma ponto quarenta de cor preta.

Madrugada, dia 25 — ponto de ebulição

Determina-se que o tenente-coronel Áureo Macedo Carmelo de Souza apresente a pistola preta à autoridade policial. Sua prisão é cogitada pelas autoridades policiais e judiciais envolvidas. A atmosfera de tensão atinge o limite e o futuro imediato torna-se imprevisível. Nas conversas de corredor, nos bastidores das investigações, o consenso se forma: é provável que a pistola preta de Alexandre estivesse com Heber, que, supostamente, a teria recebido de Lombrigão e a teria passado a Carmelo... Opiniões de bastidor não podem fundamentar convicções policiais ou judiciais, mas as evidências parecem convergir para essa conclusão.

Um agravante das suspeitas — que se verificaria apenas posteriormente — é a diferença entre as posturas do cabo Adauto e do soldado Hélio Zeferino de Souza, por um lado, e de Carmelo, por outro. Os primeiros participaram ativamente, com reconhecida dedicação e coragem, das operações que levaram à localização e à prisão de alguns dos envolvidos no assassinato do juiz Alexandre; o tenente-coronel Carmelo, por outro lado, se mostrara hesitante e contraditório, nas palavras e nos atos, durante as diligências sob sua responsabilidade.

25 DE MARÇO — A EPOPEIA DA ARMA

Uma denúncia anônima chega à P2, setor de inteligência da Polícia Militar, dando conta de que a pistola preta de Alexandre, roubada por Lombrigão, arma com a qual o juiz efetuara o disparo que atingira o oitavo andar do prédio ao lado da academia de ginástica, estaria enterrada no quintal de uma casa com lajotas na fachada, na rua do Valão, no bairro Guaranhus, no município de Vila Velha, que faz fronteira com a capital do estado, Vitória. Quem recebe a denúncia é o tenente PM Roberto Campos Monteiro. Ele a repassa à direção da DINT, que designa o capitão PM Honório Macedo Carmelo de Souza, irmão do tenente-coronel Carmelo, para comandar a operação de resgate da arma, que contaria com o apoio de outros policiais subordinados à mesma divisão de inteligência.

Constata-se que a casa indicada é a residência do carroceiro Alex Fabiano Pimentel. Na diligência policial, o soldado PM

Leonardo Alves Pinheiro e o sargento PM Ivan Silva Júnior, ambos lotados na DINT, localizam a arma em uma cova rasa, com cerca de dois palmos de profundidade, e a desenterram.

Encontram-na com as duas numerações e o brasão da PM do Espírito Santo raspados. Sublinhe-se esse dado: ao contrário das demais, as armas da Polícia Militar têm duas numerações, uma visível e outra invisível quando a arma está montada. O local é fotografado e a arma, encaminhada para a DHPP, onde é periciada, confirmando-se a proveniência: trata-se, efetivamente, da arma de Alexandre, que lhe fora cedida — diz-se, tecnicamente, "acautelada" — pela secretaria de segurança. Porém, não se confirma a versão dos policiais que a teriam desenterrado e entregue para o exame pericial: segundo os peritos, a arma que chegou à perícia não esteve enterrada no buraco indicado pelos militares. As dimensões da marca deixada pela arma no fundo do buraco e as da arma recuperada e entregue à perícia são incompatíveis.

As conclusões assinaladas no laudo pericial permitem deduzir, portanto, o possível comprometimento dos policiais envolvidos no resgate da arma. A descoberta da arma na cova rasa foi uma farsa e a diligência, uma montagem. As conexões com as ambiguidades da véspera vêm à tona com nitidez, conduzindo a uma única interpretação plausível: o tenente-coronel Carmelo, irmão do capitão a quem a DINT confiou a operação de resgate da arma, precisava livrar-se da suspeita de que estivesse com a arma de Alexandre. A solução imaginada foi fazer com que a pistola preta do juiz fosse achada em algum lugar distante, envolvendo personagens diferentes e desviando o foco das investigações.

A FARSA ELOQUENTE E O EMARANHADO DE CONTRADIÇÕES

Agora, sim, as peças começavam a se encaixar. Em vez de confundir, a farsa montada serviu para reforçar as hipóteses contrárias aos interesses dos irmãos Carmelo. E não só isso. Um outro elemento que estava fora de lugar passara a se acomodar no quebra-cabeça: por que o autor da denúncia que indicou a localização da arma teria preferido um telefonema anônimo e, assim, abdicado dos dez mil reais que a secretaria de segurança estava oferecendo a quem ajudasse a esclarecer qualquer aspecto do assassinato do juiz, garantindo a segurança do beneficiário e o sigilo da premiação? Por que uma ligação para a P2 em vez de um telefonema para o confiável e rentável Disque-Denúncia?

Tudo indicava que não existira uma denúncia anônima, no sentido usual da expressão. Ou melhor, tudo levava a crer que quem telefonou para o setor de inteligência da Polícia Militar do Espírito Santo, no dia 25 de março de 2003, foi alguém cujo prêmio maior seria desconstituir as suspeitas que recaíam sobre si.

Outras contradições vieram confirmar as suspeitas.

Um dos policiais que tomou parte na diligência, o soldado PM Luciano Dias Freitas, afirmou que Alex Pimentel, o proprietário da casa em cujo quintal a arma teria sido encontrada, foi quem a desenterrou, e que tudo se passou diante dos policiais militares, isto é, ante o testemunho de todos os participantes da operação. Entretanto, outros policiais, o sargento PM Ivan Silva Júnior e o soldado PM Leonardo Alves Pinheiro, atestam que foram eles que localizaram e desenterraram a arma, a qual estaria enterrada em um pedaço de terra sobre o qual havia um caixote, e que apenas eles estariam presentes quando esse resgate realizou-se. Só depois seus colegas vieram ao local. Esta versão é endossada por Alex, em seu primeiro depoimento, mas contestada por ele mesmo, em um segundo depoimento. No primeiro, admite ser amigo de Lombrigão, que lhe teria pedido para esconder a arma, e diz tê-la desenterrado, pessoalmente, acrescentando que a teria enterrado e colocado um caixote sobre a terra revolvida. No segundo, nega a amizade antes reconhecida e afirma conhecer Lombrigão apenas de vista. Nega ter desencavado a arma ou que houvesse o tal caixote.

Mais um fator a causar estranheza: o capitão Honório, irmão do tenente-coronel Carmelo, estava lotado na divisão de inteligência da Polícia Militar, mas na área administrativa, tratando de questões relativas a pessoal. Não tinha experiência no setor de inteligência, nem em operações na capital ou em casos importantes, apesar de estar em fim de carreira.

Demonstra-o seu currículo corporativo. Ele passara sua vida profissional no interior do estado, sobretudo na região de Alegre. Nos últimos anos, estivera lotado no terceiro batalhão, em Bom Jesus do Norte, atuando na terceira companhia. Sua transferência para Vitória havia sido recentíssima. Datava de 23 de janeiro de 2003. Segundo os dados oficiais, não se deslocou para completar sua formação. Não existia nenhum curso programado para o período. Tampouco havia um histórico com problemas de saúde que justificassem a transferência. Ele chega a Vitória na data citada e retorna ao seu posto de origem em 17 de julho do mesmo ano, 2003. O que era estranho. No mínimo, curioso.

Poder-se-ia alegar que, muitas vezes, policiais que cumprem funções burocráticas e não operacionais procuram incluir-se em uma escala adicional, em um novo turno de trabalho que os envolva com a linha de frente. Quando isso acontece, não se trata de sacrifício altruísta, mas de compreensível tentativa de aumentar os ganhos, credenciando-se a receber uma gratificação por serviço extra. Contudo, nesse caso, algo parece fora de lugar: evidentemente, não seria recomendável que um policial inexperiente, recém-chegado e irmão de um suspeito fosse encarregado de comandar uma diligência tão importante, em que os interesses de seu irmão estivessem diretamente concernidos.

O denunciante telefonou para a P2 do batalhão de missões especiais, situado a quarenta metros da DINT, tornando mais facilmente justificável que a informação, em vez de ser transmitida à secretaria de segurança ou ao setor policial responsável por investigações — que é, como se sabe, por determinação constitucional, a

Polícia Civil —, fosse levada à DINT, uma divisão da Polícia Militar e o local em que trabalha ninguém menos que o tenente-coronel Carmelo.

24 DE MARÇO, 17:30 (DE VOLTA AO DIA DO CRIME)

No final da tarde, aproximadamente dez horas depois do homicídio, três pessoas envolvidas na execução foram presas: André Luiz Tavares, vulgo Yoshito, que havia emprestado a motocicleta utilizada no crime; Leandro Celestino de Souza, o Pardal, que cedeu uma das armas; e Giliarde Ferreira de Souza, que participou, diretamente, do assassinato, junto com Lombrigão — o qual seria detido um mês após a morte de Alexandre. Segundo o laudo da autópsia, o tiro com maior potência letal foi o primeiro, disparado por Giliarde à queima-roupa, que atingiu Alexandre no coração. Foi, provavelmente, por essa razão que Alexandre perdeu a força e não conseguiu reagir. Depois de caído é que ele recebeu o tiro de Lombrigão, que o atingiu na cabeça.

A informação sobre os suspeitos chegou ao secretário de segurança, Rodney Miranda, através do chefe de sua segurança pessoal e seu ajudante de ordens, major PM Souza Reis. Um informante de Vila Velha foi a fonte.

O secretário acionou a DHPP e, com uma equipe forte, formada por vários policiais ávidos pela prisão dos assassinos, dirigiu-se ao local apontado como sendo o esconderijo. Os três foram algemados e presos por porte ilegal de armas.

Nos depoimentos — ante a consistência das denúncias e o resultado positivo da perícia das armas sob seu poder —, admitiriam a participação no crime. Havia o testemunho de um dos operários e dos colegas de Alexandre, que se exercitavam na academia de ginástica e chegaram à janela a tempo de assistir ao último ato da tragédia. Giliarde usava um capacete pequeno, do tipo coco, que não oculta o rosto. Além disso, havia também a identificação da motocicleta.

Antes de os presos deixarem o casebre em que foram descobertos, Rodney pediu a um investigador que procurasse um par de óculos escuros e uma gandola militar. O policial revolveu roupas que estavam embrulhadas em um canto do armário e trouxe para seu chefe a prova de que sua memória não o traíra. Um dos três rapazes, Yoshito, era mesmo o jovem dissimulado que espreitava o secretário, enquanto Alexandre estava sendo morto pelos comparsas a poucas centenas de metros da orla de Itaparica.

Finalmente, um elo decisivo para o esclarecimento dos fatos vem à luz quando duas armas são apreendidas com os três suspeitos, no casebre. Uma delas, uma pistola 7.65, foi usada no crime. A outra é uma pistola ponto quarenta de cor preta, da Polícia Militar do Estado do Espírito Santo, da marca Taurus, semelhante à que o assassino de Alexandre lhe roubara, mas com uma diferença que, identificada, será reveladora. A pistola encontrada com os suspeitos, quando presos, havia sido roubada do soldado PM Paulo Moreira Matos, em 27 de fevereiro daquele mesmo ano, 2003, na ocasião em que o policial escoltava um preso a um hospital que é centro de referência para o tratamento de doenças sexualmente transmissíveis e AIDS, em Vila Velha.

O ingrediente fundamental para a investigação é o fato de que apenas a numeração visível foi raspada da pistola que um dos assassinos de Alexandre roubou do soldado. Ora, isso reforça ainda mais as suspeitas já acumuladas a respeito de Carmelo e da arma que ele portava no posto de gasolina em Cariacica, porque sugere que o criminoso que atirou em Alexandre ignorava a existência da numeração invisível, aquela que só se pode ler com a arma desmontada — não tendo sido esse mesmo criminoso, portanto, o responsável pela raspagem, mas outra pessoa envolvida, a quem tivesse sido entregue a arma do juiz assassinado. Se o assassino de Alexandre conhecesse a existência de uma segunda numeração, por que, tendo mantido a arma em seu poder por um mês, não a teria raspado? Lembremo-nos de que a arma de Alexandre, desenterrada depois da denúncia, foi encontrada com as duas numerações raspadas.

Ou, inversamente, se um dos presos tivesse, realmente, enterrado a arma de Alexandre, ou seja, se a tivesse mantido em seu poder por apenas um dia e não pretendesse voltar a usá-la, por que teria raspado as duas numerações?

Eis aí mais um indicador de que o mais provável é que um policial militar tenha raspado a arma de Alexandre. Todos os indícios parecem apontar na mesma direção.

Lombrigão, vale reiterar, foi preso um mês após a morte de Alexandre. Como ficaria comprovado, ele praticou o crime com Giliarde. Em seu depoimento em juízo, Lombrigão, primeiro, afirmou não saber da numeração oculta das armas da PM. Questionado, voltou atrás e disse que enterrou a arma que roubara de Alexandre com pressa, o que o levou a desenterrá-la, pouco depois, para limpá-la. Ao fazer isso, desmontou o cabo, viu a marca oculta e, somente então, a raspou, voltando a enfiá-la diretamente na terra. As declarações não parecem fazer sentido: por que alguém desenterraria um objeto para limpá-lo, apenas para voltar a enterrá-lo?

8 DE MAIO, A TESTEMUNHA QUER FALAR

Duas semanas depois da prisão de Lombrigão e, portanto, cerca de um mês e meio depois do assassinato de Alexandre, mais precisamente no dia 8 de maio de 2003, apresentou-se uma testemunha de 40 anos, nascida em Vila Velha, do sexo feminino — cujo nome é melhor omitir, aqui, em homenagem à sua coragem e, sobretudo, em respeito à sua segurança. Seu depoimento foi tomado a termo pela escrivã de polícia Ana Brandão, diante dos delegados da Polícia Civil do Estado do Espírito Santo, dr. Jorge Pimenta e dr. Roberto Cristal Ribeiro.

A testemunha contou o seguinte: em 1992, quando residia no bairro de Araçás, conheceu Caçula, uma mulher que morava na favela vizinha, chamada Jardim Guaranhus, por intermédio da qual travou contato com Fernando Cabeção, que atuava como "avião" (levando e trazendo drogas, e operando as vendas no varejo), sob as ordens de Jaider, então chefe do tráfico em Guaranhus. Em meados dos anos 1990, Cabeção fortaleceu-se, rompeu com Jaider e o expulsou, substituindo-o na direção do movimento. Para consolidar seu poder, associou-se a seu irmão Hudson, seu tio Preto, Antônio e o falecido Nelsinho Coelho. Em conversas com a depoente, Cabeção admitiu ter matado um policial militar e um traficante conhecido pelo apelido de Negão, entre outros.

Segundo a testemunha, os policiais militares Ranilson e Valêncio passaram a se relacionar com Fernando Cabeção e sua quadrilha em 2000. Desde então, têm frequentado Guaranhus. Tornaram-se sócios de Cabeção, participando dos lucros auferidos no tráfico de drogas em troca de proteção.

A depoente esteve presente a inúmeras conversas entre os policiais e o chefe do tráfico, em torno de pistolagem e do movimento dos negócios nas drogas. Assistiu também a várias discussões sobre a repartição do lucro proveniente do tráfico.

Ranilson e Valêncio, no passado, receberam da PM a tarefa de fazer o patrulhamento preventivo em Guaranhus. O período serviu ao estabelecimento de relações promíscuas com criminosos. Dessa forma, mesmo não tendo mais sob sua responsabilidade o patrulhamento da área, quando ocorreu o assassinato de Alexandre, eles tiveram condições de acobertar a quadrilha e de avisar aos traficantes, com antecedência, sobre eventuais incursões policiais.

Do círculo de amigos íntimos de Cabeção fazia parte, desde a infância, Lombrigão (Odessi Martins da Silva Júnior). Ele serviu ao chefe como avião, vendendo buchas de maconha e papelotes de cocaína em Jardim Guaranhus, e aprendeu a manejar todo tipo de arma. No final dos anos 1990, Lombrigão tornou-se pistoleiro da quadrilha, matando a soldo, conforme orientação do grupo criminoso e de seu chefe.

Fernando Cabeção recebia encomendas e as repassava a membros de seu grupo criminoso, especialmente a Lombrigão, atuando, portanto, como agenciador de homicídios. Fernando estipulava os preços e pagava uma comissão aos executores. O preço de um assassinato girava em torno de dez mil reais. Por cada execução, o pistoleiro levava alguma coisa como mil reais.

Um exemplo foi o homicídio de um advogado, numa loja maçônica, no município de Vila Velha. A vítima foi morta por Batoré, Neguinho, Deivisson (vulgo Patolino) e outro cujo nome escapou à depoente. A quadrilha representou a farsa de um assalto para sugerir que se tratava de latrocínio, ocultando o verdadeiro propósito, que era a execução. Lombrigão especializara-se em sequestros-relâmpago e roubos, além das execuções.

A testemunha relatou diferentes episódios, informou os pontos de venda de drogas nos quais Lombrigão atuava e acrescentou que Cabeção era dono de uma caminhonete preta, frequentemente utilizada nos homicídios encomendados.

Os policiais Ranilson e Valêncio eram amigos de Lombrigão e costumavam tratar de seus negócios sujos diante dos moradores, sem maiores cuidados e sem pudor. Os policiais traziam encomendas de execuções para Cabeção e Lombrigão, ainda que esse tipo de missão não fosse estranho pelo menos a Valêncio, que já tinha uma condenação anterior por participação em chacina. Um ano antes do depoimento, aproximadamente, o grupo elaborou uma lista dos que deveriam morrer, encimada pelo policial Adauto, que prendera alguns comparsas de Fernando Cabeção. O nome da depoente constava da lista, assim como o de seu filho. A partir daí, as ameaças não cessaram. Ela estava marcada para morrer desde que desconfiaram que ela passara informações à imprensa sobre o assassinato do estudante Loreno, morto a mando de Fernando. Ela temia que o policial Heber Valêncio fosse solto. Por isso, pedia proteção à polícia.

Complementou as informações, relatando que a última vez em que viu Valêncio e Ranilson reunidos com Fernando e sua turma, inclusive Lombrigão, fora um mês antes da morte do juiz, oportunidade em que, pelo que lhe foi dado ouvir, conversavam sobre Alexandre.

3. Diálogos Póstumos

Se pudesse escrever suas memórias póstumas, Alexandre talvez o fizesse em duplo registro, com as vozes do juiz formal e rigoroso, que sempre foi, e do homem que era sem a toga: moleque, sedutor, desbocado. Seus amigos mais próximos admitem que os traços comuns entre as personalidades do profissional e do indivíduo eram o temperamento exaltado e a obsessão com que se dedicava às tarefas que se impunha. Das épicas às comezinhas. Das universais às mais prosaicas. Vencer o crime organizado que tomara conta do Espírito Santo, ou emagrecer. Salvar o estado democrático de direito, ou conquistar uma mulher. Progredir na carreira, tornar-se desembargador e o mais jovem ministro da Justiça, ou comprar aquela moto que viu na revista. Dar as melhores aulas de direito penal que os estudantes teriam na vida, ou tatuar a imagem da justiça nas costas, com a deusa Themis ativa e vigilante, sem a venda nos olhos. Decorar as referências, página a página, edição a edição, das mais relevantes interpretações do código penal, ou trocar de carro a cada três meses. Enfrentar sem hesitação o mais poderoso corrupto, ou comprar duzentas latas da sardinha preferida, cento e cinquenta garrafas de um azeite raro, trezentos potes da geleia predileta ou setenta pares do tênis mais confortável. Respeitar a hierarquia funcional entre os membros do Tribunal e depois rompê-la, em nome da lei maior, ou contratar a decoradora mais sofisticada, reconhecendo a própria insensibilidade estética para pôr alguma ordem no apartamento que comprara, e despedi-la ante a primeira recomendação contrária ao seu instinto anárquico.

A duplicidade não se esgotava aí, separando o formal e o informal, embora entrelaçados pela devoção ao próprio desejo. Havia duplicidade também em suas posições enquanto magistrado. Defendia o "garantismo"* e o "direito penal mínimo"** como as perspectivas teóricas ideais, porque colocavam em primeiro lugar a proteção dos direitos individuais. Por outro lado, aplicava com gosto e sem parcimônia as penas de prisão; era rigoroso ao negar progressão de regime aos presos; e acatava sem vacilar solicitações policiais por mandados de prisão, escutas telefônicas, buscas e apreensões. Na dúvida, ficava sempre com a polícia. Liberal, garantista e humanista, por convicção; Lei & Ordem, e utilitarista, por responsabilidade.

Considerava a contradição entre teoria e prática uma espécie de retrato da situação brasileira. Desse modo, transformava a constatação em explicação. Dizia que no atual estágio de desenvolvimento do país, na etapa ainda incipiente de evolução de nossas instituições democráticas, era necessário jogar pesado contra a corrupção, contra a desordem generalizada, contra a epidemia de violência, até que

---

* O "garantismo" é uma linha de pensamento, no campo do Direito, que postula a prioridade da garantia do respeito aos direitos individuais, constitucionalmente estabelecidos, acima de quaisquer outras considerações relativas à ordem pública, a direitos coletivos, a prerrogativas do Estado ou ao código penal. Essa prioridade seria, inclusive, um critério para decisão entre princípios constitucionais que, eventualmente, colidissem. Em poucas palavras: nada justificaria a violação dos direitos individuais constitucionais básicos, nem mesmo a necessidade de punir.

** O chamado "direito penal mínimo" é uma formulação da teoria jurídica que defende a redução do direito penal ao mínimo indispensável para assegurar as condições necessárias ao convívio pacífico, a garantia dos direitos e a soberania do Estado. Segundo essa concepção minimalista e libertária, penas mais duras equivaleriam à mera reprodução da violência e seu propósito é a simples vingança com consequências negativas para todos.

uma República digna desse nome se firmasse, conquistando a confiança da sociedade e tornando possível a vigência plena das liberdades e das garantias individuais. Por isso, ainda que inverossímil, a seguinte entrevista seria possível.

Entrevistador: Posso lhe chamar de você?

Alexandre: Já chamou.

Entrevistador: Mas você é juiz.

Alexandre: Era.

Entrevistador: Sempre será. Sobretudo nesta entrevista.

Alexandre: Não perde tempo, cara. Você acha que eu tenho todo o tempo do mundo?

Entrevistador: Estou escrevendo sua história para entendermos a guerra contra o crime organizado no Espírito Santo. Por onde devo começar? Por onde você começaria?

Alexandre: Essa guerra começou muito antes de eu nascer. Tem a ver com o pior da história do Brasil. A pistolagem é a versão decadente do velho coronelismo da Primeira República. Assim como a roubalheira política é a manifestação desorganizada do tradicional patrimonialismo. As oligarquias continuam mandando e se apropriando, privadamente, do que é público. A diferença é que, hoje, existe um outro lado que se choca com as estruturas arcaicas, ainda que, ao mesmo tempo, precise delas para funcionar. O outro lado é o país moderno, mais ou menos regido por uma Constituição avançada. Nós, o Brasil, somos os dois lados. Atraso e progresso. Autoritarismo e democracia. Império da força e vigência da Lei.

Entrevistador: A violência está no lado atrasado? É consequência do atraso?

Alexandre: A violência está dos dois lados. Tem um pé em cada lado. Quem dera estivesse só do lado atrasado. Seria uma beleza, porque, como a tendência é que o país continue se modernizando, nós poderíamos concluir que, no futuro, a violência desapareceria. Mas não é nada disso. Dos três tiros que eu tomei, um veio do atraso mais primitivo, mais rústico. Dois vagabundos que não têm onde cair mortos. Outro veio de instituições aliadas do atraso — a Polícia Militar e o judiciário capixabas. Mas a terceira bala veio do futuro, quer dizer, veio desse país moderno, metido a besta, que se acha parte do primeiro mundo.

Entrevistador: Não entendi.

Alexandre: Eu disse que o terceiro tiro quem me deu foi o país moderno. Quem apertou o gatilho foi o pé-rapado; quem contratou o serviço sujo foi a banda podre do judiciário e da polícia, que é parte do mesmo universo autoritário, dominado pelas oligarquias decadentes que não sabem competir no ambiente produtivo com regras limpas e precisam de golpes escusos, favorecimentos, corrupção, proteção ilegal e achaques para manter seus ganhos e seu poder.

Entrevistador: Isso eu entendi. Só não compreendi a explicação sobre o terceiro tiro.

Alexandre: Pois é, ele veio do futuro, do país moderno, porque sem a cumplicidade ativa ou passiva desse lado avançado do Brasil, o crime não teria se infiltrado nas instituições estatais, no Espírito Santo ou no Rio de Janeiro, e em tantos outros estados, e as oligarquias já teriam sido varridas do mapa. O diabo é isso: o moderno vampiriza o atraso e se alimenta do sangue que a barbárie derrama. De que partidos são os bandidos capixabas, acreanos, fluminenses? Eles são filiados a partidos nacionais que se dizem contrários à bandidagem e à corrupção, mas que abrigam essa turma, com a maior cara de pau.

Entrevistador: Uma aliança perversa.

Alexandre: Exato.

Entrevistador: Conta como as coisas aconteceram, desde que você veio para o Espírito Santo. Ou melhor, vamos começar um pouquinho antes. Você não se envergonha do passado? No Rio, você foi assessor parlamentar do Sivuca, um deputado ultraconservador, ex-delegado de polícia, cujo slogan era: "bandido bom é bandido morto."

ALEXANDRE: E não é?

ENTREVISTADOR: Não é o quê?

ALEXANDRE: O bandido bom não é o bandido morto? Bandido vivo é bom? Se é bandido, não é bom.

ENTREVISTADOR: Mas essa frase incita a violência e agride a legalidade, justificando as execuções e todo tipo de arbitrariedade.

ALEXANDRE: Quem disse? Por quê? A frase apenas sustenta que o enunciado "bandido bom" é uma contradição em termos, porque, se é bandido, não é bom. Só isso. Se você tivesse razão, o Sivuca já teria sido judicialmente obrigado a renunciar ao slogan. Isso nunca aconteceu, nem vai acontecer, porque não tem fundamento legal. Como advogado, eu derrubaria sua tese em dois minutos. Só porque eu acho bandido ruim não significa que eu esteja defendendo e muito menos estimulando a execução de quem quer que seja. Para enfrentar os bandidos, no estado democrático de direito, existe a Justiça. Agora, bandido, enquanto bandido, é mau, é ruim, não é bom. Não estou falando da pessoa. A pessoa não é bandido, não nasce bandido. Ser bandido não é parte constitutiva de seu ser. A pessoa age como bandido. E pode agir diferente. Isso está nas melhores filosofias do Direito e na Constituição brasileira. Por que você acha que não existem pena de morte e prisão perpétua, no Brasil? Por isso. O sujeito está bandido, não é bandido. Não está condenado a ser para sempre aquilo que foi, no passado, ou que está sendo, no presente. Por isso, o bandido não é um indivíduo, mas um modo de estar no mundo de uma pessoa. A palavra bandido, mesmo podendo funcionar na língua portuguesa como um substantivo, é uma condição e um atributo. Por definição, esse atributo é ruim, essa condição é negativa. É ou não é?

Entrevistador: Mas será que o Sivuca compartilha sua opinião?

Alexandre: Você quer entrevistar o Sivuca, liga pra ele. Quem sabe ele te atende?

Entrevistador: Certo.

Alexandre: Então, pronto: bandido bom é bandido morto. Pode dizer. Fala. Vamos. Diz sem medo. Diz... Porra, cara, vocês são foda.

Entrevistador: Vocês quem? Vocês da esquerda?

Alexandre: É tudo igual, cara. Me desculpe, mas é tudo a mesma merda, direita e esquerda — se é que isso ainda existe. Parece que vocês não pensam, não usam a cabeça. O pensamento ideológico já vem pronto, é só vestir e desfilar. As mesmas opiniões previsíveis repetidas mil vezes, não importam as circunstâncias. Quem pensa igual fica satisfeito e aprova, porque assim trabalha menos. Não tem de usar a liberdade de pensar, que pode ser difícil, cansativo e obrigar a gente a mudar de hábitos. E ninguém gosta disso. As sociedades humanas são complôs contra a mudança. Pensar é um risco. Pouca gente está disposta a correr esse risco.

Entrevistador: Não conheço um pensamento que não seja ideológico. Claro que há níveis e níveis...

Alexandre: Ih, cara, níveis? Vai me falar em níveis? Tudo bem. Não importa. Não interessa. Você quer ouvir a minha história ou não quer?

Entrevistador: Vamos lá. Você chegou a ser delegado da Polícia Civil do Rio de Janeiro.

Alexandre: Não durou mais do que alguns meses. Fiz o concurso, comecei a trabalhar, mas já estava de olho no concurso para a magistratura. Meu pai abriu um cursinho em Vitória. Eu dava aulas, nos fins de semana, nos dias de folga. O negócio deu certo.

Meu pai era uma referência nacional, como civilista, minhas aulas faziam sucesso, havia uma tremenda demanda reprimida, muito bacharel em direito queria se preparar para as provas da OAB, da magistratura, do Ministério Público, e a coisa foi crescendo. Gostei de Vitória. Pintou o concurso pra magistratura. Fiz, passei e fui morar no Espírito Santo. Aliás, eu conheci o Carlos Eduardo Ribeiro Lemos justamente durante as provas. Nós fizemos o concurso juntos e depois trabalhamos juntos em Cachoeiro do Itapemirim. Eu sabia que passaria alguns anos no interior, como é de praxe, mas acabaria conseguindo uma oportunidade na capital. Foi o que aconteceu. Fui convidado para ajudar o juiz da VEP,* dr. Mário Sérgio Seixas Lobo, como seu adjunto, e dei um jeito de levar o Carlos Eduardo comigo, alegando que o trabalho exigiria mais gente. O que era verdade. Tivemos, inclusive, um terceiro juiz designado, o Rubens José da Cruz. O Carlos era apaixonado pelo direito penal, como eu.

Entrevistador: Nesse período probatório você se envolveu com a sobrinha de um desembargador?

Alexandre: Bobagem.

Entrevistador: Dá pra relatar?

Alexandre: Estou te dizendo que é bobagem. A moça era engraçadinha, tivemos uma história, mas foi pura diversão. Só que o tio era desembargador e foi a maior merda, porque a menina tinha menos de 18 anos e foi contar para o titio que eu me apresentei como solteiro.

Entrevistador: Mas você veio para o Espírito Santo casado.

Alexandre: Pois é. Tudo bem. Foi só um susto.

Entrevistador: O casamento não durou muito.

Alexandre: Poucos meses. Mas o que é que isso tem a ver com o crime organizado?

---

* VEP significa Vara de Execuções Penais.

Entrevistador: Nada, mas a ideia é esboçar um perfil mais completo, não só profissional. Foi verdade que, quando vocês se separaram, sua mulher levou até o chuveiro do apartamento em que vocês moravam?

Alexandre: E as maçanetas das portas. Nada de mais. Foi só um jeito de mostrar que estava com raiva.

Entrevistador: Pelo visto, muita raiva... e com bons motivos...

Alexandre: Você quer me sacanear e provar que eu era um safado, um sujeito sem escrúpulos, um garanhão, o maior galinha?

Entrevistador: Sem escrúpulos, não. Galinha, sim.

Alexandre: Não fode, cara. Melhor interromper por aqui.

Entrevistador: Mas se isso não tem importância, pronto: não tem importância. Vamos voltar ao que é importante. Você é o juiz.

Alexandre: Inclusive do que é importante e do que não é. Gostei dessa. Então, vamos ao que importa. Mas antes de começar vou te contar uma história engraçada, pra você me conhecer melhor e não levar a mal esse meu jeito. A história é verdadeira. Tudo bem?

Entrevistador: Tudo bem.

Alexandre: Quando trabalhava na Vara de Execuções Penais com Carlos Eduardo e Rubens — nós três éramos juízes adjuntos, quer dizer, auxiliares de Mário Sérgio —, eu costumava me irritar com a lerdeza da burocracia. Não era para menos. Quando chegamos, encontramos mais de trinta mil documentos que tinham de ser anexados aos processos, mas estavam empilhados, embrulhados, acumulados por todo canto. Mal dava para andar pelas salas e pelo cartório. Só as sentenças não registradas eram mais de mil. Depois descobrimos que isso fazia parte do jogo. Era a tática usada por Mário Sérgio para desviar a atenção do que se fazia. Com tanto papel, a confusão era tamanha, havia tanto a fazer, que o arbítrio do juiz em despachar com presteza determinados casos passava despercebido. Nada era visível naquele maremoto de documentos extraviados. Nada parecia fazer sentido. O fato é que eu não aguentava mais e, no início, culpei os funcionários. Dei alguns ataques, distribuí esporro pra todo lado, rodei a baiana. Carlos Eduardo, com aquele jeitinho dele, tranquilo, conciliador, equilibrado, veio conversar comigo: "Pô, bicho, não faz isso. A moça se esforça. Fica frio. O pessoal até que se esforça. Ela está lá, no cartório, chorando. Você provocou a maior comoção." Fui lá e chamei o Carlos, como testemunha. Convoquei a moça, reuni a turma e expliquei: vocês ainda não me conhecem. Aos poucos, vão me conhecer. Eu sou assim mesmo. Não gosto de perder tempo com frescura e conversa mole. Mas não tenho nenhuma intenção de ofender vocês. Portanto, daqui em diante, aprendam o seguinte: quando eu disser "porra, cadê a merda do processo?", vocês devem ouvir: "Por gentileza, a senhorita faria o favor de localizar o processo?" Quando eu disser "caralho, já disse que é pra já", vocês devem entender: "Por favor, abreviemos os trâmites, na medida do possível" ou "eu gostaria de solicitar à senhorita, *data venia*, um pouco mais de celeridade, se não for incômodo". Quando eu disser "puta que o pariu, já estou de saco cheio", vocês devem escutar: "Poxa, sinto-me um pouco aborrecido." Depois desse dia e dessa aula de tradução livre, não houve mais problemas. Quer dizer, as reações às minhas ordens se tornaram mais objetivas e menos melodramáticas. Peço também a você, prezado entrevistador, que eu seja lido com esses óculos que filtram eventuais excessos. Não é minha intenção hostilizar ninguém.

Entrevistador: Ninguém?

Alexandre: Ninguém que não mereça.

Entrevistador: Tudo bem. Pode continuar. Estou gravando.

Alexandre: Onde é que eu estava?

Entrevistador: Antes de retomar, acho que valeria a pena explorar um pouquinho mais o seu estilo pessoal quando exercia o trabalho.

Alexandre: Meu estilo? Não tinha estilo.

Entrevistador: Você sempre separou muito bem o público do privado, a profissão e as amizades.

Alexandre: Isso é verdade. De fato, eu separava. Por isso, ficava puto quando alguém se metia a deduzir, das tatuagens, o juiz, como se o profissional fosse um corolário do corpo tatuado, como se a atitude na magistratura fosse um desdobramento lógico de minha maneira privada de ser.

Entrevistador: Houve, inclusive, uma situação que exemplifica isso muito bem e que seus colegas testemunharam: seu tatuador foi visitá-lo, na VEP, e você o recebeu friamente, formalmente, quase como um desconhecido, e depois o levou para a escada, fechou a porta do corredor e só ali rolou um papo normal.

Alexandre: Pô, cara, tá bem informado, hein? Você entrevistou o Ticano?

Entrevistador: Ele não podia faltar.

Alexandre: Grande Ticano. Foi isso mesmo que você disse. Ele foi lá na VEP me mostrar umas fotos de umas tatuagens, porque na época eu queria que ele fizesse uma pequena no meu braço esquerdo. Mas não tem nada a ver esculhambar o ambiente com aquele lero de compadre. Então eu tasquei um "pois não, como está o senhor? Como lhe posso ser útil? Estou um pouco ocupado, no momento". Levei o Ticano para a escada de incêndio, fechei a porta e relaxei: "Diz aí, irmão. Que maneiro. Me amarrei nessa aqui." A gente tem de ser poliglota para não cair nas armadilhas. O judiciário é um alçapão. Quem bobear, dança.

Entrevistador: Mesmo assim você não hesitava em sair de moto, sem camisa, exibindo suas tatuagens, jogar um futevôlei, tomar seu chope à beira-mar com casquinha de siri, cantar umas menininhas.

Alexandre: Nos fins de semana, que ninguém é de ferro. Mas até mesmo essa vida mansa eu acabei deixando.

Entrevistador: Eu sei, depois que se apaixonou por uma aluna chamada Letícia.

Alexandre: É verdade, cara. Mas sobre isso não tem papo mesmo. Se você insistir, ficamos por aqui.

Entrevistador: Sem problema. Nós estávamos na Vara de Execuções Penais. Você e Carlos Eduardo chegaram para ajudar o juiz titular. Quem era o juiz Mário Sérgio Seixas Lobo?

Alexandre: Pois é. Essa é uma pergunta delicada. Como saber quem uma pessoa verdadeiramente é? Nem o bandido é sempre e apenas bandido, como eu dizia. Mário Sérgio é, foi e será, certamente, muitos. Devo admitir que, quanto a ele, me enganei redondamente. Por um lado, ele era um sujeito excepcional. Por outro, tão medíocre e previsível quanto seus interesses. Antes de chegar à VEP, tinha Mário Sérgio em alta conta. Parecia um juiz daqueles que morrem pela causa: destemido, simples, carismático, dotado de uma espécie de autoridade natural. Talvez porque tenha vindo de baixo e lutado muito para chegar aonde chegou. Quando menino, foi engraxate, vendedor de picolé, servia cafezinho, fazia faxina no Tribunal e sonhava em ser juiz. Nunca perdeu o jeitão simples de homem do povo. Eu admirava isso nele, essa autenticidade, esse compromisso com a própria história, essa coerência com as raízes. Ele era sempre chamado pelos presos nas rebeliões. Nas situações críticas, era o mediador confiável. Nunca foi um pensador, um teórico, um conhecedor profundo do Direito. No início, cheguei a pensar que ele era um juiz de espírito prático, mais inclinado a empregar o Direito como um mecanismo de resolução de problemas: um operador eficiente. Depois, descobri que nem isso ele era. De todo modo, como na ocasião ainda tinha uma imagem positiva de Mário Sérgio, encarei o convite para assumir o posto de juiz adjunto da VEP, para atuar ao lado dele, como uma oportunidade e um desafio muito estimulantes. Tudo mudou quando eu e Carlos Eduardo nos deparamos com o caso Romero Raimundo da Silva. Foi aí que meu destino começou a se definir.

4. A Justiça pelo Avesso

Romero Raimundo da Silva foi condenado a quarenta anos por vários homicídios e outros crimes graves. Quando a solicitação de transferência para um presídio semiaberto, atendida pelo juiz titular da VEP, pousou na mesa de Carlos Eduardo, apenas para cumprir seu trâmite processual e completar, em tempo recorde, seu percurso burocrático, uma luz amarela acendeu no fundo de sua consciência. Carlos levou o papelório à mesa de Alexandre, vizinha à sua, e compartilhou com ele sua dúvida: alguma coisa estava errada. Ou seria um mal-entendido? Romero não cumprira tempo de pena suficiente para sequer reivindicar progressão de regime. Estava bem longe disso. Nem tinham sido respeitados os procedimentos de praxe. Parecia claro que o juiz titular se confundira. Também, pudera, com tantos processos para estudar os erros eram mais do que compreensíveis. Estranha era a velocidade com que aquela solicitação saltara por cima de milhares de outras, mais antigas e melhor fundamentadas, muito mais urgentes e, por isso, prioritárias.

"Curioso", disse Alexandre. Levantou-se, caminhou até o fichário de aço em que classificava os documentos sob sua responsabilidade, revolveu a papelada e voltou com dois maços de folhas, um em cada mão. "Dá uma olhada. Eu tinha separado justamente pra te mostrar. Estava preocupado com isso."

Alexandre passou a Carlos Eduardo outras decisões de Mário Sérgio com as mesmas características. Exatamente as mesmas. Até os crimes pelos quais os presos beneficiados tinham sido condenados eram os mesmos: tráfico de drogas e homicídios. Os casos que Alexandre examinara eram variações em torno dos mesmos temas: liberdade condicional e progressão para regime aberto, e para regime semiaberto, concedidos com extrema rapidez a condenados que não faziam jus aos benefícios. E havia algo mais: solicitações dirigidas pela VEP à Secretaria de Justiça do Estado do Espírito Santo de transferência de presos sem que houvesse qualquer iniciativa do suposto beneficiário, sem que o presídio de destino coincidisse com a localidade originária da família do preso ou qualquer outra razão aparente.

Se havia uma série com características idênticas, o processo que Carlos Eduardo tinha avaliado não constituía um erro isolado, nem aquela sequência de situações homólogas correspondia a uma coincidência infeliz.

Foram conversar com Rubens José da Cruz, o terceiro juiz adjunto, e comprovaram que as anomalias eram comuns. O que fazer? Carlos Eduardo e Alexandre decidiram levar os casos observados à apreciação do próprio doutor Mário Sérgio, por uma questão de ética e respeito hierárquico. Não se sentiriam confortáveis afrontando o superior. É o que aconteceria se apenas se recusassem a endossar as decisões já tomadas pelo juiz titular, obstando os processos e os remetendo, formalmente, de volta a Mário Sérgio Seixas Lobo — ou seja, devolvendo-os ao juiz titular.

Carlos Eduardo recorda-se da cena — como esquecê-la? Subiram do quarto ao oitavo andar, pelas escadas, porque havia algum problema com os elevadores. Dirigiram-se ao gabinete do titular sem anúncios prévios. Era melhor adotar uma postura informal para tornar casual, quase gratuito — e, portanto, menos desagradável —, um encontro que tinha tudo para ser constrangedor. Sobretudo para quem cometera erros tão primários, tão grosseiros; erros que haviam sido identificados pelos mais jovens, os adjuntos. Uma inversão de posições entre o mago, supostamente maduro, e os jovens aprendizes de feiticeiro. Numa situação tensa, o constrangimento de uma das partes poderia se espalhar pelo ambiente e contagiar os interlocutores. O melhor a fazer era falar do modo mais ligeiro possível, quase frívolo. Por outro lado, era preciso que fossem os dois, porque, afinal de contas, sob a aparência de uma leveza meio negligente, havia um assunto sério demais para ser subestimado. Assim, esperavam que Mário Sérgio recebesse o recado com os dois lados do cérebro: emoções desarmadas e receptivas, por um lado; e acuidade reflexiva, por outro.

Próximos à porta do gabinete, relaxaram, porque, pelo visto — ou melhor, pelo ouvido —, o humor de Mário Sérgio era o melhor possível. Ele cantava um gospel de sua lavra, em dueto com sua própria voz gravada no CD que girava no equipamento de som. Faltou registrar que o juiz Mário Sérgio, além de cantor, era pastor de uma igreja evangélica, criada por um grupo de amigos. Os parceiros serão protagonistas nesta narrativa, mas ainda é cedo para introduzi-los. Basta, por ora, assinalar que a sociedade com o juiz estende-se ao mundo laico.

Alexandre e Carlos Eduardo fazem-se anunciar pela secretária. Autorização concedida. Entram no gabinete. Cumprimentam Mário Sérgio. Transmitem-lhe a preocupação de que houve alguns equívocos, naturais em função do excesso de trabalho, mas que valeria a pena corrigir. Passam-lhe os documentos às mãos sem entrar em detalhes, para que o próprio juiz titular reveja, oportunamente, e tome as decisões apropriadas, quando julgar conveniente. Esperam que Mário Sérgio agradeça, prometa rever com carinho e, imediatamente, espantando o fantasma do mal-estar com um gesto largo e acolhedor, abra espaço para uma arejada conversa, breve, prosaica e descontraída. Logo voltariam à rotina. Dever cumprido. Lisura e respeito. Consciência em paz.

Nada disso. A fluência do plano engasgou no surpreendente despojamento do titular, que preferiu conferir ali mesmo os casos a que os juízes adjuntos, seus auxiliares, se referiam. Sem pudor. Mas o fez — mais uma surpresa — sem se demorar no exame; correndo os olhos como quem revê paisagens conhecidas. Fechou a última pasta como a saudar os visitantes: "Está tudo certo. É isso mesmo. Não tem engano nenhum, não." Abrindo o sorriso para sinalizar o encerramento eficiente e positivo do primeiro tópico da reunião, Mário Sérgio balbuciou alguns sons que se conjugariam em uma primeira frase de um próximo assunto qualquer, tão distante do primeiro quanto possível. O calor, talvez, ou o futebol. Mas Alexandre o atalhou, ou foi Carlos Eduardo — desse item não permanece memória exata: "Mas doutor Mário Sérgio, o senhor há de convir que faltam as condições objetivas, como o tempo cumprido de pena, para que esses presos possam postular progressão de regime..."

Dali em diante o diálogo moveu-se em torno do eixo como uma gangorra, para cima e para baixo, o sim e o não, em sucessivas escaramuças inócuas. Ninguém convenceria ninguém, no gabinete do juiz Mário Sérgio, nem se tratava, a rigor, de persuasão.

A partir daí, a imagem da cena vai se esvaindo para o fundo escuro do esquecimento, até borrar seus contornos e desaparecer por completo, a ponto de não se saber mais, hoje, quem saiu primeiro pela porta, Carlos ou Alexandre; em que termos se despediram; com que expressões faciais forçaram para baixo, outra e outra vez, a plataforma de seus argumentos, sempre que a gangorra lhes devolvia a iniciativa da conversa. Tinham o Direito a seu lado, sem dúvida, o que lhes dava um peso suficiente para fazer a razão pender para suas ponderações, mas não se tratava ali de uma disputa entre diferentes interpretações da Lei de Execuções Penais. No duelo, confrontou-se a vontade de quem manda contra a ingênua convicção, dos outros dois, de que o assunto em pauta eram decisões judiciais. Tratava-se de poder, não de hermenêutica legal, como Carlos Eduardo e Alexandre logo descobririam.

Regressaram à sala no quarto andar e se debruçaram sobre as alternativas que lhes restavam e sobre as possíveis motivações do titular. Estas lhes escapavam. Seria teimosia, a persistência no erro? Só poderia ser. O que mais? Nesse momento, coube a Carlos Eduardo a introdução de um elemento aparentemente contraditório com a personalidade que atribuíam a Mário Sérgio, tornando o quadro muito mais obscuro: lembrou-se de uma conversa que tivera com o juiz titular, no corredor do Tribunal de Justiça, na presença de outros juízes. Ele se desculpava por haver revogado uma decisão de Carlos Eduardo, quando este atuava no interior e Mário Sérgio substituía um desembargador, no Tribunal. Carlos replicou: "Não há por que desculpar-se, doutor Mário Sérgio. Faz parte do jogo. O senhor apenas cumpriu sua obrigação. Fez o que julgou correto." O titular não se satisfez com a réplica do adjunto e esclareceu: "Mas eu não fiz o que julgava correto. É isso que estou tentando lhe dizer. Você estava certo. Sua decisão era irretocável. Tive de reformá-la para atender a um desembargador, que tinha interesse no negócio. Espero que você compreenda. Sabe como são essas coisas."

Ora, esse, definitivamente, não é o estilo de gente teimosa, orgulhosa, que não dá o braço a torcer mesmo ante as evidências do erro cometido. Mário Sérgio, segundo se depreendia das palavras que dirigiu a Carlos Eduardo, poderia ter todos os defeitos do mundo, menos a teimosia e a soberba.

Não sendo teimosia nem orgulho, o que poderia ser? "Estranho", voltou a pontificar Alexandre. "Estranhíssimo", concordou Carlos Eduardo, colando um superlativo no adjetivo do amigo.

Qualquer que fosse a motivação de Mário Sérgio, aos juízes auxiliares só restavam duas opções: fechar os olhos e endossar as decisões do titular, mesmo quando agredissem o bom senso e os dispositivos legais, o que faria deles cúmplices do ilícito; ou refutá-las, sempre que elas lhes passassem pelas mãos, correndo o risco de serem rotulados como *aqueles novatos petulantes*, para os quais as portas da carreira deveriam ser fechadas por quem se sentisse ofendido e tivesse influência para tanto.

A decisão estava tomada. Ninguém naquela sala de três mesas era pusilânime. Às favas com os temores sobre o futuro das respectivas carreiras e com as suscetibilidades alheias. Apesar de concordar com os dois colegas, Rubens preferiu não assinar nada que envolvesse críticas ao titular, temendo — justificadamnente, como se veria a seguir — ser perseguido, em sua carreira, pelos desembargadores amigos de Mário Sérgio.

Não demorou para que Rubens fosse convocado para um encontro com o juiz titular. Poucos dias depois foi a vez de Carlos Eduardo. Mário Sérgio recebeu o jovem colega com a simpatia exuberante que sabia ostentar como poucos. O convidado, ante um anfitrião assim generoso e fraterno, tinha tudo para sentir-se o escolhido. Mas para que não pairassem dúvidas, Mário Sérgio explicitou sua intenção e acenou com as maravilhas que o futuro lhe reservaria se ele fosse fiel e leal: "Meu caro Carlos Eduardo, você é jovem, talentoso, inteligente. É igual ao seu pai, dr. José Lemos Barbosa, honrado e brilhante promotor de Justiça, que eu tanto admirava. Você reúne todas as qualidades para ter um futuro magnífico. Seus colegas também têm méritos. São bons rapazes. Mas você tem um dom especial e merece um investimento especial. Daqui a uns quatro ou cinco anos, vou estar no Tribunal. Minha eleição para desembargador vai ser tranquila. Venho trabalhando nesse sentido há muitos anos. Tudo vai ser natural. Quando eu estiver no Tribunal, também vai ser natural que sua carreira deslanche. Vejo um futuro radioso pra você, meu filho. Com um pouquinho mais de experiência você vai amadurecer e as portas vão se abrir. Por isso, é importante que estejamos juntos, que formemos uma dupla sempre unida, com lealdade. Basta ter paciência. Cada passo a seu tempo. Vou deixar Alexandre e Rubens com a parte mais braçal do trabalho e você virá comigo para acompanhar de perto as atividades mais políticas da Vara. Quero que você apareça em todas as entrevistas que eu der, nas rebeliões... Você logo será conhecido."

De volta à sala dos juízes adjuntos, Carlos compartilhou com os colegas a tentativa de cooptação que sofrera: "Vocês não vão acreditar. Mário Sérgio tentou me comprar." E contou a história. Quando terminou, Rubens desabafou: passara pelo mesmo aperto. As promessas foram idênticas e os elogios, os mesmos. Só mudavam os personagens. Alexandre revoltou-se e decidiu que, se fosse chamado para a tal conversa, a gravaria. Ele tinha um pequeno gravador digital de bolso, útil para essas ocasiões. Poucos dias depois, chegou a sua vez. Na volta à sala, Alexandre fez seu relato: "Vocês imaginam que ele teve a cara de pau de repetir a cena pela terceira vez? Agora, formou o caju. Já temos a certeza de quem ele é." A prova da canalhice estava devidamente registrada para a posteridade.

Vieram os tempos das estocadas, antecedendo o conflito aberto. Toda vez que um processo chegava à mesa de um dos juízes adjuntos, consignando a decisão de conceder benefícios ilegais e a recomendação avulsa, "para despacho imediato", Carlos Eduardo, Alexandre e Rubens revogavam a decisão, por irregular, ou a devolviam ao titular para que revisse sua posição original.

Contrafeito esse jogo de anulações recíprocas e ainda apostando na possibilidade de que tudo não passasse de um enorme mal-entendido — por mais improvável que a hipótese se configurasse, àquela altura —, Carlos Eduardo tentou mais uma vez sensibilizar Mário Sérgio para a necessidade de que as regras do jogo fossem minimamente observadas. Voltou a seu gabinete e insistiu. Ouviu o que não queria: "Não é pra mexer, Carlos Eduardo. É isso mesmo. Pode despachar que é isso mesmo." Não havia mal-entendido, portanto. Ou melhor, as decisões mais absurdas, Mário Sérgio as tomava com consciência. Sabia o que estava fazendo, qualquer que fosse o significado daquilo que fazia. Quem não estava entendendo nada era Carlos Eduardo, que saiu do gabinete do titular como chegara, minutos antes, com a diferença de que, na saída, perdera a inocência, isto é, deixara de acreditar que tudo poderia ser atribuído a uma sucessão de descuidos de Mário Sérgio, por incompetência ou falta de atenção. Naturalmente mais cético do que o amigo, Alexandre não teve dificuldade em concordar com a conclusão de Carlos Eduardo: "É isso mesmo: nós não sabemos, mas ele sabe o que está fazendo."

Os processos continuaram chegando. Os adjuntos devolviam. Recusavam-se a despachar. A secretária de Mário Sérgio ainda tentou demovê-los, algumas vezes — "dr. Mário Sérgio disse para não mexer e despachar assim mesmo" —, mas acabou desistindo, porque as respostas eram as mesmas, invariavelmente: "Se o doutor Mário Sérgio quer manter a decisão, diga a ele que ele mesmo vai ter de despachar." Os adjuntos se recusavam a se comprometer com as decisões bizarras do titular — o que, para a consciência moral de ambos, passou a ser pouco. Parecia que apenas lavavam as mãos. Era preciso mais. Era necessário fazer alguma coisa. Não se comprometer era pouco, diante do que estava em curso. Amadurecia a decisão de galgar mais um degrau. Seria arriscado. As tensões se agravariam. As consequências seriam imprevisíveis. Mesmo assim, o dever impunha. Não se tratava de pruridos moralistas. Ninguém ali queria ser a palmatória do mundo. Mas as coisas tinham ido longe demais. Já era o momento de um passo mais ousado, que mudasse a qualidade do confronto.

Alexandre e Carlos Eduardo visitaram o juiz corregedor, responsável por identificar erros cometidos por seus pares e puni-los. Rubens achou melhor não se envolver diretamente, porque ainda estava em estágio probatório e sofria pressões de sua família para não se expor naquela briga perigosa.

Relataram alguns casos e pediram sua ajuda. Não sabiam o que estava acontecendo, mas os fatos já haviam ultrapassado a etapa em que circunstâncias e coincidências pudessem ser evocadas para descrever os episódios e justificar decisões equivocadas. O corregedor ouviu com atenção e sugeriu que eles preparassem um relatório confidencial dirigido diretamente a ele. Garantiu que as informações reveladas no encontro não vazariam, em hipótese alguma, e que as providências adotadas seriam discretas.

Carlos e Alexandre se esmeraram na elaboração do relatório confidencial. Apresentaram alguns casos a que tiveram acesso e sublinharam a recusa de Mário Sérgio a rever suas decisões depois de apontados os erros.

"1) Vários livramentos condicionais têm sido concedidos, na maioria, a traficantes de entorpecentes, antes de cumprido o prazo legal, que é requisito objetivo ao deferimento do benefício. Não é necessário lembrar que um requisito objetivo não pode ser analisado subjetivamente, como vem sendo feito. Só para ilustrar o ora informado, anexamos o documento 01, referente ao apenado Fagner Sérgio de Almeida Coimbra, processo número 0240407953-1, beneficiado com o livramento cinco meses antes de cumprido o prazo legal de dois terços da pena, eis que incurso nas iras do artigo 12 da Lei 6368/76. Este é um entre os muitos casos assemelhados. Como se vê, a Justiça gasta tempo, dinheiro e energia para prender criminosos, e a execução não é feita nos ditames legais. Se forem conferidos os últimos livramentos concedidos, principalmente os de tráfico, verão que tal procedimento é adotado como 'normal', com o que não podemos concordar.

2) Quadra registrar que ao se conferir os livramentos condicionais concedidos, dever-se-ia tomar cuidado e não somente observar os pareceres do Conselho Penitenciário e do MP, pois constatamos que também não é incomum que ambos emitam promoções de deferimento, quando os requisitos não estão atendidos. Em tom de desabafo, os funcionários do Conselho, Zilda Sonegheti e Raimundo Justino da Silva, nos informaram que emitem tais pareceres favoráveis, apesar de cientes do não atendimento de requisitos legais, pois o fazem por determinação do Titular da Vara de Execuções, que chega e diz no Conselho 'que quer soltar tal preso' e, por medo de perderem o emprego, do qual necessitam, manifestam-se na forma indicada pelo Juiz. (...)

3) A maioria esmagadora dos processos da Vara de Execuções está verdadeiramente parada. Carimbos de inspeção eram 'batidos' sem entretanto nenhuma providência ser tomada, levando a sérios prejuízos no cumprimento das penas impostas, quando não à prescrição da pretensão executória, por falta de manifestação judicial."

Seguem-se exemplos impressionantes, relativos a processos esquecidos desde 1995, 96, 97: a cada dois anos, são carimbados com um "visto" protelador. A lista dos processos prescritos por esse método *sui generis* era enorme e não parava de crescer. Mais fácil, prático, seguro e barato do que conquistar uma sentença favorável era, sem dúvida, obter a prescrição pela negligência judicial mascarada de lentidão burocrática.

"4) Outra situação que constatamos é que foram encaminhados presos condenados em regime fechado, sem serem beneficiados pela progressão de regime, para a Penitenciária Agrícola.

5) Outro sério problema é dos militares presos. O Titular da Vara vem deferindo concessões a alguns criminosos. Só a título de exemplo, fazemos a seguinte relação:

(A) Rogério Custódio da Silva — condenado a 30 anos de prisão, à disposição do Ten.Cel. Élcio Lopes Rubim, nem mesmo pernoitando no quartel, por determinação da 5ª Vara.

(B) Marcos Roberto Alves Corrêa — condenado a 12 anos por sequestro, à disposição do Major Renato (CADEV), também nem pernoita no quartel, por determinação da 5ª Vara.

(C) Wellington Gomes Andrade — colocado à disposição da Terceira Seção do Estado-Maior da Polícia Militar, sob a responsabilidade do então Ten.Cel. PM Ademar Selênio Cavalcanti, atualmente coronel PM da reserva remunerada. Ou seja, o preso está à disposição de um militar inativo. Conclui-se, está solto."

O documento enumera outros problemas graves. Por exemplo:

"(8)... o Titular concedeu regime aberto a Ailton Antônio Soares, GE 14971, quando a sentença condenatória fixou a pena de oito anos de reclusão em regime fechado. Ou seja, modificou o regime determinado pelo Juiz de piso, sem o apenado ter cumprido nada da pena a ele imposta.

(9) É muito estranho, ainda, senhor Corregedor, que apesar de todas e constantes irregularidades, o Representante do Ministério Público que atua na Vara de Execuções não recorre de nenhuma decisão proferida erradamente..."*

Entregaram o documento, em mãos, ao corregedor, no dia 19 de novembro de 2001, tranquilos por terem cumprido sua obrigação, discretamente, evitando embaraços públicos para o juiz titular e para eles próprios. Ilusão. Em poucos dias o relatório cairia como uma bomba no pleno do Tribunal de Justiça, apresentado pelo corregedor como se fosse uma representação formal e pública de Alexandre e Carlos Eduardo contra seu superior hierárquico, o juiz titular da VEP, dr. Mário Sérgio.

O pleno é o fórum que congrega os desembargadores — no caso do Espírito Santo, eram vinte e um, na época. Hoje, são vinte e seis.

Nunca ninguém ousara tanto, em tão pouco tempo, sem costas quentes e, aparentemente, sem objetivos individuais — pelo menos sem objetivos que se pudessem decifrar de imediato. Por que uma iniciativa assim hostil e audaciosa de juízes jovens, recém-egressos do período probatório, sob o risco — na melhor das hipóteses — de serem removidos da capital e deslocados para a comarca mais distante e árida, onde amargariam uma espécie de exílio profissional? Seriam esses rapazes testas de ferro de algum desembargador, com

---

* Excertos do Ofício CEPAES 005/2001, endossado pelos juízes Carlos Eduardo Ribeiro Lemos e Alexandre Martins de Castro Filho, em 16 de outubro de 2001, e dirigido ao desembargador Nilmar Linhares, então corregedor geral da Justiça.

algum interesse político obscuro?, é o que, provavelmente, teriam pensado alguns membros do pleno.

Mário Sérgio era estimado na casa da Justiça e gozava de prestígio no meio político. Isso talvez ajude a entender as reações violentas que as denúncias suscitaram, sobretudo em um ambiente fortemente marcado pelo corporativismo. Como as sessões do pleno são gravadas e a fidelidade corporativa costuma ser mais prezada na retórica do que na prática, frases vazaram e fitas foram ouvidas fora do Tribunal de Justiça, inclusive em redações de jornal. Por exemplo: "Quem esses moleques pensam que são?"

"Os detratores é que merecem punição, porque o pior crime é a deslealdade com os colegas do Judiciário."

"Nada pode ser mais ignóbil do que um juiz representar contra outro juiz. Um juiz que faça isso é pior do que bandido."

Como se sabe, um juiz não pode ser processado, nem mesmo investigado, sem a licença do Colégio de Desembargadores, que se expressa no pleno. Pois, ali, os "caluniadores" não encontrariam eco — esse era o recado. A maioria das intervenções tomou a denúncia como alvo. O fato de dois jovens terem denunciado um juiz com biografia ilibada e reputação estabelecida na praça foi o objeto da indignação. O escândalo era a denúncia contra um par ter sido feita, não sua fidedignidade aos fatos ou a justeza de seu conteúdo. A mera dúvida sobre um juiz consagrado era obscena. Tinha de ser repelida no nascedouro.

Uma ou outra voz isolada clamava por uma dose, escassa que fosse, de bom senso e exigia que se conferisse alguma atenção às informações contidas na representação contra Mário Sérgio. Afinal, as denúncias eram bem fundamentadas ou não? Os enganos expostos, se confirmados, seriam graves? As vozes isoladas desnudaram o rei: não adiantaria varrer a sujeira para baixo do tapete, porque havia testemunhas demais e já estava em curso uma dinâmica que prescindia do Tribunal, e lhe fugia ao controle. Ante tais ponderações, rendeu-se a egrégia confraria aos apelos, embora isolados, do bom senso e, se uma investigação foi descartada, não pôde, entretanto, ser negado o reconhecimento de que havia a necessidade de uma avaliação mais profunda da denúncia. Atribuiu-se a função a um desembargador cujo perfil parecia talhado para a missão. Ele era independente o bastante para que sua indicação saciasse expectativas externas e calasse eventuais detratores; mas, por outro lado, era prudente o suficiente para evitar a proliferação de surpresas desagradáveis.

No dia 25 de janeiro de 2002, o desembargador Nilmar Linhares, corregedor-geral da Justiça, remeteu ao colega Mário Sérgio o parecer que determinava o arquivamento das denúncias, isto é, do procedimento que elas suscitaram.

A bomba que explodiu no Tribunal detonou uma chuva de estilhaços sobre a Vara de Execuções Penais. O clima que já era tenso tornou-se irrespirável.

* * *

A tal ponto que surgiram alguns fatos bizarros, beirando o ridículo, o infantil e a mais patética falta de compostura, na manifestação de hostilidade contra quem deixara de ser juiz adjunto e passara a ser definido como inimigo.

No âmbito do Ministério da Justiça, sob a coordenação da juíza dra. Vera Muller, havia uma unidade dedicada a estimular, entre os juízes de todo o Brasil, a expansão do emprego de penas alternativas à privação da liberdade. Entre as iniciativas da unidade, incluía-se o incentivo à criação de Varas especialmente devotadas à aplicação dessas medidas. Sendo Alexandre amigo pessoal da coordenadora e entusiasta dessa política para os casos de crimes menos graves, dispôs-se a abrir, com a devida autorização da então secretária nacional de Justiça, dra. Elisabeth Sussekind, também ela uma batalhadora pela difusão das penas alternativas, e com a chancela do Tribunal de Justiça, a primeira Central de Penas e Medidas Alternativas do Espírito Santo, que mais tarde seria transformada na Vara especializada na mesma matéria, em Vitória.

O juiz titular da VEP, visivelmente constrangido, passou rapidamente na solenidade de inauguração, na qual descerrou-se placa alusiva ao evento que a coordenadora nacional mandara gravar, com a intenção implícita de fortalecer e homenagear o jovem discípulo, cujo nome figurava como instalador da Vara pioneira. A placa dizia:

Instalação da Central de Penas e Medidas Alternativas. Seguem-se os nomes do presidente do Tribunal, do vice-presidente, do corregedor geral, do diretor do Fórum e, finalmente: *Juiz de Direito Instalador — Dr. Alexandre Martins de Castro Filho. Secretaria Nacional de Justiça — Dra. Elisabeth Sussekind. Vitória, 21 de setembro de 2001.*

Afixou-se a placa no corredor do oitavo andar, onde se localizava o cartório e o gabinete do juiz titular.

No fim de semana subsequente, a placa sumiu, vindo a reaparecer, segunda-feira, no quarto andar, onde ficava a direção do Fórum. A integridade física da placa havia sido preservada. Com uma única exceção: riscara-se com a ponta de um prego o nome de Alexandre.

A frase acima, a última frase do parágrafo acima — "riscara-se com a ponta de um prego o nome de Alexandre" — talvez devesse ser a primeira deste livro: a frase de abertura. Ou talvez merecesse um lugar de destaque ainda mais ostensivo: poderia ser a epígrafe. Como a estrutura do livro acabou não recomendando nenhuma das duas soluções, é melhor, aqui mesmo, enfatizá-la, sublinhá-la, fazê-la girar ao redor do próprio eixo até iluminar a página inteira, o capítulo, o livro em seu conjunto. Ela diz praticamente tudo o que há para dizer. Esclarece as emoções que estiveram por trás do planejamento do bárbaro assassinato de um jovem, brilhante, honesto e corajoso juiz de direito e professor universitário. Esclarece os motivos, os valores e o tipo de estrutura psicológica dos mandantes do crime. Descortina sua mentalidade. Revela como os maiores responsáveis pelo homicídio, seus arquitetos intelectuais, relacionam-se com suas invejas e ambições.

Riscar seu nome foi o primeiro assassinato de Alexandre. Era o signo que deveria ter sido lido como sinal de alarme. Mas como o modo de fazer — esse risco na placa que é exatamente isso, risco, um risco visível, assumido* — oscila como um fio trêmulo entre a selvageria sem limites e a jocosidade jovial e inócua, a interpretação do ato, à época, optou pela curva de menor resistência, aquela que provoca menos ansiedade, menos medo, e que exige resposta com menor grau de engajamento, gerando consequências menos graves.

O risco na placa não é apenas a abolição de um nome que estaria lá indevidamente, segundo o sentimento invejoso de quem ataca e risca. É também uma assinatura, ou melhor, uma assinatura pelo avesso, uma antiassinatura, o traço de um ágrafo, de um analfabeto, como uma digital em um documento, um sinal a indicar uma presença humana na ausência de sua possibilidade de representar-se por meio da linguagem reconhecida pela sociedade. É o rastro de uma presença evasiva; o vestígio de alguém que se esquiva, que recusa o código da língua.

Essa recusa das regras da língua equivale a uma negação da linguagem: opta-se pelo risco com a ponta de um prego; provoca-se um dano na placa; como um sofrimento; uma cicatriz. O risco exige força de quem aperta, esfrega, pressiona a haste de ferro contra a superfície da placa. O risco traz consigo o sentido da força, da força humana que fere — a violência em estado puro. Shakespeare dizia: a violência prevalece onde a linguagem fracassa.

---

* Ao mesmo tempo, o risco interpela o outro (aquele cujo nome foi riscado, focalizado e, por isso mesmo, interpelado), quer dizer, apela ao outro para que decifre e viva esse "risco".

O risco de uma ponta de ferro (um prego, provavelmente) sobre a gravação de um nome em uma placa pública é insuficiente para apagar o nome, mas o bastante para acrescentar ao nome o esforço para apagá-lo — mais que apagá-lo, removê-lo pela força, destruí-lo. Eis aí a marca de um passado remoto que, na dimensão inconsciente, continua atual e ativo — o inconsciente não tem tempo, dizia Freud. Vandalismo adolescente transposto para o Fórum. O juiz Mário Sérgio, que não crescera, era, entretanto, o titular da Vara de Execuções Penais. Não crescera porque ainda trazia consigo, provavelmente, a autoimagem do pequeno e modesto faxineiro que contemplava com admiração o mundo distante e glorioso dos Tribunais. Em vez de viver suas conquistas sociais e econômicas como um mérito adicional e incorporar à sua identidade a mobilidade ascendente — por mais que tenha sido ajudado e que tenha se sentido sempre um usurpador —, Mário Sérgio se apegara à sua imagem infantil e conspurcara com a sujeira da culpa a pureza idealizada da toga.

* * *

Poucos dias depois, Alexandre atendeu um telefonema anônimo. Uma voz de homem lamentava não poder identificar-se e informava que assassinos condenados saíam à noite de um presídio, o Instituto de Reabilitação Social, de Vila Velha, para matar e retornavam ao amanhecer. O arranjo teria sido montado e negociado pelo próprio diretor do presídio, um certo capitão Raulino, da Polícia Militar do Espírito Santo. Os telefones da VEP não tinham bina, o aparelho que identifica a origem das chamadas. Portanto, a denúncia não poderia ser rastreada. Vinte e quatro horas depois, a mesma voz atualizava Alexandre: haveria uma reunião de presos com o diretor para acertar seus "negócios". Fora da prisão. O encontro estava previsto para acontecer às cinco da manhã do dia seguinte, em determinada colônia de pesca. Carlos Eduardo e Alexandre acharam que o melhor seria pagar para ver. Marcaram uma conversa urgente com Federal, apelido carinhoso do chefe de policiamento da Polícia Rodoviária

Federal, no Espírito Santo, Rafael Rodrigo Pacheco Salaroli, amigo íntimo de Alexandre, o policial em quem mais confiavam.

Estávamos em 2002. Rodney era delegado federal. Não conhecia o Espírito Santo, embora já viesse ajudando, informalmente, de Brasília, seu amigo Santoro a cumprir as tarefas que a missão especial contra o crime organizado, criada pelo governo federal, lhe atribuía. Paulo Hartung era candidato ao governo do Estado.

5. Na Companhia de um Homem Honrado

Um galpão de cem metros quadrados, retangular, cortado nas laterais por janelas altas e largas, chão de cimento liso, pé-direito baixo, uma varanda arredondada, generosamente debruçada sobre as pedras e o mar.

Uma cozinha, copa e dois banheiros, nos fundos. Duas dezenas de pequenas mesas em desalinho, cadeiras empilhadas, redes nordestinas com estampas coloridas, estendidas ao redor das janelas. Duas portas laterais conduzem a pequenas áreas de fuga, cortadas em meia-lua, projetadas sobre a areia úmida e escura da praia. Caixotes e sacos de mantimentos estão apertados contra uma porta. Redes de pesca esticadas na areia. Três delas espichadas até a varanda da frente.

O espaço interno do galpão é um tablado vasto e amorfo, o que o faz aderir, sutilmente, ao movimento inebriante do mar. É assim que o prédio ganha ares de embarcação. A grande sala transfigurada numa imagem de relance provoca em quem a espreita uma espécie de torpor, como se os odores espirrassem o sal para dentro das narinas e precipitassem a visão numa névoa marinha.

Raulino, o capitão, mais cinco homens estão sentados em círculo numa província daquele tablado, sede de uma colônia de pescadores, e um misto de cooperativa, salão de festas e paiol.

Os sete seguranças do capitão espalham-se pela faixa de areia e asfalto, em torno do prédio, fixando-se nos pontos de onde se podem vigiar entradas e saídas.

* * *

A equipe de operações especiais da Polícia Rodoviária Federal chegou ao local às cinco horas da manhã, pontualmente. Eram oito policiais rodoviários federais, em duas viaturas, e um oficial de Justiça, que portava o mandado de busca e apreensão expedido por Alexandre e Carlos Eduardo.

Os dois juízes acordaram cedo para acompanhar os acontecimentos. Decidiram tomar café juntos, na casa de Carlos Eduardo, e esperar o desencadear da operação.

Antes das seis da manhã, o inspetor Heródoto, o policial rodoviário federal indicado por Rafael para comandar a operação (Rafael não pôde ir porque foi convocado para uma reunião com seus superiores, no Rio de Janeiro), telefona para o celular de Alexandre:

"Confirmada a denúncia. O diretor da penitenciária está no local indicado com cinco presos, quer dizer, cinco indivíduos condenados por homicídio, que cumprem pena em regime fechado. Cumpriam. Ou cumprem, sei lá. Dizem que vão voltar para a prisão e saíram para visitar as famílias. O indulto, segundo afirmam, teria sido autorizado pelo juiz responsável pela execução da pena, o titular da VEP. Mas o fato é que nenhum deles, nem o diretor, tem qualquer documento comprovando a decisão. Tudo é muito estranho. Eles foram pegos de surpresa. A impressão que tenho é de que, simplesmente, não tinham o que dizer. Não se prepararam para a eventualidade de uma abordagem policial. Deviam estar muito confiantes na impunidade, o que sugere que essa não é a primeira vez que a turma tira férias da prisão. Essas saídas devem ser habituais. E tem mais: ninguém tem família por essas bandas. Por outro lado, por que estariam com o diretor, às cinco da manhã, numa colônia de pesca? Essa história de indulto não faz sentido. Indulto fora de época, coletivo, e só para assassinos? Bem, o problema agora é o seguinte: quero tomar a termo as declarações do diretor, que está transferindo a responsabilidade para o doutor Mário Sérgio, mas ele se recusa a ser conduzido à delegacia, sustenta que vai resistir, que a ação da PRF é ilegal, que ele é uma autoridade e que não vai repetir, em juízo, nada do que me disse. Só quero saber se é pra levar o sujeito na marra mesmo ou é pra aliviar?"

"É pra levar. Levar todo mundo. Heródoto, tá ouvindo? O diretor e os presos. Autuação em flagrante."

"Afirmativo. Copiado. Vou conduzir para a delegacia. Ele que se explique. E vou notificar a corregedoria da Polícia Militar e a Secretaria de Justiça."

"Perfeito."

* * *

Quinze minutos depois:

"Doutor Alexandre?"

"Não, Heródoto, sou eu, Carlos Eduardo. Pode falar."

"O capitão chamou a PM. Chegaram várias viaturas. Tem uma companhia da PM* bem próxima. Todo o contingente está se deslocando para cá. Os policiais estão dizendo que ninguém vai levar o capitão."

"Você quer que a gente providencie reforço?"

---

* Nas PMs, companhias são unidades locais menores e hierarquicamente inferiores a Batalhões, que prescindem de coronéis no comando.

"Não. Dá pra enfrentar. Só quero sua cobertura. É pra encarar?"

"Vamos fazer o seguinte, inspetor. Manda o oficial de justiça aqui em casa, numa de suas viaturas. Vou expedir um mandado de prisão específico para o capitão. Assim, a gente dá um fim à conversa fiada."

* * *

Vinte e cinco minutos depois o oficial de Justiça embarcava de volta na viatura da Polícia Rodoviária Federal, com destino à colônia de pesca em que transcorria o incidente.

* * *

Às oito horas da manhã, outra chamada:

"Doutor Carlos Eduardo? Inspetor Heródoto. Olha, o negócio aqui tá complicado. Chegou o coronel Barroso, secretário de Justiça. Diz que, sendo o responsável pelo sistema penitenciário, cabe a ele decidir o que fazer com o capitão Raulino. Veio com mais duas viaturas. Ele não aceita a prisão de jeito nenhum."

"Vou ligar pra ele, agora."

Carlos Eduardo digita o número do secretário.

"Pois não."

"Secretário, aqui quem fala é o juiz Carlos Eduardo Ribeiro Lemos. O senhor está obstruindo o cumprimento de uma ordem judicial?"

"De modo algum, meritíssimo. De modo algum. Só estou ponderando com o inspetor... mas ele está um pouco exaltado. Eu estava explicando a ele que deve estar havendo algum mal-entendido. Só pode ser um mal-entendido. O capitão Raulino é uma pessoa muito boa, um profissional correto, um excelente administrador da penitenciária. Boto a minha mão no fogo por ele, doutor. Pode acreditar. Deve ser um mal-entendido."

"Não tem mal-entendido nenhum, coronel. O que tem é crime. Cinco condenados, em regime fechado, estão fora da prisão em companhia do diretor do estabelecimento penal. Que mal-entendido pode haver? O senhor está tentando me dizer que cinco assassinos condenados e presos, sem que tenha sido notificada uma fuga, encontraram-se, fora da prisão, à beira-mar, por acaso, com um homem honrado, que, por coincidência, é um policial militar e o diretor do presídio?"

"Pois é, doutor Carlos Eduardo, eu compreendo, compreendo. Mas, o senhor há de convir, nem tudo é o que parece. Tenho certeza de que com um pouco de conversa e boa vontade, sem açodamento, a gente vai se entender, o capitão vai se explicar, direitinho, e tudo vai voltar para os eixos."

"Secretário, o senhor não entendeu. O representante da Polícia Rodoviária Federal tem, em mãos, um mandado de prisão expedido por mim. Trata-se de uma ordem judicial, coronel."

"Meritíssimo, decisão da justiça não se discute, cumpre-se, cumpre-se. Longe de mim questionar sua decisão. Longe de mim. Eu só gostaria de tomar a liberdade de solicitar sua atenção para alguns atenuantes. Foi nesse sentido que mencionei o passado ilibado do capitão: uma folha corrida sem mácula. Sem mácula, doutor Carlos Eduardo. Portanto, se o senhor não se opõe, eu lhe proporia que nós nos encontrássemos, pessoalmente. Estou certo de que vamos nos entender muito bem e vamos chegar a um consenso."

"Secretário, o capitão está preso e deve ser conduzido à delegacia para a devida autuação. É simples. Não há o que conversar. O senhor vai cumprir a ordem judicial ou vai desobedecê-la, coronel Barroso?"

"O meritíssimo está considerando a hipótese de que a autorização tenha origem na própria Vara de Execuções Penais, que o senhor representa? Nesse caso, o senhor já teria sido alertado para a possibilidade de que uma eventual ação intempestiva poderia expor e questionar a autoridade de uma pessoa que o senhor preza e que, inclusive, com a devida vênia, é seu superior hierárquico?"

"Coronel Barroso, já determinei que o depoimento do capitão seja tomado a termo. Ele deve prestar essas informações ao delegado. Informações, aliás, gravíssimas. Se está cumprindo ordens, ele que declare esse fato à instância pertinente. A Justiça vai se pronunciar e definir a correta distribuição de responsabilidades. No momento, estamos diante de um crime, um crime cuja autoria é manifesta, conforme o flagrante permite constatar. O autor incontestável será preso. Os desdobramentos e o estabelecimento de eventuais cumplicidades serão tratados, oportunamente, nos termos do devido processo legal. Portanto, eu espero que o senhor não passe de agente da legalidade a réu, descumprindo ou impedindo o cumprimento de uma ordem judicial."

"Nesse caso, só lhe peço um favor, doutor Carlos Eduardo. Como o senhor prefere manter-se, com a devida vênia, intransigente, e se recusa a rever sua decisão e relaxar a prisão, quero que o senhor pelo menos me autorize a conduzir, eu mesmo, o Raulino. Até em respeito à instituição policial militar. O senhor vê algum inconveniente?"

"Tudo bem, secretário. Não tem problema. Não vejo nenhum inconveniente. Vou determinar à PRF que entregue o capitão preso ao senhor para as devidas providências. Raulino vai ficar sob sua responsabilidade."

Carlos Eduardo sabia que, naquela situação, com tantas testemunhas, o secretário não poderia mais atrapalhar. A denúncia fora confirmada e o flagrante era indiscutível.

* * *

Uma hora da tarde.

O secretário de Justiça não se faz anunciar. Irrompe sala adentro, porte militar esmaecido pela projeção do ventre arredondado; arrebatamento autoritário contrabalançado pelo ritmo irregular das passadas, a sugerir um estado de ânimo hesitante e constrangido. Ali estava o coronel Barroso, dono de seu nariz, rei de seu pedaço, comandante do sistema penitenciário no estado do Espírito Santo. Ele veio acompanhado pelo coronel Nilo, seu subsecretário, e o coronel Éverton Laurindo de Farias, secretário de segurança à época.

Vencida a fronteira — a secretária e a porta não ofereceram resistência digna de nota —, restava a ocupação, o controle do território, e a invasão estaria completa. Para isso, Barroso mobiliza a infantaria, a cavalaria e a artilharia, na cena representadas, todas, por sua voz de barítono, a qual, por si só, valia quinhentos cavalos, mil arqueiros e duas mil lanças:

"Meritíssimos juízes; doutor Alexandre, doutor Carlos Eduardo. Desculpem vir vê-los sem agenda e formalidades. O assunto exige providências urgentes. Não posso concordar com a prisão de um oficial da melhor qualidade, um servidor público dedicado, respeitável, um homem probo, e um administrador exemplar. O capitão Raulino é um homem bom. Eu lhes peço, mais uma vez, que revejam sua decisão. Acho que todos ganharíamos se os ânimos serenassem e nós pudéssemos trocar ideias sem açodamento."

"Os ânimos não estão exaltados, secretário", diz Carlos Eduardo, logo interrompido por Alexandre: "Mas vão se exaltar agora mesmo, coronel, dependendo de sua resposta à seguinte pergunta..." O juiz olha para o pulso, depois de ter consultado o velho relógio de parede, respira um momento e prossegue:

"É uma hora da tarde. Mais precisamente, uma hora e dois minutos. O senhor falou com meu colega, o juiz Carlos Eduardo, por volta das oito da manhã. Vamos esclarecer uma coisa: o senhor veio aqui advogar a revogação da prisão do diretor da penitenciária que foi flagrado com presos fora da prisão? Ou o senhor veio pedir que a prisão não se efetue?"

"Meritíssimo, com todo o respeito, eu não poderia, como secretário de Justiça... eu não teria como prender um homem meu, um homem de confiança do próprio governador e do doutor Mário Sérgio."

"O senhor descumpriu a decisão judicial? O senhor não conduziu o capitão à delegacia, até agora?", Carlos Eduardo não dissimula a irritação, mantendo-a, contudo, na temperatura ambiente — elevada mas sob controle. Respira fundo e, como se estivesse falando para si mesmo, sobe o tom: "Isso é um absurdo. É inaceitável."

O secretário de segurança, o também coronel Éverton, avalia que essa é sua chance de intervir e recorre ao que lhe resta de retórica: pondera, clama por diálogo, elogia as virtudes do consenso, declina as vantagens da união entre os poderes. Porém, antes que haja tempo de assinalar que, na vida cotidiana como nos governos, é sábio quem admite que uma mão lava a outra, Alexandre o interrompe e, encarando o outro coronel, o secretário de Justiça, indaga: "O senhor se arroga o direito de defender o indefensável diante da autoridade judicial, cuja decisão o senhor admite estar desobedecendo?"

A pergunta de Alexandre é puramente retórica. Ele sabe que a resposta é sim, o que transforma o coronel em réu potencial de alguns crimes e eleva, perigosamente, a temperatura do conflito.

Como nenhum dos dois juízes tem vocação para bombeiro, quando Alexandre derrama gasolina sobre a situação, Carlos — que também ignora o discurso conciliador do coronel Éverton e se concentra no secretário de Justiça — acende o fósforo:

"Coronel Barroso, o senhor tem uma hora, uma hora exata, a contar desse minuto, para apresentar o capitão na delegacia. Uma hora. Vou verificar pessoalmente. Ou vou ser obrigado a representar contra o senhor e tomar as providências pertinentes. Em respeito ao cargo que o senhor exerce, vou esquecer os elogios que o senhor fez ao capitão."

O coronel, acompanhado dos aliados, bate em retirada sob fogo cruzado, deixando, atrás de si, um rastro de pólvora e um campo devastado — moralmente, devastado; psicologicamente, agastado. Podia ter passado sem essa. Agora, esse terreno de escombros lhe pertence e colou para sempre à aba de seu paletó, como uma cauda primitiva e imperecível. O coronel terá avaliado e concordaria com o epíteto: saiu menor do que entrou. Haveria, entretanto, o momento da virada e ele o esperaria, ansioso. Afinal, recorrendo às platitudes a que se limitam as sinapses do personagem, "o mundo é um moinho". Se não for por bem, será por mal.

Recobrando a atmosfera de intimidade, sem mais ninguém na sala, Alexandre desabafa: "Puta que o pariu. Que esculhambação. Esse estado virou a casa da mãe joana. É a putaria generalizada. O cara é secretário de Justiça. O outro é diretor de penitenciária. Devem ser sócios."

"Sócios entre si e dos presos. Uma confraria de pistoleiros", completa Carlos Eduardo. E se pergunta: "Até aonde se estende a rede de cumplicidades? Chega ao palácio do governo ou fica nas polícias?"

"Por um gabinete a gente já sabe que passa. E fica bem perto da gente. O meio político deve estar contaminado, e a magistratura a gente sabe que está. Vamos tomar um café. Caralho, depois dessa, tenho de dar um tempo." Alexandre serve-se e estende uma xícara ao amigo.

∗ ∗ ∗

Raulino foi preso. O prazo foi cumprido. Nenhuma referência a Mário Sérgio foi incluída no depoimento prestado na delegacia.

Mais tarde descobriu-se que Barroso, Raulino e Petrarca — personagem que os leitores conhecerão em breve — formaram, alguns anos antes, uma trinca do barulho, no serviço de inteligência da Polícia Militar.

Descobriu-se também que a colônia de pesca em que se reunia a confraria dos presos com o diretor do Instituto de Reabilitação

Social — título demagógico e pomposo do presídio de Vila Velha — era propriedade da família de outro coronel, um personagem conhecido em todo o estado, figura politicamente importante. Ninguém menos do que Amaro Horta, com quem Carlos Eduardo quase se atracaria no aeroporto, no dia do sepultamento de Alexandre.

6. A Primeira Ameaça a Gente nunca Esquece

Não seria fácil resistir às pressões. Se alguém duvidasse, a sequência de ameaças teria acabado com qualquer dúvida. Elas vieram em cascata. Chocaram, surpreenderam, assustaram, mas depois caíram na vala comum da rotina — esse triturador de significados que uniformiza o valor do que deveria ser preservado com sua identidade original e sua natureza única. Aos poucos, com a repetição monótona dos telefonemas e faxes, tudo se dilui, mesmo o que tem poder de separar a vida da morte. Não há suspense que resista a tanto tempo de exposição na arena da consciência e das emoções de quem é ameaçado. Uma pena. Se o medo continuasse a roer a autoconfiança de Alexandre, talvez ele ainda estivesse vivo, escrevendo conosco este livro que, nesse caso, contaria outra história, muito mais alegre e gratificante. O medo pode ser bom conselheiro, sobretudo quando tem bases reais.

Mas a primeira ameaça é singular, incomparável, porque faz diferença. Cai como um raio na paisagem azul do verão. Eu, por exemplo, lembro perfeitamente da primeira vez. Esse "eu" vale para qualquer um dos três autores deste livro.

Luiz Eduardo viveu alguns sustos, durante a ditadura militar, quando era militante clandestino do Partido Comunista Brasileiro, sobretudo numa viagem com documentos falsos a Buenos Aires asfixiada e sitiada pelo terror ditatorial. O aeroporto de Ezeiza, cercado de cães e fuzis, ficará para sempre na memória como o retrato do medo em estado puro. Documentos falsos e missões políticas clandestinas em meio a esse ambiente repressivo podem desencadear enredos inquietantes. Mas foram sustos, apenas.

Em plena democracia, Luiz Eduardo experimentou a primeira ameaça em 1999, quando era subsecretário de segurança do estado do Rio de Janeiro. O fato se deu de um modo inusitado: no carro com o governador, dirigindo-se a uma solenidade, ouviu pela rádio CBN a notícia de que acabara de sofrer um atentado com uma de suas filhas, não havendo ainda informações sobre sobreviventes. Não houvesse a menção à filha, a reportagem talvez soasse até um tanto cômica para o subsecretário, ainda que seus efeitos não fossem nada risíveis para os amigos e familiares que só descobririam a posteriori que a informação era falsa.

Outra forma esdrúxula de ameaçar, naquele mesmo ano, foram os telefonemas, na madrugada, convidando a esposa de Luiz Eduardo para o funeral do marido. Um toque particularmente perverso era o tom piedoso da voz feminina que fazia o convite para a grande festa religiosa que celebraria o falecimento do subsecretário. Os métodos variavam, da farsa ao trágico.

O pior exemplo deste último tipo foram os assassinatos aleatórios cometidos, ainda em 1999, a título de chantagem, visando a suspensão das reformas anunciadas por Luiz Eduardo, enquanto subsecretário de segurança, e que começavam a ser implementadas — entre elas e com destaque, o programa Delegacia Legal* era tor-

---

* Tratava-se de um conjunto de projetos combinados cuja meta era substituir o arquipélago fragmentário e anárquico de unidades distritais, a que se reduzia a Polícia Civil do estado do Rio de Janeiro, por uma estrutura institucional organizada e passível de gestão racional, isto é, governável, dotada de transparência, aberta ao controle externo e apta a operar com dados qualificados, informatizados e compartilhados, diagnósti-

pedeado. Esse tipo de terrorismo parece uma reação inteiramente desproporcional, mas, na realidade, demonstra que a racionalização da gestão e a reorganização das polícias constituem os maiores riscos para os policiais corruptos, cuja liberdade de ação depende da anarquia que, nos bastidores, impera em suas instituições. As reações selvagens às mudanças constituíam uma lição da maior importância sobre o acerto da política então adotada de guerra contra a corrupção. Por outro lado, impunham um preço que ninguém deveria estar disposto a pagar. Afinal, o valor da vida humana é incomensurável e não há fins que justifiquem o seu sacrifício — a não ser, talvez, em situação extrema, a defesa desse mesmo princípio e o seu exercício.*

* * *

A primeira e inesquecível ameaça a Carlos Eduardo deu-se no contexto da luta que se intensificava contra as práticas do juiz Mário Sérgio, as quais já começavam a dar mostras de que pertenciam a um contexto mais profundo e amplo, e mais organizado, com tentáculos em distintas instituições.

Visando chamar a atenção da opinião pública e da elite intelectual para a gravidade do crime organizado no estado do Espírito Santo, Carlos Eduardo e Alexandre organizaram, em 2002, na FDV,**

---

cos, planejamento, avaliação e monitoramento corretivo, de forma sistêmica. A expectativa era a de que, com a reforma das delegacias, enquanto ambiente físico e modelo da divisão do trabalho, e com a supressão dos cárceres, também se transformariam as relações internas e externas, de cooperação profissional e de atendimento à sociedade. A experiência subsequente demonstrou a validade do programa, apesar de ele ter enfrentado muitas resistências, desde o início de sua implementação, e a despeito do fato de que ele não chegou a ser implantado em todas as dimensões previstas.
* Alguns dos episódios relatados são narrados em detalhes no livro *Meu Casaco de General; 500 Dias no Front da Segurança Pública do Rio de Janeiro*, de Luiz Eduardo Soares, publicado pela editora Companhia das Letras, em 2000.
** Faculdade de Direito de Vitória, única instituição do Espírito Santo que oferecia curso de pós-graduação na área do Direito e da qual ambos eram professores.

um seminário internacional de grande porte, durante uma semana, sobre o tema. Carlos Eduardo saía de casa às sete e meia da manhã para buscar os convidados no hotel e levá-los, pessoalmente, ao local das palestras. Vieram especialistas de todo o país e do exterior. Fez isso segunda, terça e quarta. Na quinta-feira, dia em que caberia a ele a segunda palestra matinal, preferiu ficar em casa, aproveitando as primeiras horas da manhã para rever seus apontamentos. Outro colega levaria os convidados. Carlos sairia às dez horas — horário em que sua esposa estava indo para o trabalho, naquela semana. Sua fala estava prevista para as dez e meia. Por volta das nove e meia, o porteiro interfonou: o motorista da dona Paula já tinha chegado e estava aguardando. Paula interrompeu a concentração do marido para lhe perguntar: "Você mandou o carro do Tribunal, que está à disposição do evento, me buscar?" Carlos disse que não; não tinha solicitado carro algum. Estranho. Ambos ficaram uns minutos a imaginar possibilidades, até que Carlos Eduardo resolveu esclarecer, pessoalmente, aquele mal-entendido.

Vestiu uma calça, enfiou a arma dentro do jornal dobrado, meteu uma sandália no pé, desceu pelo elevador, conferiu com o porteiro os detalhes da história e indagou pelo carro: "Aquele ali, doutor." Carlos bateu na janela do carro, do lado oposto ao do motorista, que assustou-se com a abrupta abordagem por um homem malvestido: "É você que está esperando dona Paula?"

O homem atrapalhou-se: "Não, não. Eu vim buscar a Paulinha. A menina que eu levo pra escola."

"Bom, então houve um engano. O porteiro disse que você tinha mandado chamar a dona Paula".

"Não, não, senhor", balbuciou o motorista. "Foi um engano mesmo."

Carlos voltou à portaria. Não estava satisfeito. Quando se dirigia ao porteiro, o carro disparou cantando pneu. O porteiro insistiu: "Que Paulinha nada. Não tem nenhuma Paulinha no prédio. Ele pediu pra eu chamar a dona Paula mesmo e ainda disse que era a esposa do juiz Carlos Eduardo." A verificação da placa confirmou as piores suspeitas: tratava-se de numeração inexistente, placa fria. Era assustador concluir que os covardes estavam bem informados sobre os horários do casal. Uma possível tragédia só havia sido evitada porque Carlos decidira alterar a rotina naquela quinta-feira, em função de sua palestra e da necessidade de prepará-la.

Durante vários meses, as ameaças dirigidas a Carlos Eduardo mencionavam nome e sobrenome da esposa e das crianças. Os criminosos não precisam ser mestres em psicologia para saber que não há nada mais apavorante do que o envolvimento da esposa e dos filhos numa história de terror. Frequentemente, tais ameaças se dirigiam também a Alexandre. Até nisso estavam irmanados e seus destinos entrecruzados.

* * *

Pouco depois da prisão do capitão Raulino, Carlos e Alexandre receberam as primeiras ameaças dirigidas a ambos. Eram ameaças, sem dúvida, na medida em que produziam intimidação, mas sob a roupagem de denúncias solidárias — tampouco se pode descartar que a intenção tenha sido mesmo a melhor. De todo modo, o resultado foi um só: insegurança e medo. É necessário ter coragem para não se deixar acuar. Por faxes e telefonemas, endereçados ao gabinete de trabalho de ambos os juízes, na VEP, afirmava-se que pistoleiros haviam sido contratados por R$ 50.000,00 para matá-los. Em seguida, veio a informação adicional, esta mais suscetível de ter como origem uma efetiva disposição de ajudar: o sargento Valêncio estaria no Fórum para vigiá-los. Os mandantes do crime seriam o coronel Petrarca e Bidú, ambos personagens sobre os quais muito se dirá adiante.

Carlos Eduardo e Alexandre, ainda novatos na arte de navegar entre icebergs ou de avançar em terreno minado, consideraram que, a despeito do mal-estar gerado pela prisão do capitão Raulino, valeria a pena procurar o secretário de segurança, coronel PM Éverton Laurindo de Farias, dadas as características bastante objetivas daquela denúncia ou da ameaça. E dadas as circunstâncias, ele era, afinal de contas, gostassem ou não, a autoridade maior sobre as polícias estaduais. Caberia a ele investigar e prover segurança pessoal aos magistrados em risco. Mesmo que não viesse o apoio — o que esperar de um aliado do coronel Barroso? —, procurá-lo e cobrar proteção seria um modo de envolvê-lo, atribuindo-lhe responsabilidade.

A visita foi anticlimática. Tensos e com certo constrangimento, Alexandre e Carlos Eduardo levaram ao coronel os faxes e relataram as conversas telefônicas. Éverton riu. Parecia deliciar-se com o desconforto dos visitantes. Reclinou-se na cadeira e riu, novamente: "Petrarca? Coronel Petrarca? Muito amigo meu. Ele não vai fazer nenhum mal a vocês, não. Não precisam ficar com medo." Infantilizados, humilhados com aquela jocosidade fora de lugar, os juízes saíram pasmos do gabinete do secretário. Pasmos e aturdidos. O que pensar? Petrarca, por tudo o que já sabiam, não era flor que se cheirasse. Não havia policial sério que não o temesse e não lhe atribuísse boa parte da responsabilidade pelo que de pior havia no estado. Pois o secretário de segurança, o próprio secretário, ninguém menos, admitia que era seu amigo. Se a sabedoria popular valia alguma coisa, Éverton Laurindo de Farias ficava mal na fita. O "dize-me com quem andas e dir-te-ei quem és" apontava para uma síntese assustadora. Além do capitão que libertava presos com objetivos criminosos e do secretário de Justiça que o acobertava, agora o secretário de segurança se confessava amigo do principal suspeito de ser o papa da pistolagem no Espírito Santo?

Outra ameaça que ficou documentada deu-se em 15 de julho de 2002. Carlos Eduardo relatou-a por ofício, pedindo providências, ao então superintendente da Polícia Federal, delegado Tito Caetano. Uma pessoa lhe telefonou, identificando-se como um preso que lhe era agradecido por ter sido por ele beneficiado com a progressão de regime. Contou-lhe que "ouviu um acerto em que três sujeitos — Pinheiro, Mazinho e Geraldo — foram contratados pelo coronel Petrarca para matá-lo". Segundo o delator — ou o porta-voz da ameaça —, planejavam também sequestrar sua esposa, da qual dizia nome completo e filiação. Os três executores estariam nos bairros Vila Garrido e Santa Rita. Logo depois do telefonema, Carlos Eduardo mobilizou o delegado Josemar, da Divisão de Homicídios e Proteção à Pessoa, a DHPP, que descobriu o telefone de onde proviera o chamado: um orelhão, no centro de Vitória, situado em frente ao supermercado São José. No ofício, pedia a Tito que contatasse Josemar.

* * *

A primeira experiência de Rodney com ameaças é quase tão antiga quanto sua carreira policial — já se vão mais de vinte anos. Com o tempo, os sustos perderam o viço e já parecem nebulosas indefinidas de estrelas mortas. Mas a primeira que o atingiu como um tiro no peito, no Espírito Santo, veio logo depois da morte de Alexandre. Ligaram para seu filho. Falaram com ele. Não com intermediários. Com seu filho, diretamente. E lhe disseram que seu pai morreria, descrevendo em minúcias o que aconteceria; e precisaram os detalhes que até um assassino profissional, como Manoel Corrêa da Silva Filho, consideraria indecorosos — conforme se verá adiante.

Os crápulas sabiam como meter as unhas na alma de um homem: bastava agarrar-lhe o filho pelo ardil de um telefonema e injetar-lhe o vírus da paranoia. Não surpreende que Rodney tenha sofrido bastante e guarde esses momentos na memória com muita clareza — ou seja, com viva emoção.

No momento em que a ameaça chegava aos ouvidos de seu filho, Rodney jantava com o líder da missão especial, Santoro, e outros procuradores, em Vitória. O trabalho se estendia noite adentro. Sua esposa ligou sob o impacto do telefonema e ele correu para casa. A cena que encontrou jamais esquecerá: mãe e filho abraçados no sofá, o telefone jogado no chão, fora do gancho. Rodney decidiu sacrificar a privacidade da família em nome da segurança: solicitou, judicialmente, o grampo de seu próprio telefone por noventa dias. Era o preço a pagar se ele quisesse identificar e capturar os que tramavam contra sua vida e a paz de sua família. No dia seguinte, insone e esgotado, mas ansioso por voltar à secretaria e começar as investigações, ouviu da mulher, ao despedir-se, palavras críticas pronunciadas com um sorriso discreto, que transmitiam carinho, gratidão e confiança: "Meu marido só pode ser louco."

* * *

Alexandre acabou por calejar-se, sendo tantas e tão frequentes as ameaças. Como ele aparecia mais na mídia do que Carlos Eduardo, que por temperamento lhe passava de bom grado as solicitações de entrevistas, estava também mais exposto à ira dos criminosos. Rodney não tinha como driblar a mídia, sendo secretário de segurança. Por outro lado, mantinha-se mais protegido, porque a dispensa de segurança pessoal está automaticamente e a priori cancelada, no caso dos secretários de segurança, numa situação como a que vivia o Espírito Santo.

A mais perturbadora forma de aviso sobre riscos — nem uma denúncia, nem uma ameaça velada e indireta — que Alexandre conheceu chegou-lhe como uma simples carta, remetida do interior de Minas Gerais, no primeiro semestre de 2002. Recordemo-nos que nesse período começaram as tensões com Mário Sérgio, a partir das quais se desfiou o novelo que conduziria ao epicentro do crime organizado. A carta, recebida por Alexandre — que chegou a ser lida por Carlos —, foi comentada e desdenhada pelos dois amigos, que a subestimaram.

Quem poderia culpá-los? A posteriori, é fácil reconhecer-lhe a importância, mas no calor da hora, para dois agnósticos, aquilo soava como filme B ou história da carochinha. Eles estavam se defrontando com problemas muito complexos, sérios demais para se darem ao luxo de perder tempo com bobagens místicas. Vidência... ora, vidência. As pessoas mal conseguiam enxergar um palmo à frente do nariz... Como é que se tinha a petulância de prever o futuro, arvorando-se poderes quase divinos? Nem ficção científica, disseram um ao outro, regozijando-se com a própria racionalidade e exorcizando para o outro mundo — caso houvesse — o eventual abalo psicológico que uma mensagem desse tipo porventura pudesse provocar.

Celebraram o triunfo da lucidez sobre o obscurantismo. Eram os enciclopedistas de Vitória; campeões capixabas do esclarecimento. Os iluministas do poder judiciário. E a carta, ora, a carta informava ao doutor Alexandre que, se não tomasse todo o cuidado, seria assassinado no ano seguinte, vítima de um complô planejado por um certo coronel William Gama Petrarca e executado por um tal de Lombrigão — de quem ninguém, na missão especial ou na secretaria de segurança, ouvira nem ouviria falar até os dias que se seguiram ao crime.

7. Missão Especial

Homicídios e corrupção alcançaram níveis alarmantes e se espraiaram por diversas instituições, em 2001 e 2002. O contexto no qual se moviam Alexandre e Carlos Eduardo não era nada favorável a quem nadasse contra a maré. Por outro lado, a atmosfera tensa e a difusão do medo transformaram os problemas do Espírito Santo, crescentemente, em uma questão nacional, que merecia o interesse da opinião pública de todo o país e, portanto, da mídia nacional — o que estimulava a mídia local a avançar nas investigações, com mais audácia e coragem.

As denúncias contra o juiz Mário Sérgio Seixas Lobo, que abalaram o Pleno do Tribunal de Justiça, na virada do ano 2001 para 2002, enfurecendo vários desembargadores contra os juízes adjuntos que ousaram acusar seu superior hierárquico, foram abafadas no primeiro momento. Contudo as fitas que, obrigatoriamente, gravam as reuniões do pleno acabaram vazando para a mídia e produzindo um grande escândalo. Já não era possível continuar acobertando o caso. Tornou-se imperioso admitir uma investigação, no âmbito do Tribunal de Justiça. A médio prazo, ante a inviabilidade de justificar os atos de Mário Sérgio, e dada a abundância de provas contra ele, não houve saída senão convencê-lo a gozar férias vencidas para, indiretamente, licenciar-se do cargo. O procedimento repetiu-se por seis meses. Mesmo seus defensores resignaram-se e depuseram armas. Pelo menos na esfera dos procedimentos legais e visíveis. Já na esfera ilegal e clandestina, movimentaram-se em direção oposta: armaram-se.

Em abril de 2002, foi assassinado o advogado Joaquim Marcelo Denadai, que denunciou fraudes em licitações envolvendo empresas do ex-PM Sebastião Pagotto, responsáveis pela limpeza urbana e a manutenção de galerias pluviais de Vitória, no período em que Paulo Hartung era prefeito da capital — essa indicação apenas situa os eventos citados e não deve ser tomada como uma sugestão velada de que o então prefeito fosse conivente com qualquer prática ilícita. O Ministério Público acusou o ex-policial de mandante do crime.* O homicídio abalou o estado e sensibilizou o país. A Ordem dos Advogados do Brasil, regional e nacional, assim como o Conselho de Defesa dos Direitos da Pessoa Humana, elevaram o tom e exigiram um posicionamento firme por parte das autoridades federais. A pistolagem passara dos limites. Convertera-se em problema nacional, ameaçando o estado democrático de direito e seu monopólio do uso da força. O tiro foi a gota d'água. Partira-se o equilíbrio entre os que defendiam a nacionalização da resposta à barbárie capixaba e os que se socorriam dos panos quentes para validar o jargão cada vez mais vazio da "autonomia dos entes federados", a "independência dos estados e dos municípios". A opinião pública, traduzida pela grande mídia nacional, sustentava a necessidade de que se mobilizasse o pulso forte da União contra a selvageria do crime organizado.

---

* O julgamento do ex-PM Sebastião Pagotto, no Espírito Santo, está sobrestado até que o Superior Tribunal de Justiça se pronuncie sobre um mandado de segurança impetrado pela defesa e cujo relator é o ministro Celso Limongi. Há também um habeas corpus no STJ — Nº 75.794 — ES (2007/0017540-0) — que foi negado pelo ministro Paulo Gallotti, mantendo-se a sentença de pronúncia pela morte de Denadai.

O Espírito Santo aparecia aos olhos da nação, mais e mais, como a terra sem lei.

O acúmulo de crises na área da segurança, em especial a execução do advogado Denadai, e a gravidade dos episódios de corrupção — pior: a combinação de ambos os fenômenos — levaram o então presidente Fernando Henrique Cardoso a estudar a hipótese de intervenção federal no estado, o que seria bastante delicado em qualquer circunstância, sobretudo numa situação como a do Espírito Santo, em que o governador, José Ignácio, era membro do partido do presidente, o PSDB, e particularmente em ano eleitoral — 2002. Contra a opinião do ministro da Justiça, Miguel Reale Júnior, a proposta — formulada pelo dr. Agesandro da Costa Pereira, respeitado presidente da OAB/ES — foi arquivada, o que provocou a reação imediata do ministro, que exonerou-se. A situação tornou-se insuportavelmente constrangedora para o ministro, porque, antes de convencer-se do contrário, o presidente chegara a concordar com a intervenção, o que levou Reale Júnior a anunciá-la e justificá-la. Esse fato o expusera de tal maneira que não haveria como explicar a subsequente decisão oposta. Nada lhe restava senão deixar o governo. Era a única solução honrosa que o contexto lhe facultava. O protesto não só do ministro, mas do jurista consagrado que é Reale Júnior, colocou o governo em uma posição muito difícil diante da sociedade brasileira, e não apenas da capixaba. Era indispensável uma saída forte e clara para a crise. Uma solução positiva que transmitisse uma mensagem nítida e o compromisso do governo federal com o combate ao crime organizado.

No ano 2000, o governo Fernando Henrique vivera outra situação complicada, que acabou sendo revertida, politicamente, quando o presidente assumiu a iniciativa, saiu da defensiva e avançou com movimentos construtivos, deslocando a seu favor a agenda pública e as tendências de opinião. Aconteceu, em junho de 2000, o sequestro de um ônibus da linha 174, na cidade do Rio de Janeiro, na rua mais importante de um dos bairros mais nobres da capital: o Jardim Botânico. O sequestro agonizou por horas, diante das câmeras de televisão, e terminou com uma tragédia dupla, uma delas ao vivo e em cores; a outra, à sombra da impunidade oficial e longe do voyeurismo mórbido da população: a morte da professora Geisa e do jovem sequestrador, Sandro do Nascimento. Ele era um sobrevivente da chacina da Candelária, outro episódio conhecido e bárbaro que marcou a história da violência brasileira. Era como se o passado de brutalidade policial contra meninos de rua invadisse o futuro para cobrar-lhe um imposto em vida e responsabilidade, acertando contas que o país teimava em esquecer e varrer para baixo do tapete.

Poucos dias depois, o ministro da Justiça à época, José Gregori, apresentou ao país um plano nacional de segurança pública, o qual, com todos os seus limites, era um documento pioneiro, que expressava um compromisso, ou, pelo menos, a disposição para um compromisso. A execução do plano não veio e as expectativas se frustraram — não por culpa do dr. Gregori. De todo modo, o governo mobilizou-se para transformar — como diriam os marqueteiros políticos — o limão da tragédia e da incompetência policial na limonada da esperança de dias melhores e mais pacíficos, com mais segurança e profissionalismo.

Algo semelhante deu-se em 2002, quando Miguel Reale Júnior exonerou-se, indignado com o que lhe parecia omissão federal, diante de um quadro de degradação severa a exigir ação firme e imediata, sem concessões políticas. Coube a seu sucessor, dr. Paulo de Tarso Ramos Ribeiro, o passe de mágica para salvar o governo federal do xeque que lhe dera Reale Júnior e reconfigurar o que parecia debilidade política do presidente e sacrifício do interesse público em benefício de conveniências partidárias.

Emergiu da crise a ideia de uma "missão especial" para salvar o Espírito Santo das garras do crime organizado e o presidente das críticas da sociedade e da mídia. Um grupo de profissionais que portava mensagem simbólica muito vigorosa: o governo federal enviaria ao Espírito Santo a entidade mais próxima possível de um super-herói. Mais do que uma força-tarefa, cuja imagem já estava desgastada pelo uso. Para todos os desafios da insegurança pública e na ausência de uma política nacional de segurança, despachava-se uma força-tarefa. Essa entidade já se convertera em uma espécie de bordão político. Era pau para toda obra.

Já a missão especial guardava uma certa nobreza no título que lhe conferia um atraente estatuto de excepcionalidade e, portanto, de originalidade. A mensagem era: dessa vez será diferente e melhor. Alguma coisa desconhecida aconteceria. Por que não confiar no melhor, se a diferença em relação à rotina estava assegurada? A palavra missão remete a tarefas militares raras, arriscadas e difíceis, o que, por sua vez, suscita a ideia de força, capacidade, iniciativa e coragem. Os membros da dita-cuja que se virassem para tornar efetiva a expectativa gerada pela obra de marketing político.

O futuro demonstrou, no entanto, que havia bem mais do que uma estratégia de propaganda nessa iniciativa. Missões especiais, assim como forças-tarefa, de fato podem funcionar. Afinal, garantem a cooperação entre diferentes instituições, os recursos necessários para alcançar as metas, a gestão racional do trabalho coletivo,* a agilidade sem burocracia proporcionada pela integração e a participação de profissionais competentes e honestos, que trabalham sob controle externo (ao menos, potencialmente) e nos marcos da legalidade.

Não foi por acaso que o governo Lula propôs ao país os gabinetes de gestão integrada da segurança pública — por intermédio de Luiz Eduardo Soares, quando secretário nacional de Segurança Pública, e um dos autores deste relato — e começou a implantá-los. Esses gabinetes, cujo desenho original lhes atribuía as qualidades já

---

* Gestão racional envolve informações, diagnósticos, planejamento, avaliação e monitoramento corretivo, procedimentos que requerem determinados mecanismos institucionais, além da adoção de certas metodologias — com frequência, tanto os mecanismos quanto as metodologias estão ausentes nas polícias brasileiras.

testadas e provadas dessas experiências anteriores, tinham a vantagem da permanência e da continuidade — missões especiais e forças-tarefa deixam de existir quando cumprem suas metas imediatas.

Coube a Carlos Eduardo e Alexandre representar o judiciário naquela missão especial. A indicação foi confusa, atrapalhada e envolveu conflitos. Originalmente, o nomeado foi outro juiz — um aliado de Mário Sérgio. Era estranho que fosse indicada para uma posição-chave justamente uma pessoa que — segundo a inconfidência de um delegado da Polícia Civil — se reunira com o secretário de segurança, coronel Éverton, e com o coronel Barroso, secretário de Justiça, nas dependências da secretaria de segurança, para discutir a remoção de Carlos Eduardo e Alexandre da 5ª Vara, tomando partido de Mário Sérgio. Ante o fato da nomeação desse juiz ligado a Mário Sérgio, Carlos ousou questionar, pessoalmente, o desembargador Zenildo, que se mostrou perplexo. Admitiu que tinha havido algum engano. Ele não fizera aquela nomeação. Como é que ela havia sido publicada no Diário Oficial, como ordem sua, sob sua assinatura? Não foi preciso refletir muito para deduzir o que acontecera. Alguém de seu gabinete, onde estavam lotados amigos do juiz nomeado, incluíra o documento no meio da papelada que o presidente do Tribunal assina, diariamente, em confiança. O desembargador chamou seu chefe de gabinete, o juiz Túlio César Leite, e ordenou a imediata correção do, digamos assim, equívoco... Pediu, ato contínuo, que Carlos Eduardo aceitasse a indicação. Carlos concordou sob a condição de que contasse com a ajuda de seu parceiro, Alexandre. Não se tratava de um pedido de ordem privada, fruto da amizade. Era um pleito fundado no reconhecimento da competência, da honestidade e da coragem do colega. Foram, então, ambos nomeados para representar a Justiça na missão especial.

Rodney Miranda, na época apenas delegado da Polícia Federal, foi indicado, pelo procurador Santoro e o ministro da Justiça, Paulo de Tarso, para chefiar a equipe da PF na missão especial. Seu nome, entretanto, por motivos políticos, foi vetado pela direção da

PF, porque, pouco antes, ele participara de duas diligências polêmicas: a prisão do deputado federal Jader Barbalho e a busca no escritório do marido da então governadora do Maranhão e pré-candidata favorita à presidência, Roseana Sarney.

Assim que se instalou a missão, com os dois juízes, policiais federais e o procurador Santoro, pelo Ministério Público Federal, Alexandre e Carlos Eduardo entregaram 1.900 mandados de prisão. Teve início uma carga pesada, uma espécie de mutirão cujo objetivo era prender todos os pistoleiros que atuavam no estado e seus mandantes, quaisquer que fossem os seus postos e sua importância política. O ritmo de trabalho tornou-se frenético. Os juízes puseram-se à disposição dos agentes da Polícia Federal vinte e quatro horas por dia. A qualquer momento, manhã ou madrugada, atendiam às solicitações por mandados de busca e apreensão, licenças para escuta telefônica, mandados de prisão. Organizou-se uma verdadeira usina de produção de resultados operacionais, nos marcos da legalidade. Generalizou-se a insegurança entre os criminosos, elevando a temperatura das ameaças aos protagonistas da missão especial particularmente aos seus expoentes capixabas, os dois juízes.

Desde que esfriaram as relações com Mário Sérgio e mesmo antes que ele se visse instado a se licenciar, um personagem passou a ser visto entrando e saindo do gabinete do titular da VEP, sem a menor inibição: Benedito Dutra Antunes Castro, conhecido pelo apelido, Bidú. Sua trajetória era razoavelmente conhecida: antes de ser expulso da Polícia Civil, foi membro da *scuderie* Le Cocq, associação de policiais que participavam de grupos de extermínio, no Espírito Santo, com ramificações em outros estados da Federação, sobretudo Rio de Janeiro — berço da gangue — e São Paulo.

O nome da irmandade clandestina homenageava um detetive carioca da polícia especial — conhecida por sua violência —, Milton Le Cocq, o qual, nos anos 1950 e 1960, fizera história sobretudo por seu confronto com o bandido Cara de Cavalo, que o teria matado. Na verdade, a bala que o matou foi disparada por uma arma calibre 45, diferente do revólver que estava em poder do bandido. A falsa acusação promoveu uma caçada feroz ao suposto assassino do policial. Cara de Cavalo seria executado pelos amigos do delegado com mais de cem tiros, no casebre de seu pai, pescador que vivia em Búzios. A fonte inspiradora da *scuderie* foi uma falsa acusação e seu batismo de fogo, uma execução brutal.

Esse grupo de policiais capixabas se vinculara a bicheiros que emigravam, sazonalmente, do estado do Rio de Janeiro, conforme oscilavam as pressões na área da segurança, ao sabor da política. Entre eles destacava-se o bicheiro capitão Guimarães, egresso do Exército, que chegara a integrar unidades de repressão política, durante a ditadura. Essa passagem por setores do Estado brasileiro criou lastro e lhe permitiu o acesso a redes das quais faziam parte segmentos policiais. Pivôs desse tipo funcionavam como elos estratégicos das conexões interestaduais e interinstitucionais, e ligavam o mundo oficial e formal das polícias e da política ao submundo do crime, do tráfico de armas e drogas, aos negócios ilícitos dos mais diversos tipos e à lavagem de dinheiro, sem a qual secam as fontes de financiamento das operações criminosas. Registre-se que Luis Carlos Prates começou sua trajetória criminosa como preposto do bicheiro, no Espírito Santo, em fins da década de 80 e início dos anos 1990. Só depois, alçou voo solo.

A tecer essas redes estavam, ao lado de muita gente graúda: Bidú, enquanto esteve na Polícia Civil e mesmo depois (personagem que desempenhará papel destacado nos próximos capítulos); coronel Petrarca, na Polícia Militar; e Luis Carlos Prates, bicheiro e deputado estadual que chegou à presidência da Assembleia Legislativa do Estado do Espírito Santo, antes de ser preso.

A surpresa era o grau de comprometimento do judiciário e as modalidades de contribuição de magistrados para as operações criminosas. A teia era poderosa, violenta e ousada o suficiente para assustar e acuar o cidadão de bem, a cidadã bem-intencionada que se lhe opusesse, frontalmente.

Por outro lado, os políticos profissionais, que negociam voto no mercado eleitoral e fazem da ascensão a posições de poder uma carreira individual, ou seja, a imensa maioria dos políticos numa democracia — os quais para sobreviver tornam-se oportunistas e carreiristas —, estabelecem com essa modalidade de crime organizado, na melhor das hipóteses, uma relação de não beligerância e, na pior, uma aliança.

A razão é muito simples: de sua parte, os criminosos sabem que não podem prescindir de apoio político, isto é, entendem que precisam contar pelo menos com a tolerância do aparelho de Estado, sobretudo na área da Justiça criminal e da segurança pública. Não há um grupo de extermínio na Baixada Fluminense ou no interior capixaba — nem o mais insignificante — que possa manter-se sem algum tipo de suporte político, em algum nível. Ou eles seriam fácil e imediatamente identificados e punidos. Cada um desses organismos necessita que a chefia das corporações policiais finja que não vê. E o comando só pode fazê-lo se não correr o risco de ser visto pelos superiores, no governo estadual, como cúmplice.

Para que a impunidade seja preservada, impõe-se, portanto, a existência de um vereador, um deputado estadual, um deputado federal que — atendendo ao apelo de um comerciante, um presidente de sindicato, um líder de uma associação de transporte coletivo pirata, um doador de dinheiro para campanha — dialogue com o comando local da polícia, a chefia regional, o comando estadual, que tenha acesso a um membro do governo, próximo ao gabinete do governador, nem que seja a Casa Militar.

Como sabem que não podem dispensar o apoio político, os criminosos, primeiro, apoiam e bancam as campanhas dos candidatos que aceitem protegê-los. Em seguida, tirando lições da esperteza alheia, despertam para o fato de que o melhor a fazer é deixar de lado os intermediários e passar a atuar, diretamente, na esfera política.

É o que aconteceu no Espírito Santo e o que vem acontecendo, em escala crescente, no Rio de Janeiro — um bom exemplo são as milícias, que costumavam fechar acordos com determinados candidatos e, há algum tempo, entenderam que seria bem mais prático e barato candidatar-se, diretamente, garantindo, para si — não mais para outrem —, os "currais eleitorais" desse novo e velho coronelismo urbano.

Os políticos, ao menos aqueles que se encaixam na descrição um pouco grosseira exposta acima, preferem a tolerância, optam pela convivência ou admitem a aliança, porque sabem que essas redes clandestinas talvez não tenham poder para gerar resultados no campo da política, mas, provavelmente, têm poder suficiente para estragar uma carreira, destruir um projeto, desestabilizar um governo. Sua força está naquilo que os cientistas políticos norte-americanos denominam *spoiling power*.* No limite, essas redes têm poder bastante para chantagear uma autoridade e, quando não houver outra solução, matá-la. Do ponto de vista utilitário, na perspectiva de uma carreira política individual, o cálculo de custos e benefícios não recomenda o confronto com o crime organizado.

O melhor retrato dessa atitude pusilânime dos agentes políticos é o tratamento que conferem às polícias, especificamente à questão da corrupção e das execuções extrajudiciais — duas faces da mesma moeda, quase sempre. Onde há excessos continuados, regulares, repetidos, alcançando o nível de brutalidade letal, sempre contra as mesmas comunidades, geralmente há negociações escusas. Quando o policial tem liberdade e autoridade para matar, arbitrariamente, sem riscos de punição, é porque também possui liberdade e autoridade para negociar a vida e a liberdade.

Se há negociações pela vida ou pela liberdade de suspeitos, já existe ou está em marcha a articulação de redes capazes de, por um lado, garantir a proteção dessas práticas ilícitas e, por outro, ampliar a margem de lucro dos negócios que começam a prosperar e a se tornar atraentes. Por um princípio quase gravitacional, que atua sob essa

---

* O poder de estragar.

dinâmica, mais cedo ou mais tarde uma das pontas dos tentáculos assim gerados vai se conectar com a política. Pronto, eis o nó que faltava à rede: negócios, polícia e política — esta aí o tríptico que constitui uma das principais matrizes do crime organizado no Brasil.

Carlos Eduardo e Alexandre já tinham compreendido esse fenômeno e optaram pelo enfrentamento, qualquer que fosse o preço a pagar. A missão especial, na prática, compartilhava essa compreensão e essa decisão.

Nesse contexto, as visitas frequentes de Bidú a Mário Sérgio puseram mais do que uma pulga atrás da orelha de cada juiz adjunto — puseram o zoológico inteiro de uma vez.

***

Vale a pena, aqui, seguir uma pista e apresentar em mais detalhes a história dessa amizade ou dessa sociedade entre Mário Sérgio e Bidú.

O juiz Mário Sérgio Seixas Lobo é capixaba, natural de Colatina, mas cresceu em Pancas, onde morou a maior parte de sua vida e casou-se com a senhora Regina Leman Chevalier, filha e herdeira do senhor Francis Leman Chevalier, rico proprietário rural, falecido dois ou três anos antes de Alexandre e Carlos Eduardo cruzarem com seu genro, na VEP, em Vitória. As terras do patriarca Chevalier concentravam-se no município de Baixo Guandu, na localidade denominada Mutum Preto. Antes de morrer, o sogro de Mário Sérgio determinou a partilha de suas terras em partes iguais, entre os filhos. Os cunhados de Mário Sérgio — Otto, Anselmo, Ricardo e Darcy — herdaram as pedreiras que vinham sendo exploradas pelo patriarca da família, em parceria com Matias Feitosa, fazendeiro bastante conhecido na região. As pedreiras são muito rentáveis e continuam a ser exploradas com sucesso pelos herdeiros, ainda associados a Feitosa.

A Regina coube uma parte da herança do pai que Mário Sérgio julgava improdutiva, gerando o que ele considerava uma injusta distribuição da riqueza paterna. Por isso, solicitou aos cunhados uma indenização compensatória, visando equilibrar os ganhos. Os irmãos de Regina Leman Chevalier recusaram-se a atender o pedido, considerando-o despropositado.

Mário Sérgio mudou de tática. Pediu a intervenção de seu amigo, coronel PM William Petrarca — depois se saberia que Bidú também foi acionado pelo juiz para ajudá-lo —, que visitou os cunhados do amigo e aplicou seus métodos eficientes de persuasão. Em juízo, posteriormente, Bidú admitiu ter participado desses encontros.

Petrarca lhes teria dito mais ou menos o seguinte: "É bom que vocês acertem com doutor Mário Sérgio, porque, do contrário, a coisa não vai ficar boa pro lado de vocês."

Pressionados, sentindo-se ameaçados, os irmãos Leman Chevalier e Feitosa, mesmo contrafeitos, cotizaram-se para pagar o preço de sua tranquilidade e segurança: R$ 150.000,00 (cento e cinquenta mil reais, em dinheiro) e uma caminhonete Hylux, importada, zero-quilômetro.

Transcrições de escutas ambientais enviadas, anonimamente, a jornais de Vitória contrariaram a versão de Mário Sérgio, segundo a qual não houvera qualquer pressão sobre os cunhados e fora espontânea a admissão de que o juiz sofrera injustiça na distribuição dos bens, tendo motivos para sentir-se magoado. Por isso, buscando reparar o malfeito e alegrar o cunhado, os irmãos de sua esposa resolveram dar a Mário Sérgio alguns mimos.

Enquanto se travava a difícil negociação com os herdeiros do velho Francis, passou a circular, em Baixo Guandu e Pancas, o cidadão que atendia pela alcunha de Bidú. Com frequência, ele era visto na companhia de Mário Sérgio, Petrarca e de algumas pessoas conhecidas na região por comportamento violento: Soquinha, Paulo Dutra e Tião Reinaldo. Pouco tempo depois, Bidú começou a explorar pedreiras e negociar pedras no município — fato que foi interpretado por investigadores como indício de que ele recebera um pagamento de Mário Sérgio, o que, por sua vez, apontava para a possibilidade de que estivesse envolvido com Petrarca e Mário Sérgio no processo de intimidação da família Leman Chevalier.

Bidú prosperou, meteu-se em outros negócios, enriqueceu e, à época em que a missão especial o investigava, podia ser visto nas ruas de Vitória dirigindo luxuosos carros importados.

* * *

O presente relato pecaria por insensibilidade se deixasse de registrar uma interpretação relativa ao plano subjetivo, mais profundo do que o mero interesse econômico — ainda que nem de longe este último deva ser subestimado nas aventuras e desventuras de Mário Sérgio. Quando se mexe com herança, os significados de distintos planos se misturam, e todos são importantes. Claro que o dinheiro e a caminhonete importada podem ser considerados motivos suficientes para que se compre uma briga com os cunhados. Quando os métodos rotineiros envolvem a violência, deduz-se que a cobiça material baste para explicar a mobilização de pistoleiros e o jogo pesado das ameaças. No entanto, no plano psíquico menos visível, em um nível simbólico, o jogo talvez seja outro.

Não seria despropositado formular a seguinte hipótese, por mais surpreendente que ela seja para quem estiver imaginando o juiz Mário Sérgio como um personagem estritamente calculista, materialista, pragmático e sem escrúpulo: tão importante quanto os ganhos materiais, nesse caso, poderia ser a oportunidade de agredir uma relação humana e familiar rica, sobretudo no que diz respeito à valorização da paternidade, por um lado, e da descendência, por outro.

Um pai que lega aos filhos sua fonte de riqueza fortalece vínculos de afeto e lealdade, reconhecimento e confiança. Filhos que compartilham o legado e cooperam, e prosperam nessa comunhão e nessa continuidade do pai, são homens e mulheres que experimentam com intensidade o pertencimento, esteio da gratificante sensação de acolhimento e de identificações positivas.

Por isso, por se tratar de uma área muito sensível, que envolve emoções de raiz e algumas questões fundamentais para a vida psíquica dos indivíduos e dos grupos, a problemática da herança tem sido, ao longo dos séculos, tema recorrente na literatura e na dramaturgia, de Sófocles a Shakespeare, da Bíblia a Nelson Rodrigues, de Freud a Konrad Lorenz, independentemente das concepções ideológicas e políticas a propósito da propriedade e da família.

Quando se afirma que tanto quanto o interesse material, outra lógica pode estar regendo os movimentos de Mário Sérgio, o que se quer sugerir é que uma pessoa que se sinta humilhada por uma convicção oculta — inclusive e sobretudo oculta de si próprio — de que não passa de um usurpador, de que não merece o lugar que tem, o título que ostenta, o status que exibe, o poder e o prestígio que usufrui e nem mesmo a esposa que conquistou, uma pessoa assim atormentada e insegura, com uma autoestima tão devastada, talvez seja alguém incapaz de suportar a ideia de que teve um pai e tem, queira ou não, uma herança, mesmo que ela seja uma maldição e o vazio do abandono, do desamparo, do desamor.

Quem se sente visceralmente um usurpador, antes de usurpar e ainda que jamais usurpe nada, é porque se sente sem um lugar no mundo que lhe pertença, e que seja merecido, legítimo e, por consequência, represente o valor de quem o ocupa. Essa sensação de que se tem valor, de que se é valioso, é um sentimento oriundo de um vínculo amoroso infantil e primitivo. Ser valioso, ter valor, é sinônimo de ser amado, ter sido amado no momento de formação, o que corresponde a ter méritos para sê-lo. O amor do outro é o espelho que nos diz que somos merecedores de amor e que, portanto, temos valor.

Quem vive o desamor e o desamparo, numa camada profunda e primitiva (lembremo-nos mais uma vez que o inconsciente não tem tempo), experimenta o mundo como exílio e rejeição. Sendo essa experiência insuportável, constroem-se máscaras e narrativas enganosas que desviem o exilado da realidade dura de seu exílio, motivado por um buraco na alma que sangra e não cicatriza.

Não se sabe se, porventura, o personagem de que aqui se trata vive um exílio desse tipo e se experimenta a si mesmo como um abominável e incorrigível usurpador — seja porque o pai não o reconheceu, amou e valorizou, seja porque guarda uma culpa primitiva de ter usurpado o lugar do pai, destruindo-o, simbolicamente.

Não se sabe. Não há como saber. Mas se a hipótese tiver fundamento e for esta a experiência que Mário Sérgio tem de si mesmo, então se pode entender a violenta destruição que perpetrou como tendo sido uma reação provocada pela inveja infantil — a qual pode tornar-se absolutamente destrutiva. Tão arrebatadora que levaria um juiz togado a raspar com um instrumento de ferro ou aço o metal de uma placa contendo o nome de Alexandre, como se fosse um menino travesso possuído pela erupção do ódio infantil. Tão insuportável que levaria um cidadão a cortar, simbolicamente, os laços que, pela herança, unem irmãos entre si e os ligam à imagem do pai, e ao sentimento que o pai legou. Tão poderosa, essa inveja primitiva, que ela seria capaz de levar um homem a extinguir o elo que vincula sua esposa ao pai e a faz membro de uma família, condenando-a a experimentar o mundo como exílio e desamparo para compartilhar a sina do marido. Mário Sérgio aboliu a origem de sua mulher, ao envenenar, com o dinheiro maculado pela chantagem, a riqueza legada pelo patriarca Francis Leman Chevalier.

* * *

Corria o segundo semestre de 2002 e, no horizonte, se desenhava a vitória de Paulo Hartung na eleição para o governo do estado. Alexandre e Carlos Eduardo acompanhavam a campanha com grande interesse. Afinal, não eram ingênuos. E se houvesse algum resíduo de romantismo utópico em sua confiança na Justiça que representavam, eles a estavam perdendo, rapidamente, graças às duras lições da vida real. Eles sabiam o que estava em jogo naquelas eleições. Por isso, receberam com alegria a notícia de que Paulo Hartung fora eleito governador do estado do Espírito Santo. E também por isso não hesitaram quando o governador eleito os convidou para uma reunião.

Sentaram-se em torno da mesa e foram surpreendidos com uma pergunta direta e franca: "Eu gostaria de saber a opinião de vocês sobre o coronel Amaro Horta." Alexandre e Carlos Eduardo se olharam, hesitantes. A indagação era desconcertante.

"É para falar a verdade?", questionou Alexandre.

"Claro", respondeu Hartung.

Alexandre voltou a olhar para o companheiro de jornada antes de encarar o governador eleito e afirmar:

"Bandido."

"Como assim?"

Carlos Eduardo veio em socorro do amigo:

"O senhor se lembra do caso daquele capitão, diretor de um presídio, que liberava os pistoleiros presos para sair à noite e matar, prestando serviço a ele e a seu grupo? Aquele capitão que nós prendemos?"

"Lembro."

Alexandre seguiu dali:

"Pois então o senhor vai entender. A colônia de pesca em que os criminosos se reuniam era da família de Amaro Horta."

"É chocante. Eu ia lhes pedir que opinassem sobre a hipótese de convidá-lo a assumir a secretaria de segurança... Mas, nesse caso..."

A reunião continuou, apesar do mal-estar que causa um choque tão contundente entre uma expectativa e um dado demolidor. Hartung conduziu a conversa com sua habitual cordialidade, manifestando apoio ao trabalho que os juízes realizavam e solicitando que integrassem uma equipe responsável pela elaboração de sua política de segurança pública.

Alexandre e Carlos saíram do encontro assustados e reconfortados. Assustados como quem acaba de evitar um acidente por poucos centímetros e frações de segundo. Reconfortados por terem salvado o estado do acidente. E, é claro, gratificados com as gentilezas de Hartung e com seu convite, o qual, vale dizer, levaram a sério. Tanto que trabalharam com afinco na elaboração das propostas que apresentariam na primeira reunião da equipe do governador eleito.

No dia marcado, chegaram pontualmente à sala indicada pelas secretárias que tentavam ordenar o caos da transição. Dois promotores de Justiça, honestos, corajosos e respeitados em todo o estado, já estavam lá: Marcelo Zenkner e Leonardo Barreto. Excelentes profissionais. Havia mais dois ou três professores. Cumprimentaram-se. O ambiente da transição de governo costuma ser tenso e contraditório: há muita adrenalina no ar, precipitada pela tomada de consciência do tamanho dos problemas que o novo governo vai ter de enfrentar. É o momento em que o discurso de campanha se desintegra e o sentimento de responsabilidade cava um buraco no estômago. Por outro lado, é também um tempo e um lugar repletos de esperança e da secreta disputa por cargos e posições. Paulo Hartung não custou a chegar. Entrou célere com Amaro Horta a tiracolo e, determinado, ensaiando o verbo governar, deu a todos as boas-vindas, introduziu o coronel — "uma das pessoas que mais entendem de segurança pública nesse estado" — e pediu que cada um expusesse as propostas elaboradas. Carlos Eduardo despencou para dentro de si, baixou os olhos, emudeceu e abotoou uma carranca. Deixou que o silêncio e a máscara antipática fossem a bandeira desfraldada de sua indignação.

Alexandre falou, mas pouco. Quase nada. Na saída, o governador eleito aproximou-se e provocou: "Está assustado, doutor Carlos Eduardo?"

"É preciso muita coisa pra me assustar, governador. Pouca coisa não me assusta, não. Pode até me decepcionar, mas assustar, não."

Saíram dali arrasados. Sentiram-se imersos na trama de *O Bebê de Rosemary*, o magnífico filme de Roman Polanski, no qual Mia Farrow faz o papel da mocinha pura e indefesa que se agarra à sua última esperança: a única pessoa em quem confia, seu médico. Ele a acolhe, protege, tranquiliza, anestesia e telefona para os inimigos. O médico também era membro da seita satânica. Não há saída. O mundo é o pesadelo paranoico. E a fantasia paranoica faz-se realidade.

Era assim que se sentiam. Traídos pela última esperança. Hartung traíra sua confiança — e só a reconquistaria muito tempo depois, sobretudo a de Carlos Eduardo, porque Alexandre não teve tempo de superar o trauma daquela reunião.

O primeiro passo nessa reconquista foi o anúncio do novo secretário. Em vez de Amaro, o governador escolhera Rodney. O segundo e decisivo passo foi conhecerem, pessoalmente, o escolhido. O fiapo de dúvida perdurou ainda por um tempo, porque Amaro Horta foi nomeado para um cargo importante, ainda que muito menos relevante do que a secretaria de segurança. Para alívio de Carlos Eduardo e de seus companheiros de travessia, Horta acabou exonerado. Parece que em seu eficiente pragmatismo, Hartung teve de aceitar o convívio incômodo e só aos poucos desligar-se do personagem — de tal modo que ele também fosse desligado, gradualmente, da rede que lhe dava suporte e força. Tudo indica que Hartung o cooptou apenas para enfraquecê-lo.

Antes do desfecho positivo, Amaro encetou uma guerra nos bastidores do governo contra Rodney. A intenção era substituí-lo ou contar com um aliado naquela posição-chave. No auge do confronto, Amaro enviou ao desafeto um recado dúbio — cujo significado no código policial, considerando-se aquele contexto, era hostil. Convocou o oficial responsável pela segurança do secretário e lhe disse que estava preocupado com a integridade física tanto do secretário quanto de sua família. A tensão se intensificou a ponto de fazer com que Rodney — tendo informado ao governador o que fazia — passasse a frequentar o palácio Anchieta armado, assim como os locais em que pudesse encontrar o inimigo.

O balão desinflou e o fogo apagou-se, antes de incendiar a cidade, porque Paulo Hartung agiu. Rodney vencera a parada.

8. Testemunha de Acusação

O homem que chega ao areal sabe que vai morrer. Os fracos suplicam, choram e rezam. Os fortes também. O que se passa no espírito de um condenado à morte é difícil dizer. Talvez nunca haja certeza absoluta de que o fim seja inevitável. Talvez exista algum lampejo de esperança até o último momento. Uma expectativa de salvação. A memória do final feliz na matinê do cinema, em um domingo preguiçoso, quem sabe?, pode iluminar os segundos em que alguém espera o estampido bem acima dos olhos, ou à distância, no coração. Será preferível a nuca para que não se veja o dedo retraindo o cão da arma, o dispositivo que a prepara para o disparo? A vantagem de encarar o algoz é que, pelo menos, vê-se a própria morte tão de perto quanto possível, o que já é uma etapa considerável do mecanismo de controle que a mente humana engendra e faz funcionar, envolvendo muitas partes do corpo e das emoções, em movimentos combinados. A desvantagem é que se vê o que nenhum ser humano poderia, nem deveria ver — ainda que essa proscrição não valha mais do que a vida desse homem, que está por um fio, ou nem mesmo isso, aí está, perdeu-se. Veja o sangue escuro encharcando a cabeça, o dorso, as cordas e os braços, os pés descalços, novamente as cordas e a areia que ferve, alheia a esse relato e à vã filosofia. Ele não tomba, porque o petardo foi certeiro mas não o derruba. O cadáver desaba para dentro de si, ainda um homem com feições quase naturais. As cavidades internas devoram esse homem até que, dele, só reste uma vaga evocação ao viço de seu rosto — porque é no rosto que as pessoas vivem e morrem. Viço que, no último suspiro, já era a paradoxal suavidade pálida do pânico. Será que o morto ouviu o tiro que o matou?

Manoel Corrêa da Silva Filho era um pensador, a seu jeito. As coisas da vida e da morte o faziam pensar. Não que chegasse a ser sentimental. Um matador profissional não iria longe se fosse. Matar era seu ofício e pronto. Nunca se preocupou em saber se as vítimas mereciam ou não a morte. Que questão mais idiota. A morte não existe só para quem merece. Ela é distribuída com fartura na natureza. Não há ninguém que se livre de seu próprio fim. É assim que as coisas são. E por serem o que são, elas não mudam. O que há é destino. O matador, ora, o matador mata: está aí seu destino. Do outro lado está o homem que caminha para a morte, porque esta é sua hora. O encontro entre o profissional e sua vítima acontece assim como se cruzam os traços em uma assinatura ou as linhas na palma da mão.

Recorda-se de muitos episódios, mas não os distingue. O gesto, a expressão e a voz que atribui a um mesmo homem talvez tenham tido origens diferentes. Mas existiram, todos. Disso não tem dúvida. Foram mais de cem. Mais de cem pessoas foram mortas por Manoel naquele lugar. Sem hesitar, Manoel confessa cada crime. Não o faz por remorso. Não sabe o que é isso. Cumpriu seu dever — sendo, o dever de um homem, a fidelidade ao destino. Mas acredita que tudo na vida tenha regras e limites. Orgulha-se de ter sido sempre correto no cumprimento do dever. Que serventia haveria em conduzir um cidadão até o ermo do areal, a léguas e léguas da vila mais próxima, se o que se fizer com ele for indecoroso? Dar cabo de alguém justifica levá-lo tão longe, uma vez que o propósito é exatamente este, fazer esse homem desaparecer. Matar, nesse caso, é apenas dar sumiço de forma irreversível no sujeito e em seu corpo, sem deixar vestígio. Agir de modo indecoroso, para quê? Humilhar o pobre diabo ou submetê-lo a tratamento vil, por quê? Nada disso é necessário.

Indecoroso é o desnecessário que se faz a uma pessoa. Ademais, quem mata com emoção ou por emoção seria um profissional? Não crê. O abjeto, o que é feio, diz Manoel, é a crueldade: o sofrimento que se inflige a um ser humano quando teria sido possível alcançar a meta sem que o infeliz tivesse que ser submetido a um calvário. O martírio pode ser rápido e objetivo. Não há por que prolongá-lo, arbitrariamente. Isso seria de se lamentar e punir, e provocaria, mais tarde, o remorso, se o pistoleiro pensasse, com honestidade, no que fez.

Por isso, as palavras devem ser apenas as indispensáveis e de ordem prática, indicando ao condenado para onde ir, onde parar, em que posição postar-se. Convém evitar palavras de consolo, explicações, ou provocações e insultos. Por dois motivos: não há consolo para a morte, a qual carece de explicações, sendo o que é, ponto final e silêncio. Quanto aos insultos, são inúteis. Atrapalham, quando a finalidade é tirar a vida de um homem, uma vez que nada liga tão vigorosamente um homem à sua vida quanto o ódio, o desejo de responder e a sede de vingança. Os insultos, por inúteis e até contraproducentes, são desprimorosos.

Finalmente, o prazer. Não se deve ter prazer em separar o homem de sua vida. No máximo, o gozo casto, parcimonioso e utilitário do dever cumprido, se é desse ofício que se extrai o sustento. Aliás, o assassinato só poderia ser moralmente tolerável, segundo Manoel, se perpetrado com o intuito de prover ao pistoleiro o necessário à sua sobrevivência e à de sua família. A ostentação e o fausto se incluem na coluna do supérfluo — do indecoroso, portanto.

Seco deve ser também o relato do sucedido. Manoel, vê-se em seu depoimento, rejeita o pudor das meias palavras, mas repele o comprazer-se em detalhar, que soa mal e pode induzir a uma rima pobre e repulsiva, como se remetesse a esquartejar. Ninguém deveria detalhar a intimidade de um homem morto. Menos ainda, o desfecho gradual e previsível da máquina humana avariada por um projétil de arma de fogo. Há nisso — o penoso trânsito do separar-se da vida — uma miscelânea de tecidos incinerados, processos vitais laboriosos fracassando em série e em cadeia, a precipitação de odores variados e espessos, sinais externos vacilantes, espasmos e uma espécie de irritabilidade dispersa na epiderme. Morrer não é uma decisão a que o corpo se acomode sem resistência. O corpo só é uno para quem o vê de fora. Por dentro, é uma multidão de elementos cruzando catedrais inumeráveis. Se houver um espírito ele deve ser também muitos, povoando os espaços ocos de mucosas e alvéolos que borbulham para fora no verniz do sangue drenado.

Não é fácil matar, nem remover os milhões de minúsculos espíritos. Muito menos fazer o cadáver sumir. Ainda assim, para o matador, é preciso atirar, subjugar a vida e aguardar que o tempo da natureza desaloje as entidades sobrenaturais até que o andrajo de ossos e pele, que antes vestiu um homem, aceite o comércio com a terra na festa do apodrecimento. Nela, celebra-se a indistinção: voltamos às cinzas, afinal. Encerra-se a epopeia que, um dia, começou com a mesma viscosidade da matéria untuosa, alegremente impura. Há uma ponte que liga o sêmen à morte, construída pela mão do criador com a argila dos excrementos e a urina das pombajiras. São teorias de Manoel. Como se vê — e não é demais insistir —, o pistoleiro é um pensador, à sua maneira.

O homem marcado para morrer — por quem contrata os serviços de Manoel — é conduzido quase sempre na mesma Kombi. Antes da Kombi era um DKV. Mas isso não interessa. O esmalte na moldura da mala do veículo está riscado pelas unhas dos condenados. Mesmo algemado — as algemas, Manoel as roubou, ou melhor, herdou de uma de suas vítimas, um policial da força pública de tempos remotos —, mesmo algemado, cada um que chega ao campo da morte agarra-se a tudo que esteja ao seu alcance. Quando bate em sua vítima — Manoel detesta ter de fazê-lo e o faz apenas quando indispensável e somente com o propósito de opor-se à rebeldia do homem que vai morrer —, usa uma barra de ferro bastante eficiente. O problema são as consequências do emprego do equipamento. É quase inevitável ferir o esmalte e, mais que isso, amassar as bordas do porta-malas.

Claro que para o condenado não há consequência, pois só pode haver efeito se houver futuro. Dedos quebrados não fazem diferença. Ou mão e pulso fraturados. Houve uma época em que Manoel acreditava que a dor ajuda o homem a suportar as últimas etapas de seu destino. Claro, dizia de si para si, a dor que atormenta o condenado desvia sua atenção para a parte do corpo atingida. O foco da dor torna-se o foco da atenção, o centro de toda a existência, um vulcão em erupção galvanizando os cinco sentidos. Ferido e atormentado por um sofrimento físico intenso, chega melhor ao sítio da execução. Menos assombrado. Mais aplicado, concentrado. Menos dispersivo. Menos vulnerável ao suplício que é a espera pela execução.

Por mais que Manoel se esforce por abreviá-lo, há um tempo, porque há uma trajetória a percorrer. Esse tempo constitui o âmago do sacrifício. É aí que a morte fixa sua plataforma de operações. É onde ela se instala e crava suas tenazes na carne do homem. É aí que ela injeta seu veneno para dentro das vísceras do homem.

Meditando, meditando e revendo suas certezas anteriores, Manoel conclui: o homem a caminho da morte não deve ser molestado por uma dor física que lhe consuma a consciência, porque assim lhe sobra menos lucidez para lidar com seu destino. Quando a lucidez fraqueja, é o tormento físico que se apodera do homem como uma enfermidade. De tal maneira que a enfermidade passa a ser a língua pela qual o pobre diabo se comunica com tudo, inclusive com a morte. O resultado é o desatino. O homem delira. E não há pior estado para se atravessar a porteira entre os mundos. Manoel mais não declara. Esta é sua convicção e que o curioso vá para o inferno, onde encontrará o homem que perde o juízo no momento da passagem.

Um caso, um como os outros, qualquer outro escolhido a esmo no depoimento do assassino: a Kombi estanca no declive, aliviada depois da lombada mais íngreme, o vergalhão amassa os dedos, o homem caminha, urra, urra, Manoel tange o condenado como gado, trezentas jardas para leste, o homem geme, uma volta em torno da ponta norte da Pedra do Gavião, e tantas passadas para cá e para lá, o areal deserto num agreste de dar dó, a posição se define, a ordem é clara como o dia, imóvel é melhor, tiro e queda, o estampido e o desabamento derradeiro do que foi um homem para dentro de sua carcaça.

Ali começa o trabalho mais duro. Manter o cadáver ereto no meio dos pneus. Derramar gasolina. Riscar o fósforo. Esperar a cordilheira de faíscas crepitar até o fim. Manoel é paciente. Mesmo assim, como custa o fogo a devorar um corpo. O abdômen é a parte mais demorada — um refogado de banha, líquidos, vísceras gordurosas. A peça da anatomia que consome mais gasolina. E paciência.

Gomos rubros enegrecidos se retorcem.

Caracóis crepitantes estalam.

Vestígios fumegantes persistem.

Varrer da face da terra uma existência é obra laboriosa. Por isso, Manoel passa o trator sobre os restos incandescentes. Certifica-se de que as cinzas misturem-se aos montículos de terreno calcinado, tornando-se parte de uma formação calcária indestrutível. Eis aí o homem: Manoel o reduziu a partículas em relevo sobre a resina milenar de um fóssil.

Esse é um desaparecimento que merece o nome que tem.

* * *

Ele chamava areal. Na verdade, era um aterro sanitário, uma espécie de lixão da fazenda de seu pai. Manoel escolheu o areal para viver. Se é que a sua poderia chamar-se vida no sentido comum da palavra. O conforto de um fugitivo é a prisão que ele próprio constrói e domina. Assim como levou mais de cem homens para a morte, conduz-se para a morte sem apressar o trabalho das horas e dos dias em seu corpo debilitado. Passou dos trinta e nove anos e já se considera um sobrevivente. Sua aparência é a de um sujeito beirando os cinquenta. Seu pai, aos trinta, era um velho. Pai que ele venera, mesmo não o tendo ouvido pronunciar mais do que três palavras. Três palavras. Só. Não, ele não se lembra de nenhuma delas. Sabe que era tido por violento. Cometeu um homicídio na adolescência e atirou em um safado de nome Osvaldo, que roçou o braço no seio da filha, numa festa junina.

Este é o desfecho da história paterna: o pai levou de volta para Minas o silêncio que trouxera consigo. Para nunca mais. Manoel sobreviveu ao sumiço paterno para enfrentar a tensão permanente provocada por um roubo de gado a mando de Petrarca, que viria a se tornar coronel da Polícia Militar. Tendo sido, sua família, tantas vezes lesada, Manoel resolveu adotar procedimento idêntico. Passou a roubar gado. Eis o encontro com seu destino e com aqueles que o contratariam para tantas execuções — entre tantos contratantes e como que por ironia, o próprio Petrarca.

* * *

Manoel está magro. Sempre foi um homem delgado, esmirrado e feio. Eloquente, quando provocado. Mas perfeitamente capaz de atravessar sem companhia o verão inclemente naquele vale, muitas, muitas vezes. Mata uma galinha. Uma cabra. Tira-lhe o leite. E vai sobrevivendo da carne dos animais como o senhor da rapina. Luz e água encanada são luxos da cidade de que não sente falta porque nunca chegou a usufruir de seus benefícios. Mineiro, chegou ao Espírito Santo aos oito anos, em 1970, com os pais e os cinco irmãos.

Mesmo perdido no fim de mundo, Manoel jamais relaxa. Carrega consigo duas espingardas calibre doze e uma carabina, esteja onde estiver. No deserto que é o miolo mais árido do vale em que se esconde, as estrias do solo são a sua camuflagem. O terreno seco não admite rastros. O ermitão não emite sons e sonda o terreno a cada incursão — para caçar, ou para a procura de água, a mais árdua que há.

O Ministério Público celebrara um acordo com o segmento honesto do judiciário capixaba: Manoel, sendo fonte inesgotável de informações sobre a pistolagem no estado, não seria preso, uma vez que encarcerá-lo significaria condená-lo à morte. Ele saberia proteger-se melhor do que o Estado poderia fazê-lo. Sua memória era patrimônio público. Um dia, quando o Estado fosse, digamos, saneado, ele seria chamado a acertar contas com a Justiça, sobre si mesmo e as quadrilhas que o contrataram, ao longo das décadas.

Manoel sabe muito bem o que o espera sob o disfarce da prisão. Nunca se renderia, por isso. Melhor morrer em combate.

Na data registrada em documentos oficiais que descrevem os fatos com as formalidades de praxe, uma equipe da Polícia Federal dá com os costados na porteira do vale. Seus cães farejadores arregaçam os focinhos e ladram e saltam. Uma convulsão de rosnados, latidos e saliva. O radar do olfato rastreia a catinga úmida dos cães de Manoel. Eles ladram do lado de cá da porteira. E saltam em reboliço semelhante. Coreografia guerreira no espelho, de cá e de lá.

A tropa inimiga desembarca na Normandia de Manoel quando ele ainda rola na cama, tateando a conexão com algum fio de sono. Ao primeiro sinal de perigo, salta como seus cães e como os cães da polícia. Veste um colete à prova de bala e logo o segundo, sobre o primeiro. Hesita um instante ante a pressão de sua bexiga inflada. Mais vale a vida. Municia as armas. Gira sobre os pés descalços. Corre na direção oposta à porteira. Corre, corre. Estanca agachado na relva em que se esquiva e urina uma poça oceânica.

São as viaturas que arrancam a porteira, deduz-se do estrondo que agora adere à ópera canina. O areal é mais que tudo um descampado deserto sem acidentes naturais. Uma geografia inóspita e desleal. Não há como ocultar-se em sua clareira vasta. Está preparado para resistir à abordagem dos homens do Estado, mas nada encontra que se oponha à excitação dos cães. Nem árvores. Volta à casa e refugia-se no sótão. Cercado e convocado a se entregar, Manoel vacila um instante. O que são aqueles coletes? Que uniformes são esses? Não são da PM. Esses homens não são policiais militares. Nem civis.

"Sai daí, Manoel. Se não sair por bem vai sair morto. Viemos prender você. Não viemos matar."

Ele olha por cima da moldura da janela do sótão. É a polícia federal.

"Temos ordem do juíz Carlos Eduardo Ribeiro Lemos, da missão especial, para levar você preso e garantir sua integridade física. Você não vai para nenhuma carceragem estadual. Vai ficar na sede da Polícia Federal."

* * *

Foi assim que esse relato se tornou possível. Manoel entregou-se e foi conduzido do areal — ou aterro sanitário — à sede da PF, em Vila Velha, onde prestou depoimento, mais um e dessa vez ainda mais completo. Confessou mais de cem assassinatos e incriminou personagens poderosos. Descreveu sem vacilar, mas sem detalhes indecorosos, o processo laborioso de incineração dos cadáveres e atropelamento das cinzas, até o desaparecimento dos vestígios.

Cinco ou seis semanas antes do encarceramento de Manoel, Alexandre e Carlos Eduardo, já atuando no âmbito da missão especial e com anuência de todos os seus membros, decidiram expedir o mandado de prisão, que acabou sendo assinado por Carlos Eduardo em 11 de junho de 2002. A PF era parceira, na missão, e estava engajada no esforço comum de proteger as testemunhas, acima de tudo. O mandado fora postergado enquanto não se tivesse pleno controle sobre um grupo confiável de policiais e acesso a uma vaga em carceragem segura. A Polícia Federal atendia a ambas as expectativas. Sua carceragem era diminuta, numa ala da sede, mas seria rigorosamente vigiada e guardaria pouquíssimos presos, que ficariam lá à espera de julgamento e da localização de algum espaço adequado fora do estado, que os pudesse acolher.

A prisão de Manoel foi discutida em detalhes pelos membros da missão especial. Os preparativos foram organizados sob a supervisão das autoridades mais credenciadas na superintendência estadual da PF. A operação foi planejada com esmero e o transporte para a carceragem cercado de todos os cuidados. O hóspede mais valioso da PF foi acompanhado dia e noite por funcionários experientes e confiáveis.

Manoel acusou o coronel Petrarca e o juiz Mário Sérgio, além de outros. Ele, Manoel, teria executado vários homens por encomenda dos dois. As minúcias conferiam verossimilhança às denúncias, que eram também confissões. O acordo para delação premiada convenceu Manoel a falar. Mas não foi o único estímulo. Ele se sentia traído e abandonado pelos que se beneficiaram de seus serviços e de sua lealdade. Além disso, dois anos antes de sua última prisão e, portanto, do depoimento aqui referido, abandonara boa parte de sua filosofia espontânea, a sabedoria agreste que o ajudava a lidar com o mundo, substituindo-a pela fé batista. Converteu-se à "Palavra", confessou — referia-se à Bíblia. Vislumbra-se também, aqui e ali, o ruminar de um afeto, a presença de uma mulher.

* * *

Manoel aprendeu com os profissionais do crime a lei da selva: matador preso deve morrer. Queima de arquivo. É assim que funciona. Para o matador de aluguel, melhor esquivar-se, evitar a polícia. À prisão, deve preferir a morte, porque ela virá de qualquer jeito, em mãos alheias. Melhor a morte heroica no confronto aberto. Preso, o pistoleiro obtém apoio das forças que o contrataram — são elas que mandam nas polícias e nas cadeias, afinal de contas. Facilitam-

-lhe a fuga. Mas não se enganem. Fazem-no apenas para matá-lo. É o sistema. O sistema, sublinha Manoel para que não paire a menor dúvida. O sistema funciona do jeito que Petrarca quer: por exemplo, transferindo o preso para a capital do estado vizinho, Minas Gerais, onde os aliados na polícia cumpririam as ordens eventualmente desobedecidas no Espírito Santo. Ou ordenavam — sempre eles, Petrarca e outras autoridades — que os delegados nem lavrassem flagrante, ou que os presos fossem transferidos para o interior do estado, onde o resgate era mais fácil ou segura a execução na própria carceragem.

Transferir custava caro. Era preciso pagar propina ao juiz. Sim, claro, ele mesmo, Mário Sérgio, titular da 5ª Vara Criminal, responsável pelas Execuções Penais. O intermediário era Breno Ulrich, oriundo de Pancas, cidade natal do juiz, e seu amigo. O valor era cobrado ao próprio preso que seria executado ao cabo da operação que financiava. O idiota pagava de bom grado, tomando empréstimo ou raspando o tacho da poupança. Iludia-se com a fuga. Imaginava a liberdade. Gastava o que tinha e o que não tinha, feliz da vida. Solto, uma emboscada o levava dessa para a melhor.

Foi assim que fizeram com João Henrique Filho, envolvido nas mortes do advogado Carlos Batista e do prefeito do município capixaba de Serra, José Maria Feu Rosa. Exatamente assim. E o pegariam junto, a ele, Manoel, não tivesse intuído o jogo que se armava com a oferta de fuga ao comparsa preso. Foi assim com Francisco Neto, preso na cadeia de Viana e resgatado por Manoel, que depois o executou a mando das citadas autoridades.

***

Nem sempre Manoel matava no areal. Havia também a fazenda Vargem Grande, onde funciona o lixão de Vitória, na estrada do Contorno, BR 101, km 282. Foram vários os homens conduzidos para o aterro. Entre eles, Francisco Neto. Manoel dirigia. Tendo pagado pelo resgate com a doação (passada em cartório) de sua propriedade, o condenado a seu lado ia tranquilo, supondo estar a caminho do local em que um caminhão o encontraria e lhe daria carona para outro estado. O sargento Virgílio Pontes Neto estava sentado no banco de trás. Chegados ao lixão, Francisco desembarcou e Virgílio desferiu três tiros, um na cabeça e dois no peito. Manoel recuperou o dinheiro que dera ao morto e tratou de livrar-se do corpo. Arrastaram o cadáver até uma pilha de pneus e o meteram entre eles. Adicionaram sacos plásticos para facilitar a combustão. Esperaram a fogueira erguer-se e saíram. No dia seguinte, trituraram os restos com um trator de esteira.

Houve ocasiões em que invertiam o método: primeiro atropelavam o corpo para depois o cremarem. Em qualquer hipótese, quando a execução se realizava no aterro da fazenda Vargem Grande, a última etapa não variava: com a pá mecânica do trator removiam-se as cinzas misturadas aos arames da estrutura dos pneus e as atiravam no lixo. No areal, Manoel atuava só. Os procedimentos eram um pouco diferentes.

Outro caso de que se lembra com especial nitidez: na BR 101, altura do frigorífico Paloma, era comum marginais arremessarem pedras no para-brisa dos automóveis, ônibus e caminhões, forçando-os a parar para o assalto. Verdadeiro alçapão. Uma noite, ele, Manoel, e Virgílio cruzaram aquele ponto e foram alvejados por um petardo, que estilhaçou o vidro e o feriu. Seguiram adiante e retornaram com o objetivo de prender os responsáveis pela pedrada. Passaram pelo mesmo local a tempo de assistir cena similar. Dois rapazes jogaram pedras em outro automóvel que, mesmo atingido, não parou. Manoel e Virgílio viram que os assaltantes debochavam e se esbaldavam com a covardia. Os garotos pareciam drogados. Virgílio estacionou no acostamento sem ser notado. Manoel se embrenhou pela mata, à margem da estrada, e os surpreendeu com sua escopeta calibre 12, dando-lhes voz de prisão. Apresentou-se como policial. Virgílio trouxe o carro. Algemaram os dois pelos dedos e os conduziram ao lixão.

Executaram-nos da seguinte maneira: os jovens foram forçados a deitar com o rosto voltado para o chão, ainda algemados um ao outro pelos dedos. Com um revólver calibre 38, Virgílio disparou mais de uma vez contra a cabeça de cada um dos garotos. Manoel retirou as algemas. Ele e Virgílio empilharam pneus sobre os corpos. Usando sacolas de plástico e um isqueiro, Manoel ateou fogo ao entulho de borracha, plástico e cadáveres. Quando cremava desse modo, precisava de uns sessenta pneus. No dia seguinte, com a pá mecânica, Manoel recolheu as cinzas e os resíduos de pneus e os misturou ao lixo. Tempos depois, reconheceu os jovens mortos na lista de desaparecidos, em uma delegacia.

* * *

A mando do coronel Petrarca, Manoel envolveu-se em uma ação um pouco diferente: com seu irmão Pedro Corrêa da Silva, seu primo Jânio Romão de Sales, o empregado da fazenda de sua família, Sirlei José da Silva, o irmão deste, Gilcirlei da Silva, e o onipresente Virgílio, invadiu a residência de Jonato Juliana, presidente do sindicato dos rodoviários do estado do Espírito Santo, em sua ausência. Petrarca e Virgílio descobriram que ele viajaria e prepararam o susto. Vestindo capuz e peruca, o grupo tomou de assalto a casa, atirando para o teto e cometendo toda sorte de vandalismo. Quebrando o vidro, Manoel entrou pela janela do piso superior, onde estavam os filhos e a esposa de Jonato, enquanto os demais arrebentavam a porta, no piso inferior.

Manoel não esquece os gritos da família, nem que Petrarca lhe pedira, algum tempo antes daquela intimidação, para trabalhar como segurança pessoal de Jonato, função que acabou entregue ao segurança particular Renato Garcia, por indicação dele mesmo, Manoel. Garcia foi contratado pelo sindicato por orientação de Petrarca.

Meses depois, condenado a seis anos em regime semiaberto, por tentativa de furto e de suborno, Manoel encontrou-se com Garcia, na cadeia da cidade de Viana, que lhe contou o ocorrido: Jonato tinha sido assassinado. Manoel já sabia que era esse o plano. Virgílio seria um dos executores. Sabia porque estava presente quando Petrarca e Virgílio planejaram o crime, na residência deste último. Um crime que teria sido também encomendado por Luis Carlos Prates, na época presidente da Assembleia Legislativa do Espírito Santo. Ao coronel Petrarca interessava a morte de Jonato, porque o vice, Laurindo, era pessoa de sua confiança. Além disso, o segurança particular do coronel, Valter Nassau, tinha relações com a diretoria do sindicato, o que abre um leque de hipóteses suspeitas.

Enquanto estava preso, Manoel foi pressionado por Petrarca e Virgílio a matar os irmãos Sirlei e Gilcirlei, para impedir que eles os delatassem. Queima de arquivo. O negócio de sempre. Manoel recusou. Eram seus amigos. E por falar em fidelidade, na vida de Manoel, ela é sinônimo de vingança. Ainda preso, soube que seu irmão, Pedro, havia sido atraído para uma cilada, montada por Danilo e Sérgio, irmãos e traficantes, com o auxílio de dois policiais militares, Nélio e Nunes. Agonizante, Pedro atirou em Nélio duas vezes. A armadilha foi montada na propriedade de um Policial Civil, Lourival Nunes.

Para que Manoel pudesse chegar a tempo de velar seu irmão, a família embalsamou o corpo de Pedro. Antes de despedir-se de seu irmão, Manoel pediu para ser escoltado até o velório de Nélio. Foi atendido. Uma escrivã de polícia, Maria de Fátima Coelho, assentiu em acompanhá-lo. Portou-se, diante da família de Nélio, como se estivesse inteiramente conformado com a situação, e convidou os irmãos traficantes Sérgio e Danilo para o velório de seu irmão. Ao entardecer, no velório de Pedro, Manoel atraiu Sérgio para um terreiro ao lado da casa em que se cumpria o ritual do adeus. Sem que pudesse esboçar qualquer reação, o assassino de Pedro foi executado por Sirlei com um tiro na cabeça.

Os atos subsequentes estão descritos no depoimento que Manoel prestou à Polícia Federal, no dia 31 de julho de 2002, em Vitória, na presença do delegado Luiz Fernando Corrêa, que se tornaria secretário nacional de Segurança Pública, em outubro de 2003, e, durante a gestão de Tarso Genro no Ministério da Justiça, a partir de 2007, diretor da Polícia Federal. Manoel relatou os fatos à autoridade policial nos seguintes termos: declara "que chamou Danilo, alegando que alguém teria atingido seu Sérgio; *QUE* quando Danilo aproximou-se, o declarante o dominou com as pernas, ambos no chão, utilizando um canivete fez um primeiro corte no pescoço, momento em que Danilo pediu para não ser morto pois tinha um filho para criar, tendo o declarante dito que o seu irmão deixara cinco filhos nas mesmas condições, passando a desferir golpes com o canivete em Danilo; *QUE* antes de morrer Danilo disse que o coronel Petrarca era o culpado pela morte de Pedro; *QUE* após ter cortado a garganta de Danilo, Sirlei ainda desferiu dois disparos de 38 em Danilo; *QUE* o declarante também cortou a garganta do Sérgio já morto; *QUE* após matar o último, Danilo, o declarante, com a camisa ensanguentada, gritou aos presentes que 'ninguém viu nem sabia de nada, senão aconteceria o mesmo' (sic). *QUE* a escrivã encarregada da escolta, enquanto os fatos ocorriam, estava na cozinha tomando café; *QUE* ao tomar conhecimento a escrivã Maria de Fátima começou a passar mal; *QUE* no velório estavam vários policiais dos quais não recorda os nomes; *QUE* a seguir juntou os corpos e os colocou na carroceria de um Pampa, cor cinza metálica, veículo em que os mortos chegaram ao velório; *QUE* o velório e as mortes ocorreram na propriedade de sua família, fazenda Vargem Grande (...); *QUE* deixou a propriedade por uma saída secundária, nos fundos, indo até um loteamento próximo, onde descarregou os corpos, chutou o rosto dos mesmos, abandonando a caminhonete e retornando a pé para o velório; *QUE* chegando no velório, tratou de acalmar a policial, para, a seguir, retornar à Colônia Penal".

Sirlei e Gilcirlei também foram mortos, algum tempo depois. O primo de Manoel, Jânio, na época do depoimento, era o único envolvido no ato de intimidação ao sindicalista Jonato Juliana que ainda estava vivo, com exceção do próprio depoente. Ele sobreviveu à queima de arquivo ordenada por Petrarca porque fugiu para bem longe: sua cidadezinha natal, no estado do Pará.

* * *

Manoel também confessou que, preso na cadeia de Viana ou na Colônia Penal Agrícola, tinha liberdade para entrar e sair, e uma viatura à disposição, com motorista — um Policial Civil. Saía para negociar a encomenda de crimes, com Petrarca, Virgílio e outros, como Joel Siqueira Freire. Tinha liberdade para recrutar pistoleiros — presos ou não — para suas missões. Saía também para matar.

Certa vez, foi escalado pelo coronel Petrarca e por Breno para fazer segurança em uma propriedade localizada em Puriti da Serra, onde, pouco depois, a polícia descobriu um laboratório que refinava cocaína. Ele presenciou, duas vezes, conversas entre Breno e o juiz Mário Sérgio, no Tribunal de Justiça. Breno diz-se primo do juiz. Com costas tão quentes, Breno propôs a Manoel, quando este cumpria pena em regime fechado, o seguinte acordo: vinte mil reais por um alvará promovendo a progressão de seu regime de prisão. Ele aceitou. Em menos de duas horas, chegou ao presídio em que estava o alvará redefinindo o status do cumprimento de sua pena. Manoel passava à condição de preso em regime aberto.

* * *

Antes de ser preso em meados de 2002 pela Polícia Federal, com mandado de prisão assinado por Carlos Eduardo Lemos, Manoel fora preso várias vezes. Sua penúltima prisão ocorreu em 23 de janeiro do mesmo ano, quando foi conduzido para uma cela separada, na Casa de Custódia de Viana, da qual se pronunciou publicamente a respeito de Petrarca e outros. O jornal *A Tribuna*, de Vitória, publicou, com destaque e uma foto que tomava um sexto da página, em 23 de fevereiro de 2002, um sábado, entrevista com Manoel sob o título "Agricultor abre o jogo": "Vestindo terno e gravata para atender à reportagem de *A Tribuna* em uma das celas da Casa de Custódia, em Viana — onde está preso desde janeiro por porte ilegal de armas —, o agricultor Manoel Corrêa da Silva Filho abriu o jogo ontem, revelando como dava sumiço nos corpos de vítimas de assassinato.

"'Queimei dezenas de corpos. Passava por cima deles com trator e depois enterrava', disse Manoel, que denunciou o coronel da Polícia Militar William Gama Petrarca de estar tramando a morte de delegados, juízes e promotores de Justiça. Durante a entrevista, Manoel, que está numa cela separada, por medida de segurança, fazia questão de sempre mencionar o nome de Petrarca, mesmo que as perguntas não fossem referentes ao coronel."

* * *

O que aconteceu foi o seguinte: Manoel, estando preso na Casa de Custódia de Viana, no início de 2002, negociou a liberdade com a equipe do Grupo de Repressão ao Crime Organizado (GRCO), do Ministério Público, que lhe concedeu o privilégio, sob a condição de que ele não fugisse. Os motivos da decisão já foram expostos: sua proteção, a qual ele mesmo garantiria melhor que o Estado. Em junho do mesmo ano, avaliando que já haveria meios de prover segurança à testemunha mais importante para o conjunto dos processos em curso, voltados para o combate ao crime organizado no Espírito Santo, Alexandre e Carlos Eduardo optaram por voltar a prender Manoel, mantendo-o, dessa vez, na carceragem da Polícia Federal.

Carlos Eduardo expediu o mandado de prisão derradeiro, já citado, em 11 de junho de 2002, preocupando-se com a segurança de Manoel. Antes do "cumpra-se na forma da Lei e sob as penas da Lei", lê-se: "Observação ao agente da autoridade que efetuar a prisão: deverá ser comunicada imediatamente ao secretário de Estado da Justiça, para colocá-lo em prisão 'segura', considerando-se ser o apenado testemunha importante em processo penal de grande repercussão".

O motivo da prisão: "Regressão do regime de cumprimento de pena para o regime fechado." A pena ainda a ser cumprida são seis anos de reclusão.

Preso e mantido em segurança, Manoel narrou a história de sua vida no crime, delatou cúmplices, revelou minúcias. Fez do depoimento um momento misterioso de confissão, no sentido moral e psicológico da palavra, a despeito da morbidez dos dramas descritos e apesar do caráter sinistro das práticas trazidas à luz. Moral e psicológico, sim. Um exemplo: por que um depoente contaria detalhes absolutamente alheios aos pontos sob investigação? Detalhes que jamais seriam identificados, mas que, em sendo mencionados, agravam a situação penal do depoente. Foi o caso da referência de Manoel aos chutes no rosto dos corpos dos irmãos traficantes, assassinados por ele e Sirlei. Teria esse procedimento alguma relação com a conversão religiosa? Se ainda fosse apenas o filósofo da aridez, quando depôs ao delegado Luiz Fernando Correa, teria descido Manoel a esses detalhes inteiramente supérfluos para o restabelecimento dos fatos?

Poucos dias antes da confissão de Manoel, mais precisamente em 24 de julho de 2002, Carlos Eduardo e Alexandre entregaram documentos sigilosos contendo denúncias explosivas ao secretário executivo do Ministério da Justiça, dr. Celso Campilongo, eminente advogado, consagrado professor de direito, que visitava Vitória na comitiva do ministro Paulo de Tarso Ramos Ribeiro, o oitavo a ocupar aquela pasta nos dois mandatos do presidente Fernando Henrique Cardoso, e que havia sido nomeado quatorze dias antes, em 10 de julho de 2002.* Não era gratuita aquela visita. Seu ante-

---

* Os demais a ocupar o Ministério da Justiça, nos dois governos Fernando Henrique Cardoso, foram, pela ordem: Nelson Jobim, Íris Resende, Renan Calheiros, José Carlos Dias, José Gregori, Aloysio Nunes Ferreira Filho e Miguel Reale Júnior.

cessor no cargo, ministro Miguel Reale Júnior, conforme relatamos, pedira exoneração por discordar da decisão do procurador-geral da República, Geraldo Brindeiro, de arquivar a solicitação de intervenção no estado do Espírito Santo. Vale lembrar que estavam em curso as disputas eleitorais pelos governos dos estados e pela Presidência da República.

Em meio às notícias sobre a visita do ministro, os jornais destacavam uma declaração de Alexandre e Carlos Eduardo, que causaria grande impacto na opinião pública: havia 1.164 condenados à solta nas ruas das cidades capixabas, entre eles homicidas, estupradores, assaltantes e traficantes. A notícia foi contestada pelo secretário de segurança, o coronel PM Éverton Laurindo de Farias, segundo o qual esse não seria o número dos condenados que circulavam livres, mas a quantidade de mandados de prisão não cumpridos. Qualquer que fosse a interpretação correta, havia um problema. E não era pequeno.

Junto às denúncias, os dois juízes entregaram ao dr. Campilongo o pedido de que o governo federal assumisse o compromisso de zelar pela segurança da testemunha-chave, Manoel Corrêa da Silva Filho.

* * *

No dia 19 de novembro de 2002, o superintendente em exercício da Polícia Federal no Espírito Santo, ou, em termos formais, o chefe da Delegacia Regional de Polícia, em exercício, da Superintendência Regional no Estado do Espírito Santo do Departamento de Polícia Federal, do Ministério da Justiça, assinou o ofício n. 6023/2002-DRP/SR/DPF/ES, dirigido ao coronel César Rodrigues de Souza,

---

Milton Seligman e José de Jesus Filho foram, na prática, apenas interinos, sobretudo o segundo — estes últimos responderam pelo posto, respectivamente, entre 8 de abril e 22 de maio, de 1997, e entre 1 e 7 de abril de 1998.

superintendente dos Estabelecimentos Penais da Secretaria de Justiça, do governo do estado do Espírito Santo, que dizia o seguinte:

"Senhor superintendente,

solicitamos a V.Sa. quatro vagas em um dos estabelecimentos penais da Grande Vitória/ES ou no interior do estado, sob sua responsabilidade, a fim de recambiarem os detentos Manoel Corrêa da Silva Filho, Carlos Augusto da Silva Júnior, Samuel Nogueira de Oliveira e Nelson da Silva Moreira, custodiados, provisoriamente, nesta Superintendência Regional.

Na expectativa de poder contar com o apoio incondicional e compreensão desta Superintendência, esclarecemos que após a chegada da Missão Especial do Estado, e em razão dos trabalhos policiais realizados, acarretaram um número elevado de prisões temporárias, superlotando as dependências de nosso Setor Carcerário, que comporta tão somente oito presos, e como já é do conhecimento de V.Sa., está na iminência de ser desativado em razão das obras de construção da nova sede desta Superintendência.

Atenciosamente,

Joaquim Roberto Borges."

O coronel César Rodrigues de Souza foi prestimoso e célere. Atendeu prontamente ao pedido do colega, numa rara demonstração de integração interinstitucional e solidariedade profissional. No dia 22 daquele mesmo mês de novembro de 2002, Manoel foi transferido para a Penitenciária Monte Líbano, em Cachoeiro do Itapemirim, onde foi assassinado a pancadas que lhe fraturaram o crânio, menos de duas horas depois de sua chegada, que se dera às 13h. A transferência ocorreu sem o conhecimento da Vara de Execuções Penais de Vitória e sem a consulta à missão especial, que exigira máxima atenção à segurança de sua mais importante testemunha. Manoel foi colocado numa cela com presos de Vitória. No ofício, tampouco se informava que Manoel corria risco de morte e que sua situação exigia cuidados especiais.

Não há registro do que se terá passado durante a viagem do matador até a penitenciária. Pode-se imaginar que, antecipando o fim próximo, Manoel talvez tenha revivido, pelo avesso, a trajetória que costumava fazer rumo ao lixão ou ao areal, conduzindo os condenados. Dessa vez, era ele o homem destinado a morrer. Ironicamente, os representantes do Estado é que o ofereciam em sacrifício aos demônios do silêncio eterno.

Estava destruído o mais importante arquivo criminal sobre o crime organizado no Espírito Santo.

O mundo caiu. Foi um deus nos acuda. A mídia saltou em cima com todas as pedras na mão, justificadamente. O Ministério Público, que tem vocação natural para assumir o papel de Deus do Velho Testamento, moveu céus e terra, invocou raios e tempestades — nesse caso, coberto de razão. Alexandre e Carlos Eduardo correram a Brasília para cobrar do dr. Campilongo e do ministro da Justiça, dr. Paulo de Tarso, o compromisso de proteção especial à principal testemunha capixaba, que estava jurada de morte. A cólera santa da opinião pública fulminaria o delegado federal que assinou o pedido de transferência de Manoel e o superintendente da PF no Espírito Santo. Ambos foram afastados.

Ambos alegaram que esqueceram quem era Manoel. Depoimentos de testemunhas relatam que o infeliz gritava, desesperado, quando percebeu que seria levado para um presídio estadual. Avisava, aos berros, que seria morto. As mesmas cenas repetiram-se quando foi retirado da viatura da PF, na entrada do presídio de Cachoeiro. Aos gritos, em vão, alertava o diretor sobre a morte que viria.

9. A Expansão da Guerra para o Front Russo

Aconteceu com Napoleão. Hitler caiu na mesma esparrela. Ambos superestimaram suas forças e avaliaram que conquistariam mais facilmente a Europa se vencessem o exército russo, no primeiro caso, ou o soviético, no segundo. O "general inverno", como ficou conhecido o inverno russo, devastou as tropas de Napoleão e lhe impôs um severo revés, que redundaria na derrota de Waterloo e em seu exílio, na ilha de Santa Helena, onde morreria em 1821. Napoleão poderia ter optado por outro caminho. Há quem imagine a hipótese de que a invasão da América do Norte lhe teria sido mais favorável.*

Hitler, por sua vez, poderia ter atravessado o leste do Mediterrâneo, invadido a Síria e o Líbano, e consolidado seu poder.** Felizmente, nesses casos; infelizmente, em outros, a história não autoriza o contrafactual, que é um tipo de argumento impossível de validar. No caso de uma experiência específica já vivida, o raciocínio que

---

* Thomas Fleming aventou essa hipótese em sua contribuição ao livro *E se...? Como Seria a História se os Fatos Fossem Outros*, organizado por Robert Cowley. Rio de Janeiro: Campus, 2003.
** Hipótese formulada por John Keegan, em ensaio que publicou na obra já citada.

especula com base no condicional retrospectivo, "se tivesse sido diferente", não passa de um contrassenso.

Se Alexandre não tivesse se tornado a maior pedra no sapato do crime organizado — ao lado de Carlos Eduardo e, depois, Rodney, Fabiana Maioral, Rafael, Marcelo Zenkner, Santoro, Patrícia Segabinazzi de Freitas e alguns outros —,* acumulando tantos inimigos, e abrindo, ao mesmo tempo, diferentes frentes de batalha... Se Alexandre não tivesse feito aquele gesto que humilhou Petrarca, conferindo pessoalmente as algemas, talvez o coronel não tivesse decidido correr tantos riscos para vingar-se. Se, se... Se Alexandre não tivesse feito o concurso para a magistratura em Vitória. Se não tivesse seguido essa carreira. Se, se...

Compreende-se que os amigos se ponham a pensar desse modo. É uma forma de lamentar, de elaborar a perda, de fazer o luto e tentar, aos poucos, assimilar o inexplicável, o injustificável, o absurdo da morte. É uma forma também de tentar superar a estupidez da violência e a selvageria humana. Entretanto, pensar assim não nos ajuda a compreender os processos tais como ocorreram. Nem nos trazem Alexandre de volta.

Contudo, nos que mais choraram sua morte, o episódio da transferência de Petrarca — que será relatado a seguir — está sempre remoendo a memória e estimulando o exercício retrospectivo contrafactual: se... Afinal, ponderam os amigos, o front interno do Judiciário já era grave o suficiente; arriscado e resistente o bastante. Um combate de cada vez. Abrir uma nova frente de luta seria... seria uma temeridade e talvez um erro tático.

Porém, quem teria alguma chance de avançar sem assumir um grau de risco muito superior àquele que seria aceitável ou mesmo

---

* Depois da morte de Alexandre, o juiz Grécio Nogueira, seu substituto, tornar-se-ia um dos principais baluartes na luta contra o crime organizado no Espírito Santo, tendo, inclusive, colaborado, decisivamente, para as investigações sobre o assassinato de seu antecessor.

psicologicamente suportável para a maioria dos cidadãos? Quem poderia vencer a batalha contra o crime organizado sem ousar? No caso do juiz Alexandre não se tratava de voluntarismo irresponsável. Era um risco calculado — com plena consciência quanto às possíveis consequências. Um psicanalista talvez dissesse que há uma pitada de loucura na razão humana, sobretudo quando opera em situações limite, sob intensa pressão. Tudo bem. Talvez seja verdade. Mas o que mais importa é o outro lado: há lucidez nessa loucura.

Há ainda outro aspecto a considerar: o que caracteriza o crime organizado é a multiplicidade de polos e seu funcionamento, ao mesmo tempo, em diversas frentes. Em certo sentido e até certo ponto, pode-se dizer que não há como enfrentar esse tipo de desafio sem fazê-lo com ações simultâneas em distintos fronts, investigações diferentes e interconectadas. Um crime em rede requer, da Justiça criminal e da segurança pública, movimentos de inteligência, de investigação e operacionais, em uma pluralidade de frentes, com recursos de tipos distintos e complementares. A multidimensionalidade do problema exige respostas intersetoriais. Respostas e atitudes preventivas no campo da política pública e das estratégias institucionais. Ocorre que isso era bem mais do que a modesta missão especial podia dar, por mais valiosa que tenha sido sua contribuição e por mais valorosos que fossem seus componentes. Um dia, no futuro próximo, talvez se reabra a questão colocada pelo ex-ministro da Justiça, Miguel Reale Júnior, quando se exonerou em protesto contra o recuo do governo Fernando Henrique Cardoso, diante da hipótese de intervenção federal. Foi correto aquele recuo? Que preço, em vidas, ter-se-á pago por aquela decisão? Importa menos criticar o passado e distribuir culpas do que refletir sobre a experiência pregressa para extrair lições dos erros eventualmente cometidos, com propósitos práticos: errar menos no futuro.

Visto o panorama do ponto no tempo em que estamos, hoje, enquanto este livro é escrito, o que se pode dizer? Quem julgará a audácia de Alexandre? Só cabe, humildemente, reconhecer que lhe devemos gratidão. Assim como é preciso admitir que, para enfrentar um homem como Petrarca, era preciso ser muito forte. Alexandre não teria como sê-lo se, para esse confronto, não tivesse contado com a energia de seus dois mundos, a toga e a tatuagem. Só assim se faz um ser humano de verdade. Pleno em sua diversidade interna, porque aberto à multiplicidade da vida; mas íntegro, porque fiel à sua verdade; e presente por inteiro quando um desafio o interpela nas situações extremas. Eis aí, portanto, a fórmula que não se copia, a assinatura de um homem e sua síntese: pleno, íntegro e inteiro: leão.

Talvez não por acaso, esse era seu signo. Deveria ser também o seu símbolo.

* * *

No início de dezembro de 2002 o coronel William Gama Petrarca estava preso, havia já alguns meses, na sede do Comando-geral da Polícia Militar do Espírito Santo, no bairro de Maruípe, em Vitória. Era acusado de um homicídio, em Colatina, e suspeito de inúmeros outros. Por isso mesmo, Alexandre e Carlos Eduardo não se surpreenderam quando foram procurados por membros do grupo de repressão ao crime organizado do Ministério Público Estadual para tratar do "caso" Petrarca. Os promotores e procuradores lhes trouxeram interceptações telefônicas, judicialmente autorizadas, em que o coronel orientava uma mulher que lhe telefonara a contratar a morte de uma pessoa. A palavra que Petrarca empregava para referir-se à vítima era "gado". O mesmo vocabulário aparecia também na agenda de Bidú, como se descobriria mais tarde. Estava, portanto, demonstrado que o coronel não poderia permanecer preso onde estava. Nem havia, no Espírito Santo, presídio suficientemente seguro, que o mantivesse fora da linha de montagem da fábrica de homicídios. Esse foi o correto raciocínio dos colegas do Ministério Público. Caberia aos dois juízes providenciar os meios materiais, institucionais e legais para a transferência. Como responsáveis, no âmbito do Judiciário, pelos presídios, Alexandre e Carlos Eduardo tinham autoridade para determinar a movimentação dos presos provisórios, tanto quanto os juízes processantes — quer dizer, aqueles responsáveis pela condução do processo do acusado até o julgamento.

Alexandre e Carlos Eduardo reorganizaram a agenda, reservaram passagens e pediram uma audiência urgente com o secretário nacional de Justiça, dr. Antônio Rodrigues de Freitas Júnior.* Em poucos dias, encontraram-no em São Paulo. O diálogo fluiu. Conseguiram um lugar em Rio Branco, no Acre, na Casa de Prisão Especial, administrada e vigiada por policiais federais, cujo apelido era Papudinha. Em seu novo endereço, Petrarca seria vizinho de cela de Hildebrando Pascoal** e outros 38 condenados ou réus considerados perigosos. Não era um presídio de segurança máxima, mas ficava no Acre — longe da capital do Espírito Santo. Não o impediria inteiramente de agir, mas, pelo menos, ele não estaria cercado por soldados e suboficiais que cresceram ouvindo falar de suas façanhas — muitos dos quais o temiam, o admiravam ou sentiam um misto de terror e reverência. Petrarca não estaria entre amigos, colegas de corporação e subordinados. Pelo menos, estaria longe daqueles que, se não agissem como ele determinasse, pagariam um preço logo em seguida, quando o coronel deixasse a prisão — era essa a tradição no Espírito Santo, até então uma espécie de santuário da impunidade.

Outras providências foram tomadas, junto à direção nacional da Polícia Federal. Marcou-se a data e acertou-se o deslocamento sigiloso de um contingente numeroso de agentes federais, que viriam de outros estados para Vitória.

---

* Registre-se, aceitando toda a carga de subjetivismo que esse tipo de juízo envolve, que Freitas foi um dos melhores secretários de Justiça que nosso país conheceu.
** Hildebrando foi coronel da PM do Acre, comandante da corporação e deputado federal pelo PFL, atual DEM. Ficou nacionalmente conhecido pela crueldade de seus crimes, nos quais usava motosseras e outros métodos bárbaros. Está cumprindo sentença de 65 anos.

Na madrugada de 11 de dezembro de 2002, a logística tinha funcionado e as condições estavam prontas para que a operação fosse colocada em andamento. Com a anuência dos juízes Alexandre e Carlos Eduardo, a ordem para a ação foi dada. Por volta das quatro da manhã, dezenas de agentes federais chegaram em comboio ao comando geral da PM do estado do Espírito Santo, em Maruípe. Os guardas na grande porteira, que separa a rua da ladeira que conduz ao complexo de edificações, telefonaram para o oficial de plantão, responsável àquela hora pelo quartel-general. O oficial estranhou a abordagem e a informação: a Polícia Federal se apresentava, através dos delegados que lideravam a operação, para executar ordem judicial que determinava a transferência imediata do coronel Petrarca, preso naquela unidade.

Era uma situação sem precedentes. O oficial não estava preparado para a circunstância. Legalmente, em havendo documento judicial e autoridade policial, entrega-se o preso. Mas quem disse que a dúvida do oficial dizia respeito à legalidade do procedimento? A dúvida dizia respeito à sua segurança pessoal e à de sua família, a seu futuro e à sua carreira. Petrarca era uma espécie de instituição — do mal, que fosse... mas, ainda assim, uma instituição. Uma espécie de entidade ou totem. Monstro para uns, líder para outros: era sempre mais do que um mero indivíduo. Seu vulto assombrava. Ao seu redor, além dos acólitos de ocasião, fulgurava uma aura — sombria e mórbida, mas, mesmo assim, uma aura. Para o bem ou para o mal, o coronel era maior do que si mesmo e não poderia ser entregue como um embrulho, um pacote ou um preso comum.

O oficial acordou o chefe do Estado-maior, que acordou o comandante geral, que convocou os coronéis, dos mais antigos aos mais modernos — é assim que os militares, não apenas policiais, classificam os mais recentemente promovidos. O que estava em jogo era sério.

A chegada dos oficiais superiores engarrafou, definitivamente, a entrada do QG. Por mais constrangedor que fosse, cada um teve de saltar da viatura oficial e cruzar a pé o "corredor polonês" formado pelos agentes federais. Os inimigos involuntários evitavam a mútua humilhação do olhar e optaram pelo silêncio, para evitar que o combustível do ressentimento acendesse o pavio de providências bélicas.

Contrariando as intenções moderadoras, esse ritual de evitação recíproca, sinalizada pelo olhar vago e o mutismo, acabou por gerar um efeito paradoxal: a passagem dos oficiais da PM pelo cordão de agentes da PF converteu-se em uma procissão desafiadora, que infundiu extraordinária densidade psicológica ao confronto, tensionando ainda mais o ambiente político em que as decisões seriam tomadas.

Havia emoção contida na chegada ao auditório dos coronéis, torpedeados pelo calvário que tinha sido a caminhada de cada um através da praça de guerra.

Juntavam-se em pequenos grupos, de acordo com afinidades pessoais e ordem de chegada. Dois soldados serviam cafezinho. O comandante-geral pediu ao chefe do Estado-maior que expusesse a situação. Mesmo traindo tendências autoritárias, inscritas na cultura e na organização militares, e nos perfis psicológicos dos profissionais — forjados em anos de convívio com a estrutura estratificada —, a palavra circulou. Ninguém estava disposto a arcar, sozinho, com uma decisão tão arriscada.

Alguns defensores do réu tentaram descrever a cena como o confronto de vida ou morte entre a corporação Policial Militar e um punhado de aventureiros, jovens afoitos e politicamente ambiciosos, que afrontavam sua dignidade secular.

Outros concordavam, introduzindo um argumento político: a situação deveria ser interpretada como um movimento do governador eleito, Hartung, aliado ao presidente eleito, Lula, e aos comunistas de sempre. O objetivo seria desmoralizar a corporação para, logo depois da posse, desferir-lhe o golpe de misericórdia, enviando ao Congresso um projeto de Emenda Constitucional, alterando o artigo 144 e determinando a extinção da PM, tal como constitucionalmente instituída, para fundi-la com a Polícia Civil, instaurando, assim, a unificação das polícias.

Outros se punham ao lado do governador José Ignácio, cujo mandato se encerraria no dia 31 daquele mês de dezembro: era preciso resistir, em nome da autonomia federativa, em respeito ao estado do Espírito Santo, contra o golpe da PF e de seus jovens e audaciosos comparsas do Judiciário, os quais, empurrando a PM contra a parede daquele jeito, anunciavam o primeiro passo da intervenção federal que já estaria em marcha. A captura de Petrarca para transferi-lo seria apenas o pretexto para submeter a PM a autoridades estranhas à sua linha direta de comando, o que criaria as condições necessárias e suficientes para uma intervenção federal, ao apagar das luzes do governo FHC. Ou seja, o governo federal hesitara e recuara, ante a tese da intervenção, porque contava com a eleição de seus aliados e não desejava enfraquecê-los. Uma vez derrotada nas esferas federal e estadual, com a eleição de Hartung e Lula, a União sentia-se livre para agir, legando ao futuro a imagem de dura no combate ao crime organizado — ainda que esse gesto se cumprisse nos extertores do segundo mandato do presidente Fernando Henrique.

Quaisquer que fossem as avaliações da conjuntura e a análise do quadro, o fato é que os coronéis, com raras exceções, estavam fechados em torno da defesa da corporação, do estado e de seu companheiro de farda. Em duas palavras: decidiram resistir. O truque eficiente foi fundir a defesa do réu a valores elevados, que estariam sendo ameaçados. Mais uma vez o patriotismo de fancaria era a máscara do interesse inconfessável.

Os delegados da PF foram informados de que o coronel Petrarca não seria entregue. O corporativismo atávico tinha sido blindado por argumentos de aparência superior. A lealdade com o preso estava fechada e lacrada.

Nesse ínterim, o comandante geral telefonou para o presidente do Tribunal de Justiça para certificar-se de que a ordem endossada pelos juízes da Vara de Execuções Penais era mesmo válida. Era.

Perplexos, representantes da PF telefonaram para Alexandre. Queriam saber se deveriam invadir o QG e sequestrar o réu. Se fosse essa a determinação, precisariam de muitos reforços, os quais teriam de vir de outros estados. Registravam ainda que, provavelmente, haveria baixas dos dois lados.

Alexandre pediu que o aguardassem. Seguiria, imediatamente, para o quartel-general da PM.

Em vinte minutos, lá estava Alexandre. Mandou que os policiais federais o seguissem. Apresentou-se na cancela, atravessou o portão que guardava o quartel-general da PM. Subiu a ladeira em seu carro, seguido pela falange de viaturas federais; estacionou em frente ao prédio-sede do comando geral, mantendo-se à frente do esquadrão que o acompanhava. Foi recebido pelo comandante-geral da Polícia Militar, no saguão de entrada.

"Coronel, o que é que está acontecendo?"

"Uma situação delicada, meritíssimo. Temos, aqui, conosco, acautelado, o coronel Petrarca, como o senhor sabe. Ele se opõe a deixar o quartel-general, porque entende que aqui lhe oferecemos melhores garantias de segurança. E eu tenho de concordar com ele, doutor Alexandre."

"A segurança que está em jogo não é a do preso, coronel. É a da população."

"Claro, meritíssimo, essa também é a nossa convicção. O senhor está absolutamente certo. Mas temos de nos preocupar também com a proteção do acautelado. Afinal, o Estado é o responsável pela proteção da integridade física daqueles que estão confiados à sua guarda."

"Pode ficar descansado, coronel, que o prisioneiro vai ser transferido para um local muito seguro. Seguro para ele e também para a sociedade e a ordem pública."

"Eu posso lhe garantir, doutor Alexandre, que a Polícia Militar do Espírito Santo não vai decepcioná-lo. Nós vamos cumprir nosso dever com toda competência para que a transferência não seja necessária, o que conviria à segurança do preso — pelo menos a seu conforto psicológico, pois conosco ele se sente mais seguro."

"Eu não vim negociar com o senhor, coronel. Vim buscar o preso para efetuar a transferência que já está decidida."

"Meritíssimo, estamos todos, aqui, reunidos, todos os coronéis estão me aguardando no nosso auditório, e eu lhe rogo que considere o apelo que lhe fazemos para que o equilíbrio das instituições não seja desestabilizado, para que a nossa heroica corporação não tenha sua imagem arranhada. Imagine o senhor com que cara ficamos diante da opinião pública, se um preso acautelado no quartel-general da PM é transferido e se a operação é comandada por agentes alheios à corporação."

"O senhor está dizendo que vai desobedecer à ordem judicial?"

"Em absoluto, doutor. Em absoluto. Decisão da Justiça não se discute. Cumpre-se. Eu só estava querendo que o senhor entendesse que a questão é mais complicada e que..."

"O senhor vai ou não vai apresentar o preso?"

"Não posso fazer isso, meritíssimo. Lamento, mas não posso, ou me desmoralizo diante de meus comandados. E, como o senhor pode compreender, uma tropa rebelada é o pior mal que pode haver para a ordem pública. Entenda minha atitude à luz de minha preocupação com a segurança pública, o bem-estar da população e o equilíbrio das instituições."

"O senhor tem cinco minutos para me apresentar o preso. Eu vim disposto a levar um coronel preso. Se não for o Petrarca, será outro."

Em cinco minutos, o comandante-geral voltou ao saguão de entrada, acompanhando um grupo de policiais que escoltavam Petrarca.

"Algemem o preso", determinou o juiz.

Os soldados entreolharam-se e dirigiram olhares hesitantes e inquisitivos ao comandante-geral.

Diante do silêncio e da apatia mansa do comandante, um tenente tirou um par de algemas do cinto e fechou-as nos pulsos de Petrarca.

Alexandre caminhou até o preso, apertou a mão sobre as algemas, sentiu-as e checou se estavam, realmente, fechadas. Seu movimento balançou os braços de Petrarca, cujo corpo respondia como um boneco de armar, encaixado à força. O contato das mãos aproximou os rostos. Sussurrando, quase inaudível, o réu balbuciou ao pé do ouvido do juiz: "Você vai pagar por isso".

Tendo a PF recolhido a encomenda, levou-a ao destino. Primeiro ao aeroporto de Vitória, onde um jatinho da FAB aguardava, pronto para decolar. Petrarca chegou a Rio Branco ao anoitecer daquele mesmo 11 de dezembro, antevéspera do trigésimo quarto aniversário do AI-5. Dessa vez, apesar da data fatídica, a democracia brasileira tinha um motivo para comemorar.

* * *

Além de Mário Sérgio e Petrarca, o terceiro polo das atenções da missão especial, considerando-se que Luis Carlos Prates já estava excluído do jogo, era Benedito Dutra Antunes Castro, o Bidú — que também cumpre, nessa história, o papel da "frente russa", isto é, representa um front adicional e simultâneo na guerra contra o crime organizado, travada por Carlos Eduardo, Alexandre e a missão especial. Bidú foi aluno de Mário Sérgio no curso de direito. Desde então, cultivaram uma relação pessoal e de negócios. Mesmo expulso da Polícia Civil, mantinha um escritório de advocacia, de onde partia a maioria das solicitações de progressão de regime e de movimentação de presos dirigidas a Mário Sérgio.

Uma jovem advogada — cujo nome não convém expor —, empregada no escritório de Bidú, já desconfiava de que havia alguma coisa errada quando, em um domingo pela manhã, precisou buscar um documento em sua mesa de trabalho. Usou sua chave para abrir o escritório, que estava deserto, como naturalmente ocorria aos domingos. Deparou-se com um quadro que a estarreceu: havia sangue no chão, nas paredes, por todo lado. Ela ouvira falar dos métodos do chefe e da natureza — digamos, heterodoxa — de seu ofício. Resistia a crer nos boatos. Até porque precisava daquele emprego. Rezava para que as histórias fossem apenas boatos. Não eram. Os pistoleiros de Bidú — ou o próprio — executaram uma vítima em pleno escritório. Provavelmente, fariam a limpeza mais tarde. Pediu demissão no dia seguinte. Claro que não mencionou o sangue da véspera. Inventou uma desculpa qualquer para justificar o pedido de afastamento. Assustada, não contou a ninguém o que vira.

O episódio ocorreu pouco tempo antes da prisão de seu ex-patrão.

Alexandre e Carlos Eduardo expediram mandado de prisão para Bidú e ele foi preso por extorsão a uma dupla sertaneja que empresariava — era um homem de múltiplos talentos. Assim como Elliot Ness prendeu Al Capone por evasão fiscal, os juízes pegaram Bidú no contrapé graças a esse servicinho extra que ele fazia em seu tempo de folga.

Por meio de um mandado de busca e apreensão, encontrou-se em sua casa uma agenda, na qual apareciam nomes conhecidos: Mário Sérgio, Petrarca e os sargentos Ranilson e Valêncio, além de Ilton da Cruz.

Bidú ainda estava preso (seria liberado por um habeas corpus) quando a jovem advogada recebeu um telefonema premonitório. O traficante Siri, ligando de um celular de dentro do presídio de segurança máxima de Viana, e a supondo ainda empregada no escritório — e, por via de consequência, imaginando-a envolvida nos esquemas ilícitos de seu chefe —, lhe pediu que transmitisse o seguinte recado, no cárcere, a Bidú: que ficasse tranquilo. Os juízes que o infernizavam seriam eliminados.

Essa moça tinha sido amiga do delegado Jorge Pimenta, que colaborava com a missão especial. Procurou-o, deixou recados. O telefone de que dispunha era antigo. Custou a se comunicar com Jorge. Quando conseguiu achá-lo, era tarde demais. Alexandre estava morto. O seu depoimento, entretanto, se não serviu para prevenir o crime e salvar sua vítima, foi muito importante na elucidação da rede criminosa. Devemos ao depoimento da moça a informação-chave de que os sargentos Ranilson e Valêncio trabalhavam, informalmente, para Bidú e todos o sabiam no escritório. Também foi ela quem contou que Bidú e Mário Sérgio financiaram, em parceria, a campanha de um candidato a prefeito do município de Guarapari.

A jovem advogada descobriu que a extorsão era uma prática rotineira para Bidú e que seus principais sócios nos empreendimentos criminosos eram Mário Sérgio e Petrarca. Ela ainda confirmou o acordo entre ambos e Petrarca, na venda de movimentação de presos e de progressões de regime, assim como na facilitação de saídas ou de deslocamentos de presos para que matassem ou fossem mortos.

10. A Saga da Segurança Pessoal de Alexandre

Depois que o coronel Éverton Laurindo de Farias — o coronel secretário de segurança do governo que deixaria o poder em 31 de dezembro de 2002 — negou-se a lhes dar segurança, desdenhando a ameaça que haviam recebido e reivindicando velha amizade com Petrarca, Alexandre e Carlos Eduardo bateram à porta da Polícia Federal. Não o fizeram diretamente, mas por intermédio da autoridade superior, o então presidente do Tribunal de Justiça, desembargador Zenildo Magnani. Em vão. A resposta oficial do superintendente da PF no estado foi decepcionante: infelizmente, não dispomos, no momento, de pessoal suficiente para dar conta de todas as responsabilidades que a Constituição nos confere, acrescidas das tarefas atribuídas pela direção nacional. O superintendente tinha razão. O contingente era pequeno para o tamanho das funções e a quantidade de atribuições. A Polícia Federal sempre padeceu da insuficiência de quadros, o que, certamente, se deve menos à economia dos governantes do que à magnitude de sua missão constitucional, em um país que cresce e se complexifica.

No Espírito Santo não era diferente. A resposta negativa, portanto, compreende-se. Explica-se. Mas será que se justifica? Pode uma autoridade policial recusar segurança a dois juízes em risco severo, em meio ao cumprimento de uma missão tão decisiva, tão crucial para o futuro do estado? Mesmo que o atendimento importasse no corte de algum programa relevante, haveria, naquele momento, algum mais importante do que o combate ao crime organizado? A questão de fundo era a seguinte: haveria alguma prioridade que se pudesse situar acima da defesa da vida? Por isso, mesmo compreendendo os motivos do delegado, os dois juízes receberam a negativa com indignação.

Dirigiram-se à polícia rodoviária federal — sempre pela mediação institucional do dr. Zenildo, como recomenda a rotina administrativa. Sabiam que a resposta seria diferente. E foi. Não só porque eram amigos de Rafael Rodrigo Pacheco Salaroli, mas porque conheciam seu modo de pensar e de avaliar prioridades. Por incrível que pareça — e por absurdo que seja —, Rafael foi chamado a Brasília e admoestado. A Polícia Federal o acusava de assumir responsabilidades que não lhe cabiam. Durma-se com um barulho desses. Instituições também têm ciúme e podem se comportar como crianças. Foi obrigado a recuar e permitir que a PF assumisse a segurança dos magistrados.

* * *

Final de ano é tempo de celebrações. Mesmo para os que passaram um ano difícil e vislumbram ainda maiores dificuldades no próximo ano. Mesmo assim, a virada é a época das comemorações. Afinal, não vivemos só de utilidades, cálculos e estratégias. Somos, acima de tudo, seres do símbolo e da emoção. Por isso, nem mesmo a PF, por mais assoberbada que estivesse, poderia passar ao largo das festas. Organizou seu café da manhã de congraçamento e despachou convites para algumas autoridades, escolhidas a dedo. Alexandre orgulhou-se de ter sido lembrado e, na data marcada, estava lá, aproveitando para representar o companheiro de trabalho que, em férias, viajara aos Estados Unidos com a família. Essas férias, que contrariavam seu desejo de permanecer no front, correspondiam a uma dívida que Carlos acumulara com a esposa, cujo espírito de renúncia ultrapassara os limites do razoável.

Carlos Eduardo recorda-se perfeitamente da conversa em que tomou conhecimento do que se passara na festa da PF. Ligou ao amigo para ter notícias e ouviu, pasmo, o seguinte relato:

"Por aqui, tá tudo a mesma merda. Fui lá naquele café da manhã da Polícia Federal. Estava lá, bonitinho, obedecendo à etiqueta e fazendo tudo o que manda a cartilha do ritual. Você sabe como é. Um saco. Mas a gente tem de fazer. Cumprimenta um aqui, outro ali, doutor pra cá, doutor pra lá, como vai e tal e coisa, tapinha nas costas, prazer em vê-lo. Aí começa a pior parte: os discursos. Um porre. Bom, eu estava pensando que ia ser só chato. Quem dera! Chato nada. Foi muito pior que isso. O caldo entornou legal mesmo. Chamaram pra falar um certo presidente do sindicato dos policiais federais. O sujeito começa tentando se mostrar simpático e informal, aqueles truques retóricos de sempre, as saudações de praxe, até que ele engrena uma segunda e parte para o ataque no maior descaramento. Sabe o que o sujeito teve a petulância de dizer? Porra, bicho, você não vai acreditar. A maior merda. O cara sem olhar pra mim diz que tem gente graúda que se aproveita do trabalho de policiais federais, que se beneficia da proteção oferecida pela instituição, mas que, em vez de demonstrar gratidão, apunhala pelas costas essa mesma instituição e trai aqueles que arriscam a vida para defender a sua. O filho da puta só faltou elogiar a transferência do Manoel para o presídio de Cachoeiro do Itapemirim e justificar o assassinato. Você acredita que o cara foi aplaudido? Não por todo mundo, é verdade. Mas foi. Eu fiquei puto, bicho, mas fiquei puto pra caralho. Pedi a palavra, me levantei, agradeci o convite para o café, cumprimentei os presentes e desejei feliz ano-novo. Mas aí fechou o tempo, porque eu disse, com aquela sutileza que você conhece, mais ou menos assim: quero aproveitar a ocasião para anunciar que dispenso, a partir de hoje, a proteção que a Polícia Federal tem me proporcionado. Faço isso porque, se o preço que me cobram é a pusilanimidade, é o acobertamento do crime, é a impunidade, é a minha total omissão, eu prefiro os riscos e a insegurança."

O tempo fechou mesmo, porque andar desprotegido por Vitória, em meio à guerra que estava em curso, era uma temeridade. Dando sequência à decisão que comunicara aos policiais federais no almoço de fim de ano, Alexandre redigiu o seguinte ofício, endereçado ao doutor Wallace Pontes, superintendente regional da PF, em exercício, e que foi recebido, conforme a rubrica do delegado, às 12h30 do dia 20 de dezembro de 2002:

"Alexandre Martins de Castro Filho, juiz de direito, identidade no. 298-JD, vem, por este documento, expor fatos e fundamentos:

Compareci nas dependências da Polícia Federal do Estado do Espírito Santo na data de hoje, convidado pelo senhor superintendente da Polícia Federal e pelo chefe da Missão Especial, para uma festa de confraternização.

Durante a confraternização o presidente do sindicato dos policiais federais teve a palavra e afirmando estar falando em nome da maioria dos policiais federais fez menção ao episódio envolvendo o agricultor Manoel e manifestou-se, salvo engano, dizendo algo parecido com 'autoridades que atacam a Polícia Federal e depois pedem segurança para a mesma Polícia Federal'. E fez outras declarações que me tocaram como uma grande injustiça.

Quadra registrar que sempre elogiei e continuarei tecendo à Polícia Federal do Brasil os maiores elogios, visto que são verdadeiros e merecidos.

Entretanto, sou juiz de direito e no caso do agricultor Manoel a Lei me impunha o dever de questionar os fatos e levá-los a conhecimento do presidente do Tribunal de Justiça do Estado do Espírito Santo, mas em momento algum critiquei a atuação da Polícia Federal.

Por ter sido designado pela Presidência do Tribunal de Justiça para atender os pedidos da Missão Especial, atendi policiais em minha residência, de dia, de noite, final de semana e a qualquer hora, sempre visando dar a minha colaboração na luta pelo combate ao crime organizado, e disso não me arrependo e jamais me arrependerei.

Nada fará com que este magistrado deixe de exercer suas funções apoiado na absoluta imparcialidade e em suas convicções [este parágrafo está sublinhado no documento original].

Assim, face ao exposto, mesmo ainda me sentindo ameaçado, mas exclusivamente em virtude do ocorrido no dia de hoje na mencionada confraternização, dispenso a Polícia Federal do encargo de zelar pela minha segurança, para que desta forma possa continuar a exercer minha judicatura com absoluta imparcialidade e independência, sem ter que passar por outro momento como o de hoje.

Vitória, 20 de dezembro de 2002."

Segue-se a assinatura.

A duplicidade de registros — de um lado, o papo telefônico com Carlos Eduardo; de outro lado, o documento enviado ao superintendente — mostra, com precisão, como Alexandre era ao mesmo tempo dois, dois estilos, duas formas de representar a própria identidade. E demonstra, ainda, como esses dois mundos se intercomunicavam por um elo fundamental: suas concepções sobre o justo e o injusto, o apropriado e o inapropriado para cada esfera da vida; sua crença quanto à necessidade de seguir as regras do jogo, sem se sujeitar ao ilegítimo. Os dois Alexandres estavam unidos pelas convicções, que atravessavam constelações culturais diferentes: o garotão de Cascadura, o carioca da praia e do chope, o rubro-negro mulherengo e desbocado era tão fiel às suas opções quanto o meritíssimo juiz togado, ungido pela autoridade e leal ao que entendia como sendo seu dever institucional, constitucional e ético. O que o presidente do sindicato dos policiais fez com ele — contando com a anuência coletiva ou pelo menos com a omissão cúmplice — era inaceitável. Ele não se deixaria acuar, nem como homem, cidadão, nem como representante da Justiça. Se o juiz fosse ameaçado, estava ali um homem disposto a arcar com as consequências.

Quando Carlos Eduardo chegou de viagem, dispensou a segurança da PF, por ofício, alegando os mesmos motivos evocados por Alexandre.

Nesse meio-tempo, Paulo Hartung assumiu o governo e voltou a se reunir com os dois juízes. Dessa vez no Palácio. O governador estava preocupado com a segurança de ambos. Ofereceu proteção policial — mais que isso, exigiu que eles a aceitassem. Era uma questão de responsabilidade. Para os três. E aproveitou para lhes apresentar o novo secretário de segurança, o doutor Rodney Miranda. Saíram juntos, Carlos, Alexandre e Rodney. Na recepção, os aguardava a delegada federal e subsecretária de segurança, Patrícia Segabinazzi de Freitas — excelente profissional, pessoa adorável, falecida em acidente rodoviário, na BR 040, em junho de 2005, a caminho de Brasília, com a família, onde faria um curso. Os quatro resolveram almoçar em um restaurante próximo. Ao saírem, Alexandre, com seu jeito de moleque, confidenciou: "Porra, vocês estão pensando o mesmo que eu?" Carlos, Rodney e Patrícia perguntaram em que ele estava pensando. Alexandre, rindo — como costumava fazer quando nervoso —, compartilhou com eles a fantasia que lhe ocorria: "Vocês entenderam de onde virão os policiais que vão trabalhar na nossa segurança? Onde é que eles estão lotados? Quem é o chefe deles? Amaro. Coronel Amaro Horta. Sabem o que isso significa? Esse troço pode ser um plano pra nos matar. Nós estamos fodidos, bicho, fodidos. Já pensaram se isso for verdade? Já pensaram que merda, bicho, que merda?"

Não era um plano para matá-los. Nem Alexandre acreditava mesmo nisso, ou não teria aceito a proteção oferecida. O problema era outro: foram deslocados para a nova função apenas dois policiais, os quais passaram a amargar uma rotina de cão. Os juízes começavam a trabalhar cedo pela manhã, antes das sete. E terminavam por volta da meia-noite, porque era comum aproveitarem o jantar para trocar ideias com Santoro, Rodney e seus auxiliares. Isso significava que cada policial tinha de tomar um ônibus depois da meia-noite, tentar dormir o que conseguisse, levantar ao nascer do sol, esperar o ônibus, atravessar a cidade e apresentar-se quando a autoridade sob sua responsabilidade estivesse saindo de casa para o exercício matinal, um café da manhã de trabalho ou o início do expediente. Depois de uma semana nessa batida, não há quem aguente. Foi isso que levou Alexandre a dispensar seu segurança na véspera do dia 24 de março de 2003, à noite. "Amanhã, não precisa me buscar cedo em casa. Basta me encontrar no Fórum, às nove horas."

Por ironia do destino, no domingo que antecedeu o assassinato, dia que passaram juntos, os três — Alexandre, Rodney e Carlos Eduardo —, o secretário de segurança acertou com os juízes uma solução definitiva para o problema da segurança pessoal de ambos. Deslocaria, no dia seguinte, justamente na segunda-feira, dia 24, uma equipe de policiais numerosa o suficiente para permitir a sucessão de turnos mais humanos e funcionais. O trabalho da equipe seria providenciado pela manhã, de modo que Carlos e Alexandre poderiam contar com o novo esquema a partir do meio-dia.

Alexandre foi morto às sete e quarenta e cinco da manhã.

Era provável que o celular de Alexandre estivesse grampeado. Monitorado pelos agenciadores do crime ele estava sendo. Disso não resta dúvida. Primeiro, surgiu uma denúncia anônima sobre um apartamento localizado em um prédio que se situava em um endereço estratégico, entre o Palácio do Governo e o Fórum, onde Alexandre e Carlos Eduardo trabalhavam. Os dois juízes organizaram uma diligência ao local, mas a informação vazou e, quando chegaram lá, o apartamento apresentava sinais de que acabara de ser evacuado, poucos minutos antes. Identificaram-se alguns indícios que apontavam na direção do coronel Amaro Horta. Seria uma espécie de posto de observação e quartel-general clandestino, em que se realizariam escutas ilegais e encontros de matadores oriundos da *scuderie* Le Cocq.

Depois da morte de Alexandre, quando as primeiras prisões começaram a ser noticiadas e as fotos dos suspeitos divulgadas na mídia, uma pessoa procurou o pai dele, dr. Martins de Castro. Em seguida, um parente dessa pessoa apresentou-se a Rodney — com quem, por coincidência, se relacionava por duas vias distintas, as quais devem ser mantidas incógnitas. Contou que sabia e tinha provas de que dois homens — que a TV estava mostrando, por terem sido presos — alugaram um apartamento próximo ao prédio em que residia Alexandre. Eles queriam um imóvel no prédio em frente ao de Alexandre e chegaram a procurar o porteiro e a imobiliária — como se comprovou — oferecendo mais do que o preço de mercado, mas tiveram de se contentar com o que estava disponível no momento, um pouco mais distante. Os homens eram os sargentos Ranilson e Valêncio. No contrato, eles figuram como fiadores de Ilton da Cruz. A explicação que deram ao juiz Carlos Eduardo, durante as investigações sobre a morte de Alexandre, era pueril: o amigo Ilton estava deprimido, adoentado e sem dinheiro. Precisava de uma moradia. Por isso, o tiraram da periferia e lhe arranjaram um apartamento, localizado em um bairro nobre de Vila Velha.

Poucos dias antes do crime, o segurança de Alexandre — o mesmo dispensado de acompanhá-lo à academia por um telefonema na véspera do assassinato — relatou um episódio estranho, que faria todo sentido quando conhecido *post factum*: um homem usando capacete passou em uma motocicleta diante da academia, lentamente, observando o ambiente. Avançou uns duzentos metros, fez a volta, retornou, diminuiu a velocidade diante da academia, observou o local mais uma vez, e acelerou quando notou a presença do segurança, semioculto por um poste, no lado oposto ao da academia. O segurança costumava ficar desse lado quando Alexandre fazia ginástica, porque podia observar todo o espaço da rua e da calçada, praticamente sem ser notado. A academia ficava na sobreloja de um prédio situado entre outros que eram, principalmente, residenciais.

11. O Mundo Fabuloso de um Delator

Uma pesquisa, a experiência profissional e a vida nos surpreendem, com frequência. Mesmo assim, tendemos a acreditar que sabemos alguma coisa com certeza suficiente para sentirmo-nos seguros e que esse conhecimento razoavelmente sólido inclui nossa percepção sobre as pessoas. Se algum dos três autores pensava assim, sua casa caiu quando travou contato direto ou indireto — no caso de Luiz Eduardo por meio de seis horas de gravação em vídeo — com um personagem extravagante, talentoso, dramático, sedutor, inteligente, mas muito pouco escrupuloso, eventualmente violento e inacreditavelmente ardiloso, chamado Wanderley da Silva Ferreira, vulgo Thor do Império, que ao longo da elaboração deste livro permanecia preso, cumprindo pena de oito anos por tentativa de homicídio, depois de ter cumprido a parte da pena que exigiria regime fechado por duplo homicídio doloso.

Novo Império é uma escola de samba de Vitória e Thor, seu sambista, isto é, o cantor e compositor que puxa o samba da escola nos desfiles.

No dia 11 de março de 2003, depois de insistentes apelos a Carlos Eduardo e Alexandre, Thor foi ouvido por ambos e pelo delegado da PF, membro da missão especial, o dr. Carlos Daniel Veras. O depoimento foi gravado em vídeo. Paulo Hartung estava em seu terceiro mês de governo e Alexandre ingressava em seus últimos treze dias de vida. Thor contou a seguinte história:

Em agosto de 1991, Odilon dos Santos Ferreira foi assassinado. Tinha 19 anos e um apelido, Testa. Contra ele não havia nada. Nenhum tipo de envolvimento criminoso, nenhuma desavença grave. Foi morto por engano. O grupo de extermínio que o executou confundiu-o com Guto Pato-rouco, a vítima encomendada. O azar de Odilon foram os dentes laterais direitos quebrados, o porte avantajado e a pele morena. Estava escuro. Meteram o pobre diabo em um opala negro e o mataram com dois tiros na nuca.

José Carlos Preciosa, Jamil Júlio Miguel, cabo Cássio, Dudé e Kira, os assassinos, aproveitaram-se de uma greve da Polícia Civil do Espírito Santo. Eram, todos eles, membros da *scuderie* Le Cocq, como tantos policiais parados por melhores salários e como seu chefe, Albérico Viena, então presidente do Clube Náutico Brasil, futuro vereador.

No gabinete do presidente, acima da poltrona, atrás de sua mesa, figurava, na parede, bem no centro, a caveira, símbolo da irmandade criminosa.

Em 1991, Albérico Viena viu-se obrigado a expulsar da festa — o Clube Náutico popularizara-se pelos bailes vermelho e negro — o Pato-rouco, Guto, porque estava armado, descumprindo a norma da casa, e provocou distúrbios. O homem sentiu-se humilhado e jurou vingança. Voltou à tarde do dia seguinte e atirou no presidente, que escapou por pouco.

Era sua a vez de reagir. Albérico Viena mobilizou sua tropa de choque, o grupo de extermínio liderado por Preciosa — um homem forte, que também atuava como guarda-costas do chefe, acompanhando-o como uma sombra.

Mataram Odilon no "morro da televisão". Dois tiros na nuca.

Feito o serviço — é ainda Thor que fala —, verificaram o equívoco, mas a vida segue. Erros fazem parte do ofício dos matadores profissionais. Um pistoleiro tem de estar preparado para tudo. Inclusive para um tropeço desse tipo. Problemática foi a repercussão do crime. Como o sujeito abatido era inocente e conhecido no bairro em que morava, a população se manifestou, exigiu providências, pôs a boca no mundo. Nada disso perturbava o sono de Viena, acostumado à solidariedade do grosso das polícias, graças a seu prestígio pessoal no meio, à *scuderie* e, sobretudo, a seu representante nas instituições da ordem pública, seu irmão dr. Mauro Viena, delegado da Polícia Civil. À época, para sorte de Albérico, Mauro era titular da Divisão de Homicídios e Proteção à Pessoa, a DHPP. Comandava as investigações sobre os homicídios. Estava tudo em casa, tudo em família. Tudo dominado. Além disso, se o calo apertasse, seria sempre possível recorrer ao terceiro irmão, Anderson, ou Nuno para os íntimos (e para os eleitores). Nuno era, na ocasião, secretário de saúde do prefeito de Vitória, Paulo Hartung, e se tornaria vice-governador, em 2003, eleito na chapa encabeçada por Hartung.

O caldo só entornou porque o caso foi parar na Rede Globo e se tornou conhecido em todo o país. O jornalista Caco Barcellos, com sua aguçada sensibilidade profissional, percebeu que não se tratava apenas de mais um homicídio. Vislumbrou a oportunidade de desvendar uma rede criminosa, abrigada na *scuderie* — que, diga-se de passagem, não é um mal que se restrinja ao Espírito Santo. Longe disso. À época, não se tinha a dimensão exata da profundidade e das ramificações dessa teia clandestina. Ela parecia envolver apenas as polícias. A política e o Judiciário permaneciam fora do foco, a não ser como exceções. Por isso, o vocabulário dominante reconhecia a expressão grupo de extermínio, mas ainda não incluía o conceito "crime organizado", no sentido que hoje se lhe atribui.

Caco fez um *Globo Repórter* sobre a *scuderie*, o que só foi viável porque estava em ação um personagem corajoso e competente, que tinha sido agente da Polícia Civil do Rio de Janeiro e, já maduro, fez concurso para delegado da Polícia Civil do Espírito Santo: Francisco Badenes Júnior.

Uma pessoa pode fazer a diferença. Sobretudo quando tem disposição para meter a mão em vespeiro. Ele criou o GOE, Grupo de Operações Especiais, e mergulhou na investigação dos grupos de extermínio, dos crimes de mando, da pistolagem. Não se deixou intimidar por seus pares menos afetos à honestidade. Um dos casos sob seu exame foi a morte de Odilon. Desengavetou o inquérito que o irmão de Albérico Viena arquivara e reabriu as investigações. Identificou Preciosa, interrogou-o, encontrou contradições que o incriminavam e passou a investir no levantamento exaustivo dos relacionamentos e da rotina do matador. Foi nesse ponto que as trajetórias de Caco Barcellos e Badenes se cruzaram.

O *Globo Repórter* foi um marco na luta do delegado carioca-capixaba. A visibilidade deu-lhe fôlego e oxigenou o ambiente político que costumava ser tão opressivo para os gatos pingados que não rezam na cartilha das oligarquias (econômicas e políticas) e dos pistoleiros, essas duas categorias que se necessitam e se merecem, e que se apoiam.

A intervenção de Badenes foi um sopro de vida. A visibilidade na mídia nacional funcionou como uma bela alavanca política, acuando os sócios do crime. Claro que essa nova conjuntura acabou sendo fugaz — tanto que, hoje, Badenes mudou de identidade e de estado, escondido pelo programa de proteção às testemunhas. Fugiu para salvar-se e não repetir o destino de Alexandre. Ele estava condenado. Se insistisse em ficar na polícia e no estado, teria sido assassinado. Dadas as transformações políticas, talvez sua rota pudesse ter sido mais afortunada, depois do sacrifício de Alexandre e da mudança na correlação de forças. Mas Badenes atuou no estado antes do novo momento, ainda que tenha sido um dos responsáveis pela própria possibilidade de construção desse novo momento. Nos últimos anos, deixou o programa de proteção às testemunhas e reinseriu-se na profissão como delegado da Polícia Federal no Amapá.

Estávamos em junho de 1993. Preciosa tinha sido preso em maio. Foi solto porque a Justiça determinou que ele respondesse às acusações em liberdade. Badenes marcou seu novo depoimento para o dia 24 de junho. Albérico Viena angustiou-se com a hipótese de que seu homem de confiança não resistisse às pressões e terminasse dando com a língua nos dentes. Ele era a memória viva da pistolagem promovida pela *scuderie* Le Cocq. Se falasse, a casa cairia. Era preciso evitar esse risco.

É nesse ponto que — sempre segundo ele próprio, pois esta é sua versão dos fatos — Wanderley da Silva Ferreira entra na história. Fiel escudeiro de Albérico Viena, que o ajudava a gravar seus CDs e empurrava sua carreira com palavras, gestos e grana, Thor estaria disposto a matar e morrer pelo líder. Bem, talvez não morrer, exatamente, mas matar, sim, sem dúvida. Um de seus orgulhos era ter composto o *jingle* da campanha a vereador com que Albérico Viena se elegera. Ele ainda se lembra da festa da vitória, todos vestindo a camiseta do vereador, que ostentava o tripé sagrado: os símbolos da maçonaria, do Clube Náutico Brasil e da *scuderie* Le Cocq, coroando o slogan "uma questão de justiça".

Albérico Viena convocou Thor para uma conversa de homem para homem. Presentes apenas os dois e Valdeci, o braço direito do vereador, que o substituía na presidência do clube quando conveniente. Por isso, era sempre o vice-presidente. Viena lhe pediu que liquidasse Preciosa. Caso ele fosse pego, poderia alegar vingança, pois levara uma surra de Preciosa um ano antes, por conta de uma mulher que disputavam. Estaria aí o motivo perfeito. Se fosse preciso. Estimava que não fosse, mas um matador tem de estar preparado para tudo e nunca pode trair quem encomendou o serviço. Essa era a ética dos pistoleiros, como dizer?, honestos? honrados? dignos do título que ostentam? Pois bem, eles têm seus códigos de conduta, quanto mais não seja para ordenar os negócios naquele mercado por natureza tão pouco convencional e regulado. Mas havia, além disso, a amizade, o respeito, a lealdade, a reverência e a gratidão. Albérico Viena ficasse tranquilo, sossegado, dormisse em paz. Thor não era homem de fraquejar ou de trair. Palavra empenhada era missão cumprida e boca fechada. Custasse o que custasse. Ainda que fosse a prisão por muitos anos. Em compensação, o presidente saberia recompensá-lo com um cargo no gabinete ou, se o pior ocorresse — isto é, a prisão ou a morte —, com uma mesada substancial para a esposa e os filhos.

Thor era esperto. Já tinha tentado matar o Bolão, capanga de Preciosa, que lhe passara a mão na bunda e lhe apontara um canivete. Dera uns tiros no desgraçado e errara. Aprendera a lição. Dessa vez, não cometeria o mesmo erro. As chances eram muito promissoras. Preciosa estava na mão. Tinha certeza disso. Afinal, ele estava sendo monitorado pelos homens de Badenes e poderia ser revistado a qualquer momento. Tudo que o GOE queria era uma bobeada de Preciosa para prendê-lo. Claro que ele não andaria armado nessas circunstâncias. Sendo assim, seria moleza. Melhor: ele usaria uma arma calibre 22, uma Gálaxe argentina, com oito ou dez balas no tambor. Isso não é arma de pistoleiro, de matador profissional. É um mísero revólver de amador. Thor jamais ousaria optar por essa arma se imaginasse a possibilidade mais remota de sua vítima estar armada.

Tudo acertado, bem planejado, preparou-se, testou a arma, vestiu-se, tomou um café e plantou-se, encapuzado, na posição estratégica. Esperou a vítima numa esquina, de madrugada. Preciosa e sua mulher estavam no baile. Teriam de passar por ali. O lugar era mais que apropriado. Deserto e escuro. Lá vinham eles. Eram três. Preciosa, a mulher e Marcelo, um conhecido do clube. Preciosa de vez em quando cambaleava. Estava nitidamente embriagado. Que trabalho bom de se fazer. Fácil, fácil, fácil. Risco zero. Thor os surpreendeu na esquina. Primeiro, imobilizou quem oferecia mais perigo: atirou na virilha de Marcelo, que fugiu. Preciosa, ao tentar escapar, tropeçou e caiu. Thor, ajoelhado a seu lado, aproveitou quando ele ergueu o rosto e deu-lhe um tiro no olho. A vitima tombou de bruços. O matador desferiu dois tiros na nuca da vítima. Em seguida, tratou de liquidar a mulher com dois tiros, um no peito, outro na cabeça. Tarefa concluída, retirou-se sem se abalar. Missão cumprida. O domingo amanhecia. Era hora de repousar.

No dia seguinte, soube que calibre 22 não é mesmo para um serviço bem-feito. O grandalhão Preciosa estava vivo. Resistência de touro e calibre de anjo. Mas com um pouquinho de sorte e a boa vontade da natureza, ele não resistiria muito tempo. Pelo menos não o suficiente para recobrar a consciência. Mesmo que tudo de pior acontecesse, ainda assim, não teria como identificar o pistoleiro encapuzado. Thor tranquilizou-se.

À tarde desse mesmo 7 de junho, mais precisamente às duas horas, Thor reuniu-se com um grupo de peso, no restaurante do clube Álvares Cabral: Albérico Viena, seu irmão Nuno e Valdeci. Discutiram a hipótese da sobrevivência de Preciosa. Albérico garantiu que o irmão delegado abafaria o caso e engavetaria o inquérito. Nuno, secretário municipal de saúde, prometeu a solidariedade de Paulinho — este era seu jeito carinhoso de chamar o prefeito de Vitória, o doutor Hartung. Paulinho estava a par do ocorrido e não faltaria aos amigos e aliados políticos numa hora dessas.* Contudo, se, azar dos azares, o pior sobreviesse, que Thor pagasse a conta que o destino lhe reservara de boca fechada. Sua lealdade seria recompensada. De todo modo, para que se preocupar tanto assim? Afinal, o juiz é nosso, proclamou Albérico. Mesmo na hipótese de que tudo desse errado, haveria como responder em liberdade, protelar o julgamento, empurrar o processo com a barriga e, quando todos os recursos do jeitinho brasileiro estivessem esgotados e todas as prerrogativas do direito penal exauridas, um bom advogado reduziria a pena ao mínimo e algum amigo desembargador influiria junto ao juiz da VEP para antecipar a progressão de regime e, se conveniente,

---

* Essas são palavras do criminoso que buscava atingir autoridades, como se verá em seguida.

abrir portas para a liberdade. Enquanto isso, não haveria por que se preocupar com a retaguarda. Os gastos com a família seriam cobertos com folga. Nada a temer. Nada.

Terça-feira, 8 de junho, foi o dia em que a casa caiu. Preciosa era duro na queda. Nos braços do então tenente Wilton Borges, o primeiro a chegar ao local do crime, mesmo agonizando — ele viria a morrer antes do final da semana —, encontrou forças para sussurrar: "Não fui eu. Não fui eu que deu.* O doutor não podia ter feito isso comigo. Foi Thor. Foi Thor, o pássaro que canta no inferno. Ele não podia ter feito isso comigo."

Nessas palavras de Preciosa, todo o enredo de sua morte estava contido. Mas o que ficou foi a única acusação inteligível para o público externo e mesmo para o major da Polícia Militar, à época tenente, um profissional íntegro e bem-intencionado. Os colegas que o cercavam, com uma única exceção, se recusaram a endossar o testemunho de Wilton Borges. Por medo ou cumplicidade velada. Todos conheciam Preciosa. Sabiam a que e a quem ele estava ligado. Melhor não mexer naquele vespeiro. Além do mais, muitos eram companheiros de *scuderie*. Mutismo, ouvidos moucos e água benta não fazem mal a ninguém. Wilton teve a coragem de levar à delegacia de Polícia Civil e, depois, a juízo, as últimas palavras da vítima.

Thor soube pelo rádio que Preciosa balbuciara algumas palavras e que elas o incriminavam: "A polícia procura Wanderley da Silva Ferreira, o Thor do Império..."

Albérico Viena e Valdeci conduziram Thor a seu advogado de confiança, em cujo escritório montaram a farsa que venderiam à mídia e à Justiça — e que teriam legado à posteridade, não fosse a decisão intempestiva de Thor, dez anos depois, de abrir a boca e derrubar a casa, neste depoimento a Carlos Eduardo, Alexandre e ao delegado federal Carlos Daniel Veras, em 11 de março de 2003.

---

* Na linguagem do submundo, "dar", além das acepções óbvias, tem também o sentido de delatar, denunciar e trair.

A farsa foi encenada ao vivo e em cores, diante dos repórteres da *Gazeta*, que fotografaram o quanto quiseram e anotaram a confissão bombástica de Thor, com a qual fariam a manchete do dia seguinte: tentativa de assassinato por vingança — Preciosa ainda agonizava no CTI do hospital, naquela terça-feira. A mulher tinha sido morta apenas porque se jogara na frente do amante. Uma fatalidade.

Thor posou para o fotógrafo da *Gazeta* mimetizando a coreografia da execução. Vestiu e retirou o capuz, diversas vezes, até que o fotógrafo se satisfizesse com o melhor ângulo. Apontou a arma em diferentes direções; segurou-a com as duas mãos: o homicídio encenado nas minúcias, de uma maneira que o pistoleiro Manoel Corrêa da Silva Filho consideraria indecorosa.

Só depois — e ali estava a raiz da revolta —, muitos anos depois, amadurecendo, estudando o Código Penal, lendo a legislação, revivendo sua vida na tela da memória crítica, Thor deu-se conta do embuste. Tinha sido enganado, traído, manipulado. Fizeram-no apresentar-se ao Fórum com o capuz e a arma do crime, conduzido pela Kombi da reportagem da *Gazeta*. Isso tornava praticamente impossível alterar a versão que o instruíram a apresentar. E esta versão, por incluir o capuz, excluía a tese da surpresa, do improviso, do conflito na esquina, do encontro casual, da provocação renovada, da ameaça, da humilhação e, por fim, do crime passional. Capuz é sinônimo de premeditação. Uma arapuca. Levaram-no ao holocausto para o sacrifício e ele mesmo enrolou a corda em torno do pescoço. Com um pouquinho de esperteza — e para isso os advogados são pagos — teria reduzido a pena, significativamente, e não se teria exposto tanto na mídia. Não teria posado de machão, pistoleiro frio. Tudo teria sido diferente — visto retrospectivamente, de um posto avançado, dez anos depois.

Mas se, pelo menos, tivessem cumprido a promessa... Se tivessem coberto a retaguarda... Pingavam, todo dia 20 do mês, duzentos ou trezentos reais. Mixaria. A mulher trabalhava na limpeza urbana; era gari. Ganhava salário mínimo. Alimentava e educava duas crianças, filhos de Thor. A menina se submetia a um tratamento de câncer. O hospital, os exames, os medicamentos e o atendimento médico eram públicos, mas havia sempre gastos adicionais. E tinha o transporte, as roupas e tudo o mais. De vez em quando, Thor telefonava da prisão e dava uma volta no parafuso, apertava, apertava, chegava à margem da ameaça, mas não ia até o fim porque temia o pior. Quando a temperatura das cobranças subia, os mandantes do crime davam um pouco mais. Durava pouco. Logo se retomava a rotina dos duzentos ou trezentos no dia 20, sempre na conta da esposa.

Thor declama de cor vários números de telefone celular e fixo de Albérico Viena e seu irmão, Nuno. Diz que a conta bancária de sua esposa pode ser vasculhada para que se comprovem os depósitos, ainda que sejam feitos em dinheiro e diretamente na agência.

Recorda que a última conversa telefônica deu-se a três dias da posse. Nuno Viena assumiria a vice-governadoria no dia 1º de janeiro de 2003. Lá pelo dia 28 de dezembro de 2002, Thor ligou: "Puxa, doutor Anderson, o senhor agora vai ser vice-governador e chefe da Casa Civil, vai estar com o queijo e a faca na mão. O que é que custava pedir ao secretário de Justiça para me transferir pra Linhares? O próximo passo seria conseguir a progressão de regime. Eu já podia estar no semiaberto há muito, muito tempo. Minha família está lá, em Linhares. Será que é pedir muito? O senhor sabe que eu tenho sido fiel, tenho sido leal. Estou aqui, no meu cantinho, de boca fechada..." Dr. Anderson interrompeu do outro lado da linha: "Isso é lá com o Albérico. Ele vai dar um jeito nisso pra você. Ele é que trata dessas coisas. Vou falar com ele e ele vai te procurar." Thor trouxe o outro tema-chave para a agenda: "Doutor, minha família está no maior aperto. Minha filhinha está com câncer. Todo dia 20 só pinga aquela merreca, aquela miséria que seu irmão deposita. São duzentos, no máximo trezentos reais. Imagina, doutor Nuno. Não dá pra nada." A resposta é monótona e repetitiva, quase um mantra:

"O Albérico vai cuidar disso. Ele é que trata disso. Fica tranquilo. Ele vai te procurar." Thor ainda insistiu: "O passado é o passado, doutor Nuno. Não quero mexer no passado. Mas mereço uma recompensa. Se tem palavra do lado de cá, tem de ter do lado de lá." Nuno acusou o golpe: "No passado não se mexe, Thor. Não é bom. Isso não é bom. Mexer no passado não convém. Vou falar com o Albérico Viena. Ele vai te procurar."

Dias depois pingaram oitocentos reais na conta da esposa de Wanderley. E só. Nenhuma satisfação. O governo tomou posse, Nuno tornou-se vice-governador e chefe da Casa Civil, e nada. Nenhuma movimentação de presos para Linhares estava prevista ou sequer solicitada. Paciência tem limite. O prazo esgotou. A desconsideração foi muito grande. Humilhante, até. Sendo assim, por que não dizer a verdade? Por que não tentar um acordo com a Justiça e obter, pelo menos, as vantagens a que supunha já fazer jus, por seu bom comportamento e, nesse caso, pela colaboração que se disporia a dar? Afinal de contas, a missão especial estava dando murro em ponta de faca, quebrando a cabeça, fazendo das tripas coração. Uma ajudinha viria a calhar. Seria valorizada. O momento ideal para uma delação seria aquele mesmo.

E foi assim que Wanderley da Silva Ferreira, o Thor do Império, concluiu que deveria falar. Assinalou que boa parte do que revelara em seu depoimento explosivo já havia sido relatado por sua mãe, em entrevista publicada no livro *O Século do Crime*.*

* * *

Não é preciso muita imaginação para colocar-se no lugar dos que ouviram esse depoimento, no dia 11 de março de 2003. Se a casa caía, eles sentiam como se ela tivesse desabado em suas cabeças. De-

---

* Obra de José Arbex Jr. e Cláudio Júlio Tognalli, publicada em 1996 pela editora Boitempo.

pois de tantos combates e algumas vitórias, descobrir que o governador e o vice eram cúmplices do que havia de pior — a escória de pistoleiros e de policiais membros da *scuderie* Le Cocq — era uma decepção colossal. Pior: representava um retrocesso que os obrigaria a recuar e redefinir estratégias e alianças. Despencaram, de uma hora para outra, no meio de um roteiro traiçoeiro. "Puta que o pariu; puta que o pariu; puta que o pariu, caralho." Era só o que Alexandre conseguia dizer. Tinham de respirar fundo, dar um tempo, ouvir de novo as declarações explosivas de Thor e pensar no que fazer. Com calma. Precisavam ter calma. Nada de precipitações. A coisa era tão grave, tão assustadora, que o melhor a fazer naquele exato instante era não mover uma palha. Imobilizar-se. Concentrar-se. Meditar. Sai Indiana Jones e entra Dalai Lama.

"Calma, Alexandre. Calma", repetia Carlos, no fundo dirigindo-se a si mesmo.

"Eu estou calmo, bicho. Perfeitamente calmo. Quem não está calmo é o mundo, que está vindo abaixo, se é que você não reparou. Parece que não. Pois é isso que está acontecendo, bicho, enquanto você contempla o colapso pedindo calma... ao universo."

Uma providência era urgente: celebraram entre si e com o delegado federal Carlos Daniel Veras um pacto de sigilo, sigilo absoluto — ou todos correriam risco de morte, mais do que já corriam. E a fita? Devia ficar guardada a sete chaves, porque era uma espécie de senha para o apocalipse. Pensem no que aconteceria se uma bomba dessas fosse parar nas mãos de jornalistas.

Mesmo assim, a história vazou. A despeito dos cuidados, vazou. O fato é que um dos envolvidos no processo da delação não participara do pacto de sigilo: o próprio delator. A transcrição do videoteipe foi dada a Thor, em mãos, porque ele tinha direito, como depoente, e não lhe interessaria divulgar seu conteúdo, sob pena de correr risco de morte. Entretanto, ele o brandiu como uma bandeira ou uma arma, no presídio, no dia seguinte ao depoimento. Carlos e Alexandre levaram a fita ao presidente do Tribunal de Justiça, que os surpreendeu, afirmando que não a assistiria, mas que tomaria as medidas pertinentes com o depoimento reduzido a termo. Alexandre e Carlos não haviam comentado o assunto com ninguém, muito menos emprestado a fita. Na verdade, Carlos Eduardo foi tão escrupuloso, tão prudente, que não quis correr o risco de ficar apenas com o original, temendo um assalto a seu gabinete. Procurou Rodney Miranda, que convocou o subsecretário de segurança, o delegado Fernando Francischini. A ambos explicou a gravidade da matéria e lhes pediu que fizessem uma cópia. O excesso de cuidados implicava, na prática, o envolvimento de mais pessoas na rede do sigilo, o que o tornava mais e mais vulnerável, menos e menos seguro. O fato é que a fita circulou, ainda que em circuito restrito. Isso impôs a Carlos e Alexandre resposta rápida, ou melhor: exigiu que eles tomassem a iniciativa, antes de ficarem a reboque de uma dinâmica que tinha tudo para fugir-lhes inteiramente ao controle.

Marcaram uma conversa com os parceiros em quem mais confiavam. Jantariam juntos no restaurante Sushi-Mar, o japonês que era o preferido do procurador federal, Santoro — situado em frente ao hotel Íbis, em que se hospedava na parte da semana em que ficava em Vitória. O procurador acumulava a participação na missão especial com o cargo de vice-procurador-geral da República. Tinha de ir a Brasília toda semana.

Na quinta ou sexta-feira que antecedeu o assassinato de Alexandre, reuniram-se no japonês, tarde da noite, além do próprio Alexandre, Carlos Eduardo e Santoro; o secretário de segurança, Rodney, e seu adjunto, Fernando Francischini; os delegados Patrícia e Geraldo, e a deputada federal do PT, Iriny Lopes, que sempre se mostrara leal e solidária. Debruçaram-se sobre a esfinge-Thor. Era indispensável que saíssem dali com um plano de ação. Cada um trouxe sua perplexidade para a mesa de trabalho e de confraternização. Mas quem matou a charada, entre um sushi e um sashimi, foi a tarimba de Santoro. Com o charme de Charles Laughton, desvendou o enigma com uma frase prosaica, pronunciada em um tom pausado, o que a fez soar bíblica e profética: "... o bode. A delação de Thor é o bode na sala. Thor pôs o bode no meio da sala." E degustou a fatia de salmão cru depois de lambuzá-la na raiz-forte e mergulhá-la no shoyo. Um gole no saquê. Santoro apreciava os sabores exóticos do peixe cru e gostava de proporcionar à excitação das papilas o tempo necessário para o laborioso prazer. O processo requeria uma boa dose de concentração. Por alguns segundos, todos à volta da mesa suspenderam a respiração, acompanhando a destreza com os hashis e a reverência do procurador às tradições orientais. Emergiu do transe com os olhos marejados — de novo, exagerou na raiz-forte. Prosseguiu como se não tivesse havido pausa alguma: "... sem dúvida."

Os convivas olharam-se. Quem faria o papel de idiota?

"O que é que você quer dizer com essa história de bode, Santoro?", alguém, enfim, teve compaixão dos demais.

"Muito simples: não há nada. Coisa nenhuma. Nada."

"Como assim, nada?"

"Nada, ora pinoia. Thor é o bode. Sua história é o bode. O que ele disse é o bode. Não conhece a piada do bode? Quer dizer o seguinte: se você põe um bode na sala, o assunto é o bode, a preocupação é o bode, o problema é o bode. Pronto, acabaram-se todos os problemas verdadeiros. Quando o bode sair, não sobrará nenhum problema."

Da surpresa o grupo transitou lentamente para o exame íntimo da hipótese e daí para o questionamento. Uma saraivada de dúvidas: "Será?"; "Com base em que você chegou a essa conclusão?"; "Mas se é armação, teria sido bolada por quem se beneficiaria de um eventual impeachment do governador e do vice, certo?"; "Seria o caso de listar os inimigos do governador e do vice? Faltaria papel".

Santoro ouviu as ponderações e retomou a palavra: "A jogada pode não ter relação com o passado, mas com o futuro. Claro que enfraquecer o governo seria bom para o crime organizado, mas acho que não seria tanto por aí. Acho que tem mais a ver com o futuro."

Mais uma pausa. Dessa vez, ainda mais longa e mais profunda. O procurador retomou o raciocínio: "Talvez o bode não tenha sido colocado na sala pelos inimigos de Paulo Hartung e Nuno Viena. Talvez o dono ou os donos do bode sejam aqueles que pretendem se prevenir contra suspeitas que venham a surgir no futuro."

Alguém atalhou Santoro: "Quais suspeitas? Suspeitas sobre que fatos?"

O procurador explicou: "Suspeitas sobre fatos que ainda não aconteceram. Fatos futuros. Atos que serão cometidos."

Outro interlocutor deduziu: "O fato a ser cometido seria um crime?"

"Exatamente, um crime. Um crime futuro que alguns estão pensando em cometer e para o qual querem criar uma suspeição natural, que desvie o foco das investigações e mantenha os verdadeiros autores incógnitos", completou Santoro.

Carlos Eduardo, Alexandre e Rodney se atropelaram, enunciando o mesmo pensamento, ao mesmo tempo. Eis, em suma, o que disseram: o crime perfeito. Se algum de nós for morto, agora, o governador e o vice tornam-se os maiores suspeitos, naturalmente. Basta vazar para a mídia a fita, no dia seguinte ao crime. Claro, óbvio. Como não tínhamos pensado nisso antes?

"Redobrem o cuidado e reforcem a segurança", aconselhou o procurador.

"Você também", alguém — sensato — advertiu.

Santoro parou, respirou fundo — como se quisesse marcar o que diria a seguir com o máximo de seriedade que fosse possível concentrar em uma única frase — e declarou: "Um de vocês vai morrer."

O silêncio foi interrompido por alguém, que disse alguma coisa sem importância. A intenção era só quebrar o gelo e desanuviar a atmosfera. A vida seguia seu curso. Não era momento para dramas. Talvez o Charles Laughton do cerrado tivesse tomado uma dose de saquê a mais — é provável que algum dos interlocutores tenha pensado nesta hipótese, até para aliviar a própria angústia.

Bem, de todo modo, o que importava para o grupo que se reunia em torno de Santoro, naquele momento, era a extinção da bomba de hidrogênio, reduzida a um bode — presunçoso, mas prosaico. De fato, faltava um motivo mais forte que justificasse a iniciativa de Thor. Se ele aguentou firme tantos anos, por que entregaria o jogo? Se o pagamento que recebia era pequeno, não ficou pequeno agora, sempre havia sido pequeno, como ele mesmo admitiu. O que o levaria a se rebelar, naquele exato momento? Justamente quando teria condições de pressionar os supostos mandantes do crime, dadas as posições de destaque que assumiram. Thor mal tinha começado a exercer essa pressão na nova conjuntura política. Estava longe de ter esgotado esse caminho, que, de todo modo, lhe renderia muito mais do que uma delação, pela qual a Justiça não tinha muito a lhe oferecer.

Nisso tudo refletiram juntos, antes de se despedirem mais leves e animados. Afinal, o bode fora retirado da sala e um peso enorme removido dos ombros — ainda que o depoimento de Thor exigisse cuidadosa investigação nos foros habilitados, recaindo a suspeição sobre o governador e o vice. Por mais absurda que fosse a história, era dever dos que a ouviram, oficialmente, dar seguimento aos procedimentos judiciais e policiais.

Por outro lado, se um peso foi removido, um fardo ainda mais pesado foi se depositando aos poucos sobre os ombros liberados da carga anterior. Estaria em marcha um "fato futuro"? Uma outra cruz se insinuava e, em dois dias ou três, pesaria sobre todos os ombros e esmagaria um deles.

Naquela noite, houve ainda o reconhecimento da importância de que se impedisse a circulação da fita, em respeito às prováveis vítimas de calúnia e difamação, Paulo Hartung e Nuno Viena, e em nome das investigações que deveriam continuar. Certezas ainda não havia. A divulgação do teor da gravação criaria um ambiente muito propício para a realização de qualquer "fato futuro".

* * *

Alexandre foi assassinado. Carlos Eduardo, por todas as razões do mundo, sentia-se abatido e sem forças para conduzir as investigações sobre o homicídio de seu companheiro de trabalho. Coube a um colega a árdua tarefa. Contudo, o presidente do Tribunal, reunido com mais dez desembargadores, já lhe tendo atribuído, por mérito, a função de apoio importante nos casos de alta complexidade, terminou por convencê-lo a assumir o caso. Havia justificativas: cinco positivas e uma negativa.

Positivas: seu conhecimento de todos os fatos que precederam a execução, sua experiência na missão especial, suas excelentes relações com os segmentos policiais envolvidos na tarefa e com a secretaria de segurança do Estado, sua competência e provada coragem para meter a mão em cumbuca — haveria mil cumbucas e vespeiros pela frente.

Negativa: o juiz que primeiro havia sido indicado para conduzir o processo declarou-se misteriosamente impedido por motivo de foro íntimo.

Carlos Eduardo aceitou o desafio.

Muita água passou por baixo da ponte, até que, dois meses e meio depois do assassinato, em 9 de junho de 2003, tendo, com insistência, pedido ao juiz que o voltasse a ouvir, Wanderley da Silva Ferreira, o Thor do Império, foi novamente recebido por Carlos

Eduardo, no Gabinete da Vara de Execuções Penais da Comarca de Vitória, que tomou a termo o seguinte depoimento.

Nada do que disse antes era verdade. Ele lamentava ter de reconhecer isso, mas é verdade. Quer dizer, é verdade que não era. Essa confusão toda ele devia à situação lamentável em que se encontrava, tendo cumprido tantos anos em regime fechado, sem uma oportunidade de progressão de regime, sem um mísero gesto das autoridades que o recompensasse pelo bom comportamento. E a família... A situação da família era dramática. A mulher recebia os caraminguás de sempre, como gari. Não dava para quase nada. A filha, com câncer, enfrentando dificuldades. Sabendo de suas necessidades, Reique Ricardo foi muito esperto.

Thor se referia ao ex-deputado estadual e federal, e ex-prefeito de Vila Velha, o médico Reique Ricardo, derrotado por Paulo Hartung na eleição para o governo do estado, em 2002. Tentando vencer o adversário político numa espécie de terceiro turno, Reique ofereceu trinta mil reais a Thor para que ele procurasse Alexandre e Carlos Eduardo e prestasse o depoimento-bomba, acusando o governador e seu vice, Nuno Viena, cujo irmão, o advogado e ex-vereador Albérico, de fato manteve ligações com a *scuderie* Le Cocq. A história teria de ser bem montada e o desempenho do depoente, convincente. Por isso, arquitetou com engenho e arte a delação, e preparou-se para o dia da grande performance — a qual, aliás, teria sido um sucesso completo, não fosse a intuição de Santoro.

Mais uma vez, entretanto, Thor foi logrado. O leitor recebeu trinta mil reais? Nem ele. Revoltado com o golpe de que foi vítima, decidiu delatar o verdadeiro esquema e dar o nome do grande responsável pela farsa. Pronto. Mais não tinha a declarar. O relato foi filmado e gravado e cópias da fita, devidamente transcrita e reduzida a termo, foram entregues às autoridades que investigavam a veracidade do primeiro depoimento: o Procurador-Geral da República, o qual determinou que a investigação fosse conduzida no âmbito do

Superior Tribunal de Justiça, para evitar eventuais usos políticos das acusações, que poderiam ser levianas.

Em 19 de maio de 2005, depois de novas e insistentes solicitações, Thor foi mais uma vez ouvido, no mesmo local em que apresentara os depoimentos anteriores. Dessa vez, ninguém mais lhe deu crédito quando surgiu a terceira versão, segundo a qual a primeira seria verdadeira e a segunda, falsa. A acusação contra Reique Ricardo teria sido um estratagema dos Viena para anular as acusações que constam do primeiro depoimento. Thor aceitou fazer a encenação, porque o dinheiro pago compensava o vexame. Ou seja, o primeiro depoimento surtiu efeito. Os Viena o procuraram e lhe deram uma boa grana. Sua parte no trato passou a ser: desfazer o estrago que fizera, no primeiro depoimento. O segundo teve esse intuito. E funcionou. Acontece que, além do dinheiro dado, na ocasião, uma importância maior ainda ficou de ser paga depois que o segundo depoimento fosse prestado. Essa segunda parte, a mais polpuda, nunca veio. Revoltado, ali estava Thor para botar, mais uma vez, os pingos nos is, confirmando a veracidade do primeiro depoimento.

Vídeo gravado em fita, transcrito e reduzido a termo — ou seja, formalmente registrado, do ponto de vista jurídico —, cópias adequadamente repassadas: tudo certo. Tudo menos um detalhe: faltava a Thor credibilidade para convencer o mais ingênuo dos ouvintes. Como dizia Tancredo Neves a respeito dos políticos: quando se é esperto demais, a esperteza come o dono. Wanderley da Silva Ferreira, o Thor, perdeu a capacidade de introduzir bodes na sala de audiências. Foi devorado pela esperteza.

De todo modo, para que o labirinto se tornasse ainda mais confuso, dois anos depois, Albérico Viena, que, após dois mandatos como vereador, não conseguiu se reeleger, foi acusado pelo GRCO — Grupo de Repressão ao Crime Organizado do Ministério Público estadual —, a partir de investigação realizada pela Polícia Civil, de ter participado do planejamento do homicídio que vitimou Preciosa, em 1993. Chegou a ser preso em junho de 2005. Nenhum outro parente do acusado foi indiciado no inquérito policial ou denunciado pelo MP à Justiça. Nenhuma acusação pesa sobre o governador Hartung ou seu vice no primeiro mandato, Nuno Viena — que se elegeria deputado federal em 2006. Em julho desse mesmo ano, 2006, o Ministério Público, contrariando a tese do GRCO, requereu que o ex-vereador Albérico Viena fosse "impronunciado" (isto é, liberado de qualquer suspeita), o que, formalmente, põe um ponto final nesse capítulo.

12. Santuário da Impunidade

Os casos de extorsão fizeram a festa de alguns criminosos afortunados de colarinho-branco, ou de toga. Afortunados enquanto o Espírito Santo foi o território livre da corrupção e da violência. A festa acabou quando a luta e o sacrifício de Alexandre, a coragem e a dedicação incessante de seus companheiros, a vitória eleitoral de Paulo Hartung, a nova conjuntura política e a sociedade civil capixaba impuseram as primeiras barreiras mais consistentes ao crime organizado. A maré começou a virar, carreiras clandestinas foram interceptadas e os escândalos (seria mais correto dizer: alguns escândalos) vieram a lume — um escândalo ofuscado pelo seguinte. Falta muito, certamente, mas caminhou-se. Não seria excessivo dizer que Alexandre foi o diabo no santuário da impunidade, uma vez que sua vida profissional em Vitória e sua morte podem ser consideradas o signo e o balizamento da mudança.

Para que o sistema comece a emergir da série de fragmentos, é necessário encaixar algumas peças. Cada peça vale um livro, rende histórias, mas pode ser condensada em poucas palavras.

Uma das histórias extraordinárias, mas que se banalizaram, no Espírito Santo, é a do "advogado que pagou a juiz para não ser morto".*

Em 1996, a Construtora Espírito Santo S.A. (Cessa) faliu. O síndico da massa falida — que valia R$ 10.000.000,00 (dez milhões de reais), aproximadamente — deveria ser o representante do maior credor. Como, entretanto, o maior credor era o Banestes, um banco — a quem a Cessa devia R$ 7.000.000,00 (sete milhões de reais) —, o síndico teve de ser o segundo maior credor, nesse caso representado por Altino Lima — advogado, empresário e segundo suplente do senador Túlio Távora.

Os recursos foram disputados por vários interessados, entre eles um dos herdeiros da Cessa, que demandava dois milhões. Diante do impasse, o herdeiro contratou, por R$ 200.000,00 (duzentos mil reais), Benedito Dutra Antunes Castro, o Bidú, para matar Altino. Com a morte do síndico, outra pessoa assumiria a gestão da massa falida. O contratante era o próximo na linha de sucessão.

Bidú levou a proposta que recebera ao gabinete do juiz Mário Sérgio, que teve a ideia de intermediar uma negociação. Para salvar a própria pele, Altino aceitou repassar R$ 1.000.000,00 (um milhão de reais) ao herdeiro, em dez parcelas. Mário Sérgio acabou recebendo R$ 50.000,00 (cinquenta mil reais), em dez parcelas. O acordo foi um sucesso.

A operação foi confirmada pelo depoimento de Bidú, noticiado em 15 de abril de 2005 e prestado à autoridade judicial na véspera. O jornal *A Gazeta* publicou a seguinte manchete: "Bidú confirma: deu a juiz R$ 50 mil em acordo com Altino".

---

* Essa é a manchete do jornal *A Tribuna*, de Vitória, publicada em 14 de abril de 2005. A manchete do concorrente, *A Gazeta*, nesse mesmo dia, é a seguinte: *"Investigação aponta: dinheiro da Assembleia beneficiou juiz e sua irmã."* Outra manchete de *A Tribuna*, também no dia 14, é: *"Sequestro e morte na lista de grupo: acusados de planejar morte do juiz Alexandre são investigados por assaltos, sequestros e execuções."*

A iniciativa de dialogar e buscar uma solução negociada tem menos a ver com a persuasão pacifista do juiz do que com o seu tino para oportunidades de ganhos e com seu conhecimento da provável vítima. Observe-se que a trajetória de Altino no mundo das transações escusas não era ignorada pelos personagens que frequentavam o submundo capixaba. Entretanto, o grande público só descobriria essa face de sua personalidade em 2007, quando, em 24 de abril, ele foi acusado pelo Ministério Público Federal no Espírito Santo de envolvimento em fraudes e falsificações de escrituras de terras na Bahia. A denúncia contra Altino, por formação de quadrilha e falsidade ideológica, foi acatada pela Justiça Federal do Espírito Santo, em junho do mesmo ano. Outras 23 pessoas foram envolvidas no mesmo processo, acusadas de atuar como laranjas de Altino, inclusive Ciro Luiz Parreira, o Ciro da Padaria, primeiro suplente do senador Túlio Távora. Vários dos réus são familiares de Altino e Ciro.

No município de Casa Nova, na Bahia, foi identificado, segundo o Ministério Público Federal, um polo de atuação criminosa, liderado por Altino, cujo objetivo era a confecção de escrituras de propriedades rurais com valores fictícios, superestimados. Muitos desses documentos eram forjados fora do cartório e só a posteriori registrados em nomes de laranjas. Houve casos, inclusive, de superposição entre as terras das fazendas. De acordo com o Ministério Público Federal, a finalidade da montagem dessas escrituras era, principalmente, gerar bens imóveis que pudessem ser utilizados como garantia em execução fiscal. Além disso, essas escrituras serviam como lastro para empresas que precisassem comprovar patrimônio.

Altino teve a prisão preventiva decretada no âmbito da Operação Esfinge da PF, realizada em março de 2006.

"A propositura das ações relativas à Operação Esfinge foi dividida em (...) fases. Na primeira delas, Altino, Ciro da Padaria e outras duas pessoas foram denunciados pelos crimes de formação de quadrilha e tráfico de influência. A segunda fase resultou na ação penal que tratou especificamente da empresa Nova Global, envolvida num milionário esquema de sonegação fiscal. Nesse caso, Altino e o empresário Ciro Luiz Parreira, o Ciro da Padaria, além de outras oito pessoas, foram denunciados pelos crimes de formação de quadrilha, falsidade ideológica, descaminho, contrabando, advocacia administrativa, facilitação ao descaminho e corrupção ativa e passiva. O patrimônio forjado pela organização comandada por Altino por meio de fraudes e falsificações em escrituras de terras na Bahia, aliás, serviu de lastro para a criação da Nova Global, que servia de anteparo para empresas proibidas de operar no comércio exterior."*

Altino, cujo patrimônio imobiliário é invejável, criou uma igreja evangélica, da qual participam o senador Túlio Távora e seu primeiro suplente, Ciro da Padaria, e na qual Mário Sérgio é pastor. Quantos mais rezam pela mesma cartilha?

* * *

Outra história reveladora — e útil para a formação de um quadro completo e sistêmico do crime organizado no Espírito Santo — foi divulgada pela mídia capixaba no mesmo dia em que se tornou público o escândalo da extorsão contra Altino — 14 de abril de 2005. Trata-se do desvio de verbas da Assembleia Legislativa.**

Entidades culturais e religiosas do interior do estado — organizações de fachada ou coniventes com o esquema — solicitavam à Assembleia recursos para a promoção de eventos, cuja natureza os credenciaria a receber esse apoio oficial, segundo a própria le-

---

* O trecho citado foi redigido por Gabriela Rolke (assessora de comunicação da Procuradoria da República no Espírito Santo) e publicado no site do Ministério Público Federal. A Ação Penal a que se referem as informações mencionadas tem o seguinte número: 2007500100430-1.
** O público deve as informações à investigação realizada por equipes do NUROC (Núcleo de Repressão a Organizações Criminosas), da Receita Federal e do GRCO (grupo de repressão ao crime organizado do Ministério Público Estadual).

gislação estadual. O diretor geral da Casa, Alan Kardec de Morais Linhares, e seu presidente, Luis Carlos Prates, autorizavam o repasse e endossavam os cheques. Os eventos patrocinados não existiam e os beneficiários devolviam a importância recebida, depositando-a a crédito de determinada empresa. A empresa que lavava o dinheiro proveniente dessa fonte era a Alethéia — propriedade da família de Kardec.

Graças à generosidade da Assembleia Legislativa do Estado do Espírito Santo, ostensivamente praticada com recursos públicos, Mário Sérgio viajou para os Estados Unidos. Já os fundos com os quais o juiz financiou a campanha de sua irmã à Câmara de Vereadores de Pancas vieram da Alethéia. E não foram apenas essas as ocasiões em que se beneficiou de esquemas do gênero.

Os dados são muito interessantes e sugerem uma inacreditável confiança na impunidade:*

(1) As solicitações de recursos para a realização de eventos chegavam ao presidente da Assembleia de todos os recantos do interior estado.

(2) Todas as solicitações reproduziam o mesmo texto e eram enviadas na mesma data, com diferença de minutos entre uma remessa e outra.

---

* A cobertura dos jornais locais, *A Tribuna* e *A Gazeta*, foi muito competente e constitui fonte preciosa para pesquisa. Os processos originais podem ser localizados nos arquivos que contêm os resultados dos trabalhos do GRCO, do Ministério Público Estadual. As memórias documentadas do juiz Carlos Eduardo Ribeiro Lemos e do secretário Rodney Miranda são outras fontes de dados de valor inestimável. Os delegados Fabiana Maioral Foresto (da Polícia Civil) e Rafael Rodrigo Pacheco Salaroli (hoje, agente da Polícia Federal, ex-inspetor da Polícia Rodoviária Federal) são protagonistas da história recente do Espírito Santo, compilaram importante documentação e são parte da memória viva desse processo. Sua contribuição foi decisiva para nossa reconstituição dos acontecimentos. Na pesquisa, contamos com a colaboração generosa e competente de nosso colega, o psicólogo e criminólogo Luis Eduardo Ribeiro, sem o qual este trabalho não teria sido possível.

(3) Os pagamentos se realizavam com cheques nominais descontáveis pelas entidades que demandavam os recursos. Luis Carlos Prates e Alan Kardec Linhares assinavam cada cheque. No verso dos cheques, havia o endosso de ambos para que fossem depositados nas contas da empresa Alethéia, da qual dois irmãos de Alan são sócios: Natanael de Morais Linhares e Nabucodonosor de Morais Linhares, procurador do Estado.

(4) O GRCO e a Receita Federal examinaram 3.771 processos, e comprovaram desvio de dinheiro público em 1.551 deles.

(5) Os recursos desviados para a Alethéia eram repartidos entre vários parentes e pessoas ligadas a Alan Kardec, e usados para a compra de imóveis, carros e outros bens. O esquema funcionou até 1º de dezembro de 1999.

(6) A partir de 13 de dezembro daquele ano, a sistemática foi simplificada e os cheques passaram a ser nominais aos próprios beneficiários finais do esquema de corrupção — ou seja, tratava-se de pagamento de propina com recibo nominal. Era o máximo em matéria de confiança na impunidade.

(7) O Ministério Público seguiu investigando outros 950 processos de pagamento, realizados entre 2001 e 2002, cujo valor total seria de R$ 9.898.168,85.

(8) As entidades, associações ou prefeituras que enviaram à Assembleia Legislativa, ou melhor, em cujo nome foram enviadas solicitações de recursos, segundo a denúncia, nada receberam.

Importa, aqui, entender a lógica das operações, que articulavam lavagem de dinheiro e apropriação criminosa do dinheiro público, por meio de conexões entre distintas instituições do Estado e uma empresa privada, através de iniciativas individuais porém concertadas — de acordo com certa divisão do trabalho — de personagens situados estrategicamente na arquitetura da rede clandestina e nas estruturas formais: o presidente e o diretor geral da Assembleia (irmão dos donos da Alethéia) e um juiz da Vara de Execuções Criminais, Mário Sérgio Seixas Lobo.

Mário Sérgio não era cúmplice dos agentes de práticas ilícitas que operavam na Assembleia, mas era contemplado com alguns privilégios, porque poderia responder com solicitude e reciprocidade, em sua própria esfera de atuação. Ele, eventualmente, se beneficiava de favores porque poderia oferecer algo em troca. Daí a relevância da Vara de Execuções. Como seu titular, ele tinha poder para movimentar presos, conceder ou recusar progressão de regime etc. No mercado do ilícito, essas eram moedas fortes.

13. A Secretaria de Segurança Contra-ataca

O universo de personagens e esquemas interligados já tinha ficado bastante claro para Carlos Eduardo, Rodney, Marcelo Zenkner, Fabiana Maioral e os investigadores da secretaria de segurança, quando se aproximava o segundo aniversário da morte de Alexandre. O inquérito era mantido sob sigilo para garantir um desenvolvimento mais ágil e evitar expor a riscos ainda maiores os policiais envolvidos na investigação.

Nos dias que se seguiram ao assassinato de Alexandre, houve quem tivesse lançado no ar a hipótese de latrocínio — ou seja, roubo seguido de morte. Seria conveniente para os envolvidos. Todo o esforço investigativo ficaria restrito aos executores. Melhor ainda, para os mandantes e seus cúmplices, se os pistoleiros fossem eliminados. Essa é a velha prática conhecida como queima de arquivo. E, de fato, testemunhas que acompanharam os bastidores do planejamento do crime disseram que a intenção era essa. O plano frustrou-se graças à velocidade da ação policial. Giliarde foi preso e Lombrigão identificado no mesmo dia do crime, ainda que preso apenas um mês depois, no domingo de Páscoa.

As evidências de que não se tratava de latrocínio eram tantas e tão eloquentes que Rodney e seus companheiros observaram com suspeição os que vieram a público, logo após o homicídio, divulgando essa tese. Felizmente, graças ao apoio dos governos estadual e federal, do Ministério Público, de segmentos da magistratura, da sociedade e da mídia, foi possível exorcizar o espectro de uma grande farsa. Possível, mas não fácil — e, em certo sentido, a luta ainda não terminou, porque, apesar do encaminhamento positivo dos processos, houve percalços, postergações, manobras, e alguns mandantes do crime continuam em liberdade, conforme veremos adiante.

Na semana que antecedia o dia 24 de março de 2005, a pressão da mídia, expressando a mais do que justificável angústia do pai de Alexandre, cobrava resultados. A pressão era saudável e bem-vinda. A dificuldade oferecia também uma oportunidade rara. Rodney percebeu. Refletiu com seus botões, com seus colegas e sua esposa. Seria o momento de jogar a infecção contagiosa do Judiciário no ventilador? O contexto era extremamente delicado. Uma atitude mais agressiva poderia romper barreiras, criar uma situação de fato — isto é, irreversível, imprevisível e incontrolável. A consequência poderia ser tanto uma mobilização social positiva, capaz de acuar os cúmplices do mandante do crime, impondo um avanço decisivo ao processo, quanto uma reação equivalente, em direção contrária, a qual implicaria riscos imensos para a segurança pessoal da equipe, ou sua estabilidade política. Quanto de pressão o governador Hartung estaria disposto a suportar ou teria condições de aguentar?

Além disso, envolver um magistrado no inquérito, formalmente, oficialmente, provocaria a imediata transferência do caso para o âmbito do Tribunal de Justiça, porque juízes têm foro privilegiado. Só podem ser julgados por desembargadores. Quais as consequências para a investigação, que já estava bastante avançada, dessa migração do processo para o Tribunal? Poder-se-ia colocar tudo a perder por um ato voluntarista e precipitado. Por isso, era preciso pensar bem em todos os aspectos, ponderar.

Por outro lado, Rodney sabia, ou melhor, intuía que os bons políticos tendem a ser prudentes demais, pensar demais, e inflacionar os riscos em seus cálculos. Talvez por isso sejam bons políticos, gozando de boa reputação e bem-sucedidos. Talvez pelas mesmas razões, os políticos que assumiam cargos de poder importantes costumavam ser tão impotentes para enfrentar a problemática da insegurança pública, de um modo geral, e do crime organizado, em particular. Ou seja, prudência demais talvez fosse um mal ainda pior que o açodamento.

Nessa atmosfera mental repleta de dúvidas, Rodney não sabia se queria, ou não, que o governador atendesse seu pedido de uma audiência a sós, olho no olho, sem testemunhas. Cumpriu seu papel, solicitando o encontro. Era seu dever. Mesmo assim, pensava consigo mesmo se não seria melhor que o governador postergasse indefinidamente a audiência, dando-lhe espaço e justificativa para agir apenas de acordo com a sua própria consciência e seu senso de oportunidade.

Pois bem, a resposta não veio. Rodney insistiu. Nada de audiência. Isso já vinha ocorrendo com alguma assiduidade e não era um fenômeno recente. Ele debitava a desconsideração menos à iniciativa do governador do que aos caprichos de seu principal assessor, que gostava desses jogos simbólicos e usava esse tipo de linguagem cifrada. A voz de comando clara e espessa fazia muito mais o gênero do secretário do que o vocabulário diáfano dos pequenos gestos. Ora, se a mensagem era de descontentamento com o trabalho desenvolvido pela secretaria de segurança, não seria melhor simplesmente convocar o secretário e dizer-lhe isso, curto e grosso? Era o jeito de Rodney, era também o jeito de Carlos Eduardo. Alexandre tinha sido o campeão da transparência — e pagou um preço alto por isso. Nos anos que se seguiram à sua morte, Carlos Eduardo vinha se tornando uma espécie de *persona non grata* no governo, apesar de seu respeito pelo governador, que era mútuo. O mal-estar se devia ao fato de que o juiz — como seu amigo assassinado — não tinha papas na língua e não poupava nem os aliados, quando o assunto eram as condições sofríveis das carceragens e das penitenciárias capixabas.

Rodney tomou a decisão sozinho. Literalmente só, apesar de ter ouvido muita gente — menos o governador, porque este tampouco o quis ouvir (provavelmente, nem terá sabido que seu secretário de segurança lhe estava solicitando uma audiência).

O mediador entre o secretário e o governador (estranho que haja a necessidade de algum mediador numa relação que deveria ser direta e permanente, porém, havia esse elo intermediário, no Espírito Santo) exigia que a pauta fosse antecipada para que a audiência fosse marcada e não se contentava com a ponderação de que se tratava de assunto sigiloso. O impasse provocou a continuada procrastinação da audiência. O tempo se exauria e Rodney tinha de agir.

Há assessores-mediadores que se arrogam a função de filtros seletivos para manter a atenção de seu superior focada. Esse é o lado benigno (para o chefe) do poder autoconcedido (do subordinado). O lado obscuro e perverso é a intriga administrada e a manipulação do processo decisório. Nada mais chocante para um governante do que saber pela mídia aquilo que um secretário lhe devia confiar — sobretudo quando, além de confiar-lhe a informação, o secretário devesse consultá-lo sobre a conveniência e a oportunidade da divulgação. Estaria aí armado o golpe de um assessor ardiloso do governador contra o secretário.

Rodney estava preparado para a indignação do governador. Em sua defesa, contava com as tentativas frustradas de ser recebido e as circunstâncias: que governador exoneraria o secretário que acusasse um juiz de homicídio? Poderia, na pior das hipóteses, guardar a irritação e sacá-la mais tarde, quando a mídia e a opinião pública, ou mesmo a magistratura e as polícias, e o Ministério Público, já não pudessem relacionar um fato ao outro: acusação e exoneração.

A solidão do secretário talvez nunca tenha sido maior e mais amarga. Em casa, ouviu a esposa. Na secretaria, escutou cada colega.

Havia um consenso, um consenso de pedra, do qual só ele estava excluído. Todos eram contrários à ideia de divulgar que um juiz era o principal suspeito do assassinato de Alexandre. E não apenas contrários: ruidosamente contrários. Sobretudo sua esposa, que prometeu sair por uma porta, quando ele entrasse por outra, caso cometesse aquele desvario.

Foi o que ele fez.

No interior do estado, a trabalho, no dia 23 de março de 2005, a esposa de Rodney congelou quando a televisão, em pleno horário de almoço, calando todo o restaurante, decretou o fim do mundo. Para ela, o apocalipse. O que esperar a seguir? A morte do marido, o sequestro dos filhos, um ataque à sua casa, uma bomba no restaurante? Os colegas de trabalho fugiriam como se ela fosse a portadora da peste medieval?

"Um juiz, um magistrado."

No dia em que a mídia se armara para comer seu fígado, cobrando o esclarecimento do assassinato de Alexandre, Rodney jogou um membro do Judiciário às feras — e com ele, involuntariamente, toda a instituição. Agora, o monstro com suas garras sangrava o Tribunal de Justiça. Repórteres rondavam a toga. Era a vingança da tatuagem.

Ele estava aprendendo depressa. Não se é secretário de segurança impunemente. Com o timing de profissional, Rodney sabia que o dia D, na prática, era a véspera do aniversário da morte, porque o alvo da mídia eram as manchetes que celebrariam, no dia 24, a omissão das autoridades, e sua incompetência. Tinha de tomar uma decisão até o dia 23. O que ele dissesse nesse dia seria manchete no dia seguinte.

A manhã do dia 23 estava irrespirável, no gabinete de Rodney, e nas salas de seus auxiliares. Na *Gazeta*, a influente jornalista Andréia Lopes abriu sua coluna, Praça Oito, com o seguinte título:

"Dois anos de impunidade." Na *Tribuna*, o espírito era o mesmo: "Pai de juiz quer a Federal no inquérito dos mandantes." Sob a foto do dr. Alexandre Martins de Castro, a legenda dizia que ele "pede mais agilidade da polícia na apuração do crime". A tensão eletrificara o ar na secretaria de segurança. Seus colegas, por serem também seus amigos, clamavam por lucidez e cautela. Pediam-lhe que não falasse. Ele assentiu, finalmente: "Não falo. Acabou. Na entrevista, vou relatar os esforços que estamos fazendo e pedir um crédito de confiança. Só isso."

Daí o choque, quando ele irrompeu na sala preparada para a coletiva à imprensa, no final da manhã, e ditou, sem vacilar, a manchete do dia 24: "Membros do Poder Judiciário são suspeitos de mandar matar juiz";* "Membros do Judiciário investigados por crime".**

Rodney sabia que o mundo despencaria sobre sua cabeça. E estava preparado para enfrentar o terremoto. O governador, antes distante e inacessível, queria vê-lo imediatamente. Precisava vê-lo. Determinava que ele se dirigisse ao Palácio.

O presidente da AMAGES (Associação dos Magistrados do Espírito Santo) cobrou do governador, publicamente, esclarecimentos urgentes, porque a acusação vaga e genérica respingava sobre todos e atingia em cheio a instituição. Todas as rádios e canais de TV, repórteres de todo o país corriam atrás daquele furo espetacular. Políticos e policiais já eram frequentadores assíduos das manchetes escandalosas. Chegara o momento do cidadão togado estrear no papel de suspeito e réu. A Justiça tinha sido provocada — ela, que só se mexe (salvo exceções) quando provocada. Descia do Olimpo para entrar na história. E cumprindo um destino subalterno.

O tempo dos acontecimentos foi acelerado. O advérbio do momento era: imediatamente.

---

* Essa foi a manchete de *A Gazeta*, no dia 24 de março de 2005.
** Essa, a manchete de *A Tribuna*, na mesma data.

Rodney sabia que não lhe restaria muito tempo de vida política se retardasse a exposição do nome à execração pública. Todos queriam um nome, o nome. Dos editores dos jornais ao governador, passando pelos magistrados e por cada capixaba. Todos grudaram os ouvidos nas rádios, ligaram as TVs ou especulavam nas esquinas, nos bares, em casa, no trabalho. A pergunta era uma só: quem?

Entregar um nome à fúria da massa, à cólera dos deuses, à justiça de seus próprios pares, ou calar-se para sempre, enquanto agente público. Esse era o dilema para o secretário e ele sabia disso, quando seu carro estacionou diante do Palácio do governo. Ele era o primeiro a reconhecer que divulgar a informação tal como o fez, imprecisa, evocando um culpado anônimo, era, de fato, impróprio, incorreto. Atingia, injustamente, muita gente decente, gente honesta que não merecia a suspeição. Tavez a posteriori lhe tenha ocorrido que o melhor teria sido fazer o serviço completo e jogar na arena o nome. O nome. Era tudo o que lhe pediam.

Mesmo o governador desejava um nome, precisava de um nome. Paulo Hartung recebeu Rodney melhor do que ele esperava. Ainda assim, mostrou sua insatisfação com aquele anúncio intempestivo, sem que ele tivesse sido consultado — nem mesmo avisado. Um governador tem de estar preparado quando todo o estado é varrido por uma tsunami. Preparado para apagar os incêndios e manter a dinâmica do mundo em marcha. Não pode ser surpreendido pela mídia. Sobretudo quando a fonte é um subordinado seu. Membro de seu governo.

Rodney apreciou a compreensão do governador, que negou saber de suas solicitações de audiência. O secretário de segurança pôs a bola em jogo e Hartung lhe devolveu em fogo: "Você tem como sustentar a acusação que fez?" Sim, disse Rodney. "Você sabe que agora tem de dizer o nome?" Sim — de novo. "Você está preparado para comprovar a denúncia que vai fazer?" Mais uma vez: sim. "Muito bem, sendo assim, vá em frente e conte comigo." Essa era, mais ou menos, a mensagem.

Havia na manifestação de solidariedade um resíduo de veneno, uma filigrana de amargor, um filamento de admoestação. Mas isso, pensou o secretário de segurança, isso sai na urina. Será?

Um interlocutor próximo ao governador confidenciou que ouviu do chefe do executivo mais ou menos o seguinte: "Talvez Rodney não tenha ideia, mas acabou de colocar todo o Judiciário com a bunda na parede. Isso jamais aconteceu aqui, e acho que em nenhum outro estado. Espero que não seja um blefe e que ele, realmente, tenha bala na agulha".

Rodney esticou um pouco mais a corda. Reteve a divulgação do nome. Por isso, em 25 de março, *A Gazeta* estampava: "Magistrados cobram nomes de suspeitos da morte do juiz."

Finalmente, no dia 27, numa operação bem preparada, cercada de cuidados e farta provisão de evidências, Rodney pronunciou o nome de Mário Sérgio Seixas Lobo.

14. A Hora e a Vez do Tribunal de Justiça

O juiz acusado foi, no mesmo dia, convidado a se afastar, voluntariamente, de suas funções à frente da Vara de Órfãos e Sucessões, para onde havia sido deslocado, quando se tornou incontornável a pressão da mídia, três anos antes, em 2002. Essa carga era alimentada pelo teor dos debates travados no Pleno do Tribunal a respeito das acusações formuladas por Alexandre e Carlos Eduardo. Como foi observado anteriormente, algumas das fitas com as gravações oficiais e obrigatórias de tais debates vazaram, levando à sociedade as informações sobre o conflito na Vara de Execuções Penais.

Mário Sérgio seria mantido afastado de suas funções enquanto durasse o processo a que responderia. A decisão sobre seu afastamento deu-se por unanimidade, no Pleno do Tribunal de Justiça.

O presidente do Tribunal, Nilton Passos Moreno, ouvidas as instâncias pertinentes, designou o desembargador Murilo Neves Villa Carmo para relatar o processo penal. Villa Carmo, filho de outro desembargador, foi o mais jovem juiz a se tornar desembargador na história do Espírito Santo — se não do Brasil.

O Tribunal foi ágil. O timing em política é tudo — ou quase tudo. Passou de vidraça a pedra em um átimo. A manchete da *Gazeta* no dia 29 lhe passava a iniciativa: "Juiz acusado de mandar matar Alexandre Martins é afastado." Há, nessa frase esperta, duas informações explícitas e um subtexto, que atua na esfera inconsciente e maneja símbolos: (1) um juiz é acusado de ser o mandante de um homicídio doloso praticado contra outro juiz; (2) o Tribunal de Justiça ou a Justiça com J maiúsculo, isto é, a instituição, afastou o juiz acusado. A frase é escrita do ponto dois para o ponto um, o que torna a primeira parte subordinada à segunda. Por isso, pode-se concluir que: (3) o sujeito dominante ou o maior protagonista do enredo não é quem manda matar, mas quem afasta. Sendo assim, a instituição se salva, uma vez que, simbolicamente, confunde-se com a figura passiva da vítima, Alexandre, e a figura ativa de quem afasta. É muito interessante o verbo escolhido: afastar. A mensagem é exatamente esta: o que é criminoso tem de se manter separado da Justiça, em primeiro lugar, e da sociedade, logo depois.

Tivesse demorado mais um dia e o Colégio de Desembargadores teria perdido a oportunidade de limpar a imagem de sua instituição, purificando-a, simbolicamente, e assumindo o protagonismo da perseguição ao que é mau, ou seja, da persecução criminal. Sai de cena a secretaria de segurança; entra na arena o relator do processo penal.

A Tribuna publicou, no mesmo dia 29 de março de 2005, manchete análoga à do concorrente: "Afastado por unanimidade." A ênfase continua sendo o afastamento. Aqui, o acento está posto sobre o caráter unânime da decisão, o que a torna uma espécie de reconhecimento da gravidade das acusações, mas também sinaliza o repúdio de todos os desembargadores ao que Mário Sérgio passara a significar. Na verdade, por intermédio desse posicionamento firme, uníssono e imediato, sem hesitações ou divergências — e, portanto, sem diferenças internas —, os membros do Tribunal de Justiça estão se afirmando inocentes e se definindo como o avesso do crime e da traição. A união são eles; quem manda matar um colega é que representa a desunião. A Justiça mantêm-se una e, quem sabe?, íntegra. A ovelha desgarrada já está sendo preparada para o sacrifício.

O que ocorre, em seguida, é um extraordinário exemplo de competência e agilidade, que pode ter estado a serviço dos melhores propósitos ou — segundo outras instâncias judiciais — de interesses obscuros, questionáveis, até mesmo suspeitos — mas deixemos as suspeitas para o momento adequado e evitemos juízos de valor precipitados.

Já no dia 30, o procurador-geral de Justiça, dr. Rubens Siqueira Pinto, admitiu pedir a prisão do juiz. No dia 31, Mário Sérgio prestou depoimento. Nesse mesmo dia, o intermediário da execução de Alexandre, o sargento PM Heber Valêncio, foi ouvido pelo delegado Danilo Bahiense, no Tribunal de Justiça — mais especificamente, no gabinete do relator. Em 1º de abril, o convocado a depor foi o coronel Petrarca. Um dos focos de interesse da investigação era a ligação de ambos com Joaquim Barbosa, o So Quim, ou Soquinho, um agricultor de 82 anos, que fora preso em 2003 com mais nove suspeitos de participação em vários homicídios. Isso ocorrera no até então inexpugnável vespeiro de Pancas, graças a uma operação concebida e realizada por Rodney, e autorizada por Alexandre. O juiz Mário Sérgio e Soquinho são originários da cidade de Pancas e se conhecem há muitos anos. Coronel Petrarca admite que é amigo de Soquinho há mais de vinte anos. Informações do setor de inteligência da secretaria de segurança davam conta de que Petrarca era afilhado de Soquinho, que teria sido seu mentor nas técnicas e artimanhas da pistolagem. Havia muitas denúncias sobre a atuação conjunta dos três em crimes de pistolagem e movimentação fraudulenta de presos. Ainda no dia 1º, o desembargador Villa Carmo se preparava para ouvir os últimos depoimentos considerados decisivos e já cobrava o parecer do Ministério Público. Na mesma data, foi pedido o fim do sigilo do processo e decretada a prisão provisória de Mário Sérgio, conduzido ao quartel do Comando-geral da Polícia Militar.

No dia seguinte à prisão, o esquema de liberação ilegal de presos e de movimentação de condenados com intenções criminosas começou a ser noticiado. A manchete da *Tribuna* no dia 2 de abril era: "Propina para liberar presos." Na reportagem, testemunhas descrevem o esquema e afirmam que Mário Sérgio cobrava, em média, R$ 20.000,00 por cada alvará de soltura.

A *Gazeta* informa: "Magistrado fica no mesmo quartel que coronel Petrarca." A notícia é curta, direta, mas não resiste à tenração da ironia: "Um quarto com banheiro e uma cama, no Ginásio de Esportes da Polícia Militar, em Maruípe, é o novo endereço do juiz Mário Sérgio Seixas Lobo, preso ontem como principal suspeito de 'encomendar' a morte do colega, Alexandre Martins Filho, há dois anos. No mesmo quartel está preso o coronel da reserva da PM William Petrarca — considerado o braço armado do crime organizado e também citado nos depoimentos que sustentaram a sentença de Mário Sérgio."

O mesmo jornal publica ainda a "lista da morte", segundo testemunhas arroladas no processo. O compêndio mórbido incluía, além dos finados Alexandre e Marcelo Denadai,* o arcebispo emérito de Vitória, dom Silvestre Scandian, o juiz Carlos Eduardo, o presidente da seção capixaba da OAB, Agesandro da Costa Pereira, e o delegado Aéliston de Azevedo, responsável por investigações que incriminaram Petrarca.

Em meio à sucessão de revelações impactantes, surge, na edição do dia 3 de abril da *Gazeta*, uma notícia particularmente grave: "TJ sabia de denúncias contra juiz desde 2000."

No dia 3, os assassinos de Alexandre depuseram no Tribunal por mais de nove horas, e foram manchetes no dia seguinte. "Tribunal ouve Lombrigão", anunciou a *Tribuna*. Como se deduz, sabendo-se que dia 3 foi um domingo, o relator impôs um ritmo veloz

---

* O caso Denadai tornou-se especialmente dramático, porque foram mortas cinco pessoas ligadas ao crime, como testemunhas ou suspeitos.

e vibrante ao seu trabalho. Ele ouvia, em tempo recorde, todos os citados no inquérito.

No dia 5, explodiu mais uma bomba: "Ex-policial trabalhava para juiz: Bidú foi preso acusado de pistolagem e de fazer serviços de cobrança para o juiz Mário Sérgio Seixas Lobo" (*A Tribuna*). Logo depois de ser ouvido no Tribunal, Bidú foi preso pelo delegado Danilo Bahiense.

O juiz Mário Sérgio ficou preso somente seis dias. No dia 6, ele teria encontrado uma corda em sua cela e passou a se considerar ameaçado e inseguro no quartel da PM, de onde foi, então, transferido para local mantido em sigilo, até o dia seguinte, quando foi autorizada a prisão domiciliar, em caráter provisório. O desejo do Tribunal era mantê-lo preso no 38º Batalhão do Exército. Enquanto aguardava resposta do Exército ao seu pedido, o relator aceitou que o juiz permanecesse em casa.

Como a resposta foi negativa, Murilo Neves Villa Carmo determinou que Mário Sérgio voltasse para a cela no Ginásio Esportivo do Quartel sede do Comando Geral da PM, em Maruípe, Vitória. A ordem foi cumprida no dia 9 de abril.

No dia 11 de abril, o desembargador Murilo Neves Villa Carmo apresentou seu relatório, responsabilizando Mário Sérgio e Petrarca pela morte de Alexandre, como mandantes do crime. Se nos lembramos que Villa Carmo recebeu a incumbência de relatar o processo no dia 28 de março, concluiremos que todo o trabalho foi feito entre os dias 29 de março e 10 de abril, ou seja, em 13 dias. Ouviram-se todos os citados no inquérito, não apenas os indiciados. Foram dezenas de horas de depoimentos. Todas as informações foram colhidas, ordenadas, contrastadas e analisadas em menos de duas semanas. O relatório veio arrasador contra o coronel e o juiz de Pancas, acusados de perpetrar crime hediondo, mas os outros quatro juízes citados nas investigações tiveram suas participações descartadas.

Os jornais capixabas foram pródigos na cobertura e a *Tribuna* publicou, na edição do dia 12 de abril, trechos do relatório. Vale a pena ler, por exemplo, algumas partes — citadas no relatório — do depoimento de um certo Wellington: "Foi procurado no ano de 2002, enquanto interno que era na Casa de Detenção, por pessoas que lhe propuseram assassinar o juiz Alexandre Martins de Castro Filho. Trata-se de pessoas com grande poder e influência no estado do Espírito Santo, inclusive no âmbito da Justiça. Teme prestar maiores declarações neste momento, pois acredita que se tais declarações forem divulgadas o declarante será morto.

"Que as pessoas que lhe fizeram a proposta lhe levaram na casa de detenção R$ 5.000,00, um fuzil de tração e um veículo Santana, que pediram ainda o número da conta do declarante, contudo, o mesmo desistiu de fazer o serviço, pois ficou preocupado com sua família, que a morte do juiz Alexandre foi encomendada ao declarante, ou seja, ele foi contratado para matar o juiz Alexandre, que estava mexendo com gente importante no estado.

"Que as duas pessoas que procuraram o declarante são sargentos da PM — na época em que o procuraram eram cabos — que é do conhecimento do declarante que a vida do juiz Carlos Eduardo Lemos também corre risco.

"Que as pessoas que procuraram o declarante para contratar a morte do juiz Alexandre Martins de Castro Filho foram Manuel Lemos, vulgo 'Gu', Valêncio, que inclusive este último trabalhava no presídio, que além dos R$ 5.000,00 foi prometida ao declarante uma segunda parte em dinheiro, além de um veículo Santana preto, que o declarante foi procurado entre março e abril de 2002."

Outro depoimento coincidente foi prestado por José Raimundo de Freitas, que relata o que ouvira, quando preso, em 2002, de Wellington, confirmando item a item a declaração deste, sem saber que ele a prestara.

Consta do relatório um impressionante relato de Geraldo Luis Ribeiro de Almeida, que estava sob a guarda do programa de proteção a testemunhas, sobre uma tentativa de homicídio de Alexandre, anterior, negociada com a participação de Petrarca.

O depoimento do agricultor assassinado, Manoel Corrêa da Silva Filho, incriminando Petrarca e Mário Sérgio, também integra o relatório.

Tudo convergia com o que confessara Lombrigão, admitindo ter recebido R$ 15.000,00 (quinze mil reais) para matar o juiz e se referindo aos figurões que o contrataram, sobretudo àquele "lá do Acre" — referia-se ao coronel Petrarca.

O depoimento de Bidú confirmou o episódio da falência da empresa Cessa e mencionou outros, entre os quais uma negociação da qual participaram como sócios o declarante, Mário Sérgio e Heber Valêncio, este último o sargento que já estava preso por intermediar o assassinato de Alexandre e que seria condenado a vinte anos e três meses de prisão.

O relator escreveu: "Diversos depoimentos prestados por diversas pessoas, a maioria das quais sequer se conhece, e tudo se encaixando. (...) Se houvesse uma orquestração, conforme alegado por alguns dos acusados, teríamos em mãos um (...) golpe de Estado."

Prossegue o relatório, citando o inquérito policial: "Diligenciando na cidade de Pancas, descobrimos que o juiz Mário Sérgio, carinhosamente chamado de 'Mariozinho', é amigo de Joaquim Barbosa, vulgo 'Soquinho', e de mais pessoas presas na operação do dia 3 de abril de 2003, deflagrada pela DRACCO, atual NUROC, da secretaria de segurança.

"Que na delegacia de Pancas existiam presos de outras Comarcas que foram transferidos a pedido de Paulinho Dutra ou 'Soquinho' ao então juiz da Vara de Execuções Penais, 'Mariozinho', que cobrava entre R$ 10.000,00 (dez mil reais) e R$ 20.000,00 (vinte mil reais) para promover a transferência do preso que 'solicitava' através de seus padrinhos 'Soquinho' e Paulinho Dutra.

"Que os presos transferidos eram, em sua maioria, pistoleiros que cometeram crimes de homicídio em outras comarcas como de Cariacica, Vitória e Serra."

Os dois últimos tópicos do relatório são muito intrigantes:

"I. Do Comportamento Atabalhoado dos Executores.

"Os defensores da já improvável tese do 'latrocínio' sempre se reportaram ao comportamento absolutamente 'trapalhão' dos executores, os elementos Lombrigão e Giliarde.

"Não discordo nem por um instante da curiosa frase que ouvi de um conhecido: 'são dois bandidos pés de cachorro'.

"Pode ser. Isto descaracterizaria o mando?

"Assim não penso: (...) em função dos inúmeros depoimentos transcritos neste relatório, e (...) de trecho de um deles, que merece destaque:

"'Que seria importante que o crime fosse cometido por pessoas comuns, que não dessem "ibope", caso a autoria fosse elucidada.'

"Referida observação, oriunda de depoimento absolutamente completo e detalhado, não nos autoriza, evidentemente, a dizer ter sido tudo um 'singelo' latrocínio.

"II. Da Presença de um Condenado Desinteressado no Local do Crime.

"No local e hora do crime, duas caminhonetes escuras lá estavam. Segundo apurado pela polícia, a primeira seria de propriedade de uma empresa. A segunda, no entanto, de placa MQN-1564, pertence a um ex-policial militar de nome 'Salomão'.

"A delegada Fabiana Maioral, a propósito, assim disse sobre este 'Salomão': 'identificamos que se trata de uma pessoa problemática e envolvida em outros crimes de execução, conforme inquéritos policiais em trâmite na DHPP, e ainda após análise de sua ficha funcional. Outro fato a se destacar diz respeito a uma sentença prolatada pelo juiz de direito dr. Ronaldo Gonçalves de Souza no processo 024960005288 sobre uma tentativa de homicídio praticada por Salomão Barbosa, cujo trâmite foi suspenso para a instauração de incidente de insanidade mental do acusado. Eis que, pouco mais de um ano depois, nova sentença é prolatada nos autos, desta vez precisamente pelo juiz de direito Mário Sérgio Seixas Lobo: "determino a desinternação do paciente Salomão Barbosa." E vejamos o comportamento de seu condutor, através da palavra da testemunha Alexandre Henrique Gonçalves: "que logo após o crime o depoente viu uma caminhonete preta vindo da direção da praia para a academia de ginástica, passando perto do corpo do juiz Alexandre, que estava caído no chão, e saindo pela mesma rua em que os bandidos fugiram; que a caminhonete preta passou entre o corpo do juiz Alexandre e a traseira da sua caminhonete. Que seria impossível alguém passar naquele local sem que avistasse o corpo do juiz Alexandre. Que, em razão da distância que separava o depoente (do local) por onde passou a caminhonete estranha, cerca de seis metros, pode afirmar que o motorista não abriu os vidros do carro para observar o corpo do juiz Alexandre, (e) que a pessoa que dirigia o veículo sequer diminuiu a marcha do carro, embora com completa visão do corpo do juiz caído no chão'"."

Segue-se a conclusão do relatório do desembargador Villa Carmo:

"Diante de todo o exposto, seria leviano sustentar não existirem inúmeros indícios vinculando o coronel William Gama Petrarca e o juiz de direito Mário Sérgio Seixas Lobo à estrutura criminosa que acabou por ceifar a vida do juiz de direito Alexandre Martins.

"Anoto ter, inicialmente, considerado o juiz de direito Mário Sérgio Seixas Lobo como, no máximo, 'omisso', diante da intenção de uma estrutura criminosa de assassinar um seu colega. Não o concebi, como não o concebo, como 'idealizador' deste hediondo crime, mas como partícipe omisso ou anuente de uma estrutura conhecida por 'pistolagem'.

"E tanto pior a situação do juiz de direito Mário Sérgio Seixas Lobo quando vitima-o sua própria falta de sinceridade! Se ele, no dizer popular, 'não deve', por qual motivo negou até mesmo relacionamentos óbvios, mentindo perante um Tribunal de Justiça? E, curiosamente, esta linha de defesa tem sido, conforme apontei, a mesma dos demais acusados, o que só faz aumentar as suspeitas!

"No mais, deve ser anotado, inclusive, já ter havido condenação, pelo Tribunal Popular do Júri, dos dois 'executores', os elementos 'Lombrigão' e 'Giliarde', estando já pronunciados os 'intermediários', os Sargentos Valêncio e Ranilson.

"Quero dizer: não sou o primeiro a reconhecer o 'crime de mando' — até mesmo um Júri Popular já o reconheceu. Apenas estou, neste relatório, apresentando meus elementos de convicção para final indiciamento dos suspeitos mencionados por crime de homicídio, dentre outros. Cumpre, porém, antes deste final indiciamento que já antecipei, expor todas as linhas de investigação, todas as provas colhidas. Tal providência é necessária, tanto para maior riqueza do relatório, como para maior segurança da Sociedade, profundamente abalada pelo contínuo divulgar de documentos e elementos sigilosos incompletos..."

Em suas observações finais, o relatório critica a morosidade da polícia, ainda que reconhecendo a correção de seu trabalho: "Em verdade, a investigação está clara. Permite uma razoável compreensão. O que temos a lamentar é o fato de os autos terem demorado tanto a chegar ao Tribunal de Justiça, o que impediu a transparência dos procedimentos e elevou a somatória dos 'fuxicos.'"

O indiciamento é o último capítulo do relatório:

"Em face do exposto, diante dos elementos de convicção constantes nesta fase inquisitorial, evidenciados os indícios de autoria e materialidade, concluo pelo indiciamento de:

"— Mário Sérgio Seixas Lobo, pela prática dos seguintes crimes: homicídio qualificado, mediante paga ou promessa de recompensa, ou por outro motivo torpe, para assegurar a ocultação, impunidade ou vantagem de outro crime (artigo 121; parágrafo 2, incisos I e V do Código Penal) combinado com o artigo 8 da lei 8.072/90 (crime hediondo). E corrupção passiva, na modalidade continuada (artigo 317 combinado com artigo 71 do Código Penal Brasileiro), todos em concurso material (artigo 69 do Código Penal).

"— William Gama Petrarca, pela prática dos seguintes crimes: homicídio qualificado, mediante paga ou promessa de recompensa, ou por outro motivo torpe, para assegurar a ocultação, impunidade ou vantagem de outro crime (artigo 121; parágrafo 2, incisos I e V do Código Penal) combinado com o artigo 8 da lei 8.072/90 (crime hediondo)."

Bidú também foi indiciado.

15. O Avesso do Avesso da Justiça

Os jornais capixabas e nacionais divulgaram os indiciamentos. No dia 12 de abril de 2005, *A Gazeta* anunciava o avanço do processo: "MP: 'Relatório sustenta denúncia.'" No dia 13, explicava ao grande público as razões do assassinato: "Afastamento de Mário Sérgio motivou a execução do juiz."* O processo seguia célere, até que, no dia 20 de abril, o jornal *O Globo*, do Rio de Janeiro, informou que o desembargador Murilo Neves Villa Carmo teria se declarado inimigo para toda a vida de Alexandre e Carlos Eduardo, por ocasião da reunião do Pleno que examinou as denúncias apresentadas pelos dois juízes contra Mário Sérgio. No dia 21, os jornais locais reproduziram as notícias surpreendentes, que se fundamentavam em fitas com as gravações oficiais — e, portanto, legais — dos debates travados no Pleno, e divulgaram a iniciativa do Ministério Público Federal, que, por intermédio do procurador Hélio Ferreira Heringer Júnior, e com base nas reportagens, decidiu instaurar um procedimento administrativo para apurar a atitude do desembargador. As palavras que causavam tanto mal-estar eram as seguintes: "Se

---

* O jornal se refere ao afastamento do juiz Mário Sérgio da Vara de Execuções Penais, da qual era titular, em virtude das denúncias de Alexandre e Carlos Eduardo.

esta casa (Tribunal de Justiça) só apurar aquelas denúncias dos dois juízes, dois inimigos que acabo de ganhar nesta manhã para todo o resto de minha vida, nunca mais atuarei em processo envolvendo juiz."*

Segundo o Ministério Público Federal, se os fatos narrados na mídia fossem verdadeiros, caberia declarar a suspeição do desembargador para a relatoria das investigações judiciais. O procurador Hélio Ferreira pediu, por esse motivo, esclarecimentos ao presidente do Tribunal de Justiça do Estado, desembargador Nilmar Linhares, e ao procurador-geral de Justiça do Estado, Rubens Siqueira Pinto. A resposta seria encaminhada a Brasília, ao dr. Claudio Fonteles, procurador-geral da República, que estava avaliando o pedido de federalização do caso, formulado pela deputada federal Iriny Lopes. A federalização se justifica em casos graves contra os direitos humanos, pelos quais a União pode vir a responder em fóruns internacionais.

Antes que houvesse qualquer decisão sobre a possível suspeição do relator, ele se pronunciou, declarando encerrado o trabalho e remetendo ao Tribunal seu relatório.

* * *

Antes de chegar às conclusões e aos indiciamentos, o desembargador Murilo Neves Villa Carmo, relator do processo, escreveu em seu relatório, reportando-se a Mário Sérgio: "Faltou, sim, sinceridade em seu depoimento. Faltou respeito para com o Tribunal de Justiça. E esta atitude, vinda de um juiz de direito, não faz que chancelar os depoimentos aos quais me referi, esta é a triste realidade!

"E dei todas as chances. Chegamos a oferecer todos os benefícios legais decorrentes da 'delação premiada' ao juiz de direito Antonio Mário Sérgio Seixas Lobo, inclusive com posterior obtenção de

---

* Cf. *A Gazeta*, página 14, edição de 21 de abril de 2005.

visto para residência no exterior, tão logo definidas suas pendências com a Justiça."

É interessante conhecer o outro lado da história desses 15 dias de abril de 2005 lendo o depoimento do próprio Mário Sérgio* a respeito da experiência a que a generosidade do relator o teria submetido. Mesmo que a versão do acusado peque por "falta de sinceridade".

"1 — Tive minha prisão decretada pelo desembargador Murilo Neves Villa Carmo no dia 1º/04/05. No dia 4 (quatro) de abril, uma segunda-feira, por volta de uma hora da manhã, fui tirado do Quartel da Polícia Militar pelo delegado de polícia, dr. Danilo Bahiense, e pelo assessor do desembargador, dr. Juvenal Marinho, e levado para o gabinete do desembargador Villa Carmo, onde estavam presentes o próprio desembargador Murilo Neves Villa Carmo, o pastor João Brito, o senador Ciro da Padaria e os juízes, dr. Valeriano e dr. Daniel P. Moreira. Todos estavam ali reunidos para convencer-me a aceitar a tal delação premiada, que passei a chamar, no meu íntimo, de delação fraudulenta.

2 — O desembargador Murilo Neves Villa Carmo, na presença das pessoas citadas, convenceu-me de que deveria deixar o Brasil e ser mandado para a Suíça ou o Canadá, acompanhado de minha família, o que seria facilitado por ele, pelo Tribunal de Justiça e pelo Ministério Público. O desembargador Villa Carmo falou que quitariam o meu apartamento no sistema financeiro, quitaria o leasing de meu carro, me aposentariam, mudariam a minha identidade e de toda a minha família e minha esposa Regina continuaria recebendo seus vencimentos, tudo em troca da tal delação premiada. Disse ainda, o desembargador Murilo Neves Villa Carmo, que o avião da Polícia Federal viria buscar a mim e minha família no domingo à noite, dia 9 (nove) de abril. Acrescentou, o desembargador Villa

---

* O documento, aqui, reproduzido, foi publicado no site de Congresso em Foco: http://congressoemfoco.ig.com.br/LerComentarioNoticia.aspx?id=16153.

Carmo, que tudo só seria divulgado quando ele, desembargador, tivesse certeza que estivéssemos bem na terra estrangeira escolhida e que jamais eu e minha família poderíamos voltar para o Brasil.

3 — Nesse dia 4 de abril, do ano em curso, fui mandado de volta para o Quartel da Polícia Militar, já de madrugada.

4 — Minha esposa, Regina, meus filhos, Amadeu, Caio e Jussara, foram chamados pelo desembargador Murilo Neves Villa Carmo para irem ao seu gabinete, por volta das dezoito horas do mesmo dia 4 (quatro de abril), ocasião em que o dr. Danilo Bahiense me apanhou, de novo, no Quartel da Polícia Militar, e me levou para o gabinete do desembargador Villa Carmo. Minha mulher e meus filhos me relataram que, antes de eu chegar no gabinete do desembargador Murilo Neves Villa Carmo, foram pressionados, intimidados e ameaçados por ele, desembargador Villa Carmo, tendo o mesmo dito para minha família que eu estava numa situação difícil, que ele, desembargador Murilo Neves Villa Carmo, tinha em mãos todos os indícios para condenar-me por 30 (trinta) anos de prisão, e que não adiantava recorrer para o Tribunal de Justiça (TJ), para o Superior Tribunal de Justiça (STJ) ou para o Supremo Tribunal Federal (STF), porque estava tudo fechado para mim e que, além disso, eu iria perder o cargo, além de correr risco de vida com minha família, embora ele, desembargador Murilo Neves Villa Carmo, todo o Tribunal de Justiça, o juiz Carlos Eduardo Ribeiro Lemos, doutor Alexandre Martins, pai da vítima, e o Ministério Público não acreditassem que eu, Mário Sérgio, tivesse qualquer envolvimento com esse crime, mas que não poderia sair como santo. Tudo isto foi dito na presença do senador Ciro da Padaria e do pastor João Brito, para que aceitássemos a delação premiada.

5 — Nos dias 5 (terça-feira), 6 (quarta-feira), 7 (quinta-feira) e 8 (sexta-feira) do mês de abril do corrente ano, fiquei escondido, por determinação do desembargador Murilo Neves Villa Carmo, na área externa de seu gabinete, das 9h (nove) da manhã até altas horas da noite. Passei, por determinação do desembargador Villa Carmo,

a ser mandado dormir em hotéis desta cidade, mas sem nenhum registro nos mesmos, segundo ele, para minha segurança, acompanhado de três policiais fortemente armados com escopetas, que dormiam no mesmo quarto comigo. Na sexta-feira, dia 08/04/05, o desembargador Murilo Neves Villa Carmo determinou que fosse dormir em minha residência, com os policiais que ficavam no corredor externo do apartamento.

6 — O desembargador Murilo Neves Villa Carmo viajou para Brasília e delegou poderes ao delegado de polícia, dr. Danilo Bahiense, e ao seu assessor, dr. Juvenal Marinho, para me ouvirem, tendo o delegado, dr. Danilo Bahiense, trazido, da DHPP, pilhas de inquéritos, processos e relatórios, e assim montaram um depoimento para eu assinar, tudo ensaiado para gravar, e o pior, sem a presença de meus advogados e do Ministério Público, que não foram convocados a participar de nenhum ato da dita delação premiada. Senti-me como a pior das criaturas, totalmente desassistido. O desembargador Murilo Neves Villa Carmo disse-me que ficasse tranquilo, que o delegado, dr. Danilo Bahiense, e seu assessor, Juvenal Marinho, iriam preparar tudo direitinho e, assim, 'vamos colocar essa putada toda na cadeia e você vai ficar limpo porque vai prestar um grande serviço ao estado'. Fiquei impressionado com tanto detalhe repassado pelo delegado, dr. Danilo Bahiense. O gabinete do desembargador Murilo Neves Villa Carmo foi transformado numa verdadeira praça de guerra, havia policial civil e militar por todo lado, armados até os dentes. Foi um verdadeiro massacre que sofri sozinho na madrugada do dia 4 (uma segunda-feira) de abril do ano em curso, até dia 8 (uma sexta-feira), onde ali permanecia até altas horas da noite, por ordem do desembargador Murilo Neves Villa Carmo."

* * *

De fato, o desembargador foi a Brasília. Visitou o diretor da Polícia Federal, na companhia de Ciro da Padaria e Altino — respectivamente, primeiro e segundo suplentes do senador Túlio Távora.

Naquele momento, Ciro exerce a senatoria, por impedimento provisório do titular.

O desembargador Murilo Carmo pediu ao dr. Paulo Lacerda, diretor da Polícia Federal, que cedesse um avião para transportar uma testemunha muito importante que se beneficiaria do instituto da delação premiada e que precisaria ser retirada do país, imediatamente. O diretor da PF estranhou o pedido. Ponderou que aquele não era o procedimento padrão e ofereceu, em troca, uma boa casa para a testemunha e sua família, em Brasília, onde ficariam hospedados em sigilo absoluto, até que as negociações com o exterior se concluíssem e que a viagem fosse autorizada. O desembargador não aceitou a proposta.

Dirigiu-se, então, ao ministério da Justiça. Obteve uma audiência em caráter emergencial com o ministro Márcio Thomaz Bastos e, sempre acompanhado pelo senador em exercício e Altino, reiterou a solicitação que fizera ao diretor da PF. A resposta do ministro foi a mesma que Murilo Neves Villa Carmo obtivera do primeiro interlocutor. Havia procedimentos; havia regras; uma viagem desse tipo exigia a intermediação do ministério das Relações Exteriores. De todo modo, o ministro colocou-se à disposição para ajudar a fazer com que o caso fosse resolvido com a celeridade possível. Desde logo, reiterava a oferta antes formulada pelo diretor da PF. O desembargador não se satisfez, mas foi obrigado a se resignar.

* * *

Os nomes de Altino e Ciro da Padaria já frequentaram este livro em contextos desafortunados. O primeiro, que escapara da morte graças à mediação — financeiramente recompensada — de Mário Sérgio, se metera em graves problemas de terra, na Bahia, com a cumplicidade do segundo.

Ambos têm com o desembargador Murilo Neves Villa Carmo pelo menos algo em comum: um software, gerenciador de presídios, denominado Freetech, concebido e desenvolvido por Murilo, que funcionava, em abril de 2005, graciosamente — para demonstração de suas qualidades —, em uma prisão capixaba, e que já fora negociado com o então governador Anthony Garotinho, para aplicação no sistema penitenciário fluminense. O vídeo promocional do software exibe a cerimônia de instalação do produto no Rio de Janeiro, da qual participou — além de Murilo, Ciro e Altino, e dos filhos de ambos — o juiz Mário Sérgio Seixas Lobo, à época titular da Vara de Execuções Penais. Mário Sérgio e Garotinho são entrevistados. A locutora do vídeo é uma secretária do gabinete de Murilo.

Quando recebeu o trio para tratar da viagem urgente de Mário Sérgio, o ministro da Justiça já tinha ouvido falar do software. O senador Túlio Távora o visitara, com Altino e Ciro da Padaria, para exaltar as virtudes do Freetech. A empresa de seus suplentes comercializava o produto.

O software foi doado à secretaria de justiça do Espírito Santo. O produto auxiliava diretamente os presos, através de módulos instalados nos presídios, a obterem informações sobre suas penas e fornecia modelos de petições a serem encaminhadas aos juízes de execuções penais. O então secretário de Justiça era o promotor Francis Zeferino, amigo pessoal do desembargador Murilo Neves Villa Carmo. Dr. Zeferino assumiria, depois, a Procuradoria-Geral da Justiça do Espírito Santo.

***

Por que o frenesi? Por que tanta pressa para tirar o acusado do país? Qual a razão para a urgência? O diretor da PF estranhou. O ministro estranhou. Ambos compartilharam o estranhamento com o secretário de segurança do estado do Espírito Santo, Rodney Miranda, que os visitou na semana seguinte. Rodney também estranhou. De volta a Vitória, compartilhou com Carlos Eduardo o desconfortável e continuado estranhamento. Segundo as narrativas das autoridades de Brasília, parecia que Mário Sérgio deixara de ser suspeito para ser mera testemunha do crime.

* * *

Paralelamente, o mesmo abril tenso e surpreendente assombrava os proprietários de uma grande empresa, flagrados cometendo sonegação fiscal pela Receita e a Polícia Federal: a Cervejaria Lieber. Na operação, transmitida pelo *Jornal Nacional* da Rede Globo, Altino foi preso. Era ele o responsável pela montagem do esquema criminoso que rendia milhões de reais. Por coincidência, Altino estava sendo monitorado pela PF, na semana em que Mário Sérgio foi preso.

Na segunda-feira, dia 4, efetivou-se a prisão de Mário Sérgio; na quinta-feira, dia 7, Rodney recebeu um recado do superintendente da Polícia Federal no Espírito Santo, dr. Guimarães, que conduzia investigações no âmbito da operação sigilosa que indiciaria a Cervejaria Lieber: precisavam conversar. No dia seguinte, sexta-feira, 8 de abril, Rodney encontrou-se com Guimarães e um colega, delegado federal, que atuava no Rio de Janeiro, onde era responsável por escutas telefônicas e se encarregara de ouvir as conversas de Altino. Mesmo trabalhando no Rio, esse colega seguia pela imprensa os acontecimentos capixabas. Por isso, identificou os personagens de um diálogo: Altino e Regina, esposa de Mário Sérgio. Diálogo do qual se transcreve um trecho, a seguir:

"Altino — Alô.

Regina — Altino.

A — Oi.

R — É Regina. Eu tô precisando falar com você com a maior urgência.

A — Estamos aqui em Brasília.

R — É. Bom, mas eu preciso... Ciro taí também?

A — Tá também, tomando banho. Nós vamos no médico agora e...

R — Eu preciso falar com você, com o Ciro hoje, com a maior urgência. Ou resolve o problema de Mário Sérgio ou eu vou pra *Gazeta* hoje, e vou falar tudo o que eu posso falar. Se vocês não tomarem uma providência com o desembargador Murilo Neves Villa Carmo e não tirar Mário Sérgio, Mário Sérgio tá sendo pressionado, e ontem ele acabou falando que Mário Sérgio tem que falar da onde ele conheceu, como se envolveu, se não resolver isso com ele hoje, eu vou pra *Gazeta*, hoje e vou dizer que ele conheceu através de você, pra resolver um problema seu. Meu marido tá sofrendo, tá angustiado, e eu tô preocupada com ele, preocupada com a vida dele e eu não sei o que fazer. Então, ou vocês resolvem, liga pra o desembargador Murilo e resolve... Eu quero saber onde é que tá meu marido. Eu não sei onde é que ele tá. Eu não sei o que é que eles tão fazendo com ele, não sei. Eu preciso saber onde é que ele tá. Ele escreveu duas cartas aqui pra mim. E pelo que tá escrito aqui, dizem que não quer que fale seu nome. Ele escreveu porque sentiu que estava correndo risco de vida e escreveu, agora, eu tô saindo daqui agora pra procurar um advogado, pra saber onde meu marido tá. Eu nem sei onde é que ele tá. E ele escreve aqui que o Ciro... que o desembargador Murilo pede para não citar seu nome lá no depoimento. Então eu vou procurar agora e se não ligarem agora para o desembargador Murilo e tirar a mão de cima do meu marido eu tô indo eu tô indo pra *Gazeta* e vou denunciar o que eu puder agora e vai sujar o nome de todo mundo. Ontem, eu falei pra Mário Sérgio: você vai colocar o nome de Altino aí.

A — Bom, meu nome, particularmente, não fui eu que pedi pra tirar não, né?; que eu num... num...

R — Então vai colocar.

A — É, eu quero que...

R — Então...

A — Eu quero é... Independente de qualquer coisa eu quero ajudá-lo.

R — Então, mas ele... Não tá ajudando, Altino, não. Ninguém tá ajudando. Meu marido tá correndo risco de vida e o que o Murilo falou naquela reunião com o Ciro não tá nada cumprido. O Ciro taí?

A — Tá.

R — Então deixa eu falar com ele, por favor.

Ciro — Oi.

R — Ciro.

C — Oi, querida.

R — Desculpa eu ligar pra você.

C — Não...

R — Mas essa noite foi a pior noite de minha vida; medo do que tá acontecendo com meu marido; ontem até o Carlos Eduardo eles colocaram na frente dele para torturá-lo.

C — É mesmo?

R — Eu não sei, eu tô com duas cartas do Mário Sérgio, que ele me entregou e eu tô indo agora atrás do advogado, pra ligar... Que ele tá pedindo socorro. Pra que o advogado procure o desembargador Murilo pra saber onde é que ele tá. O que é que tá acontecendo com ele.

C — Eu vou ligar pra ele agora.

R — Entendeu? Então, está aqui, oi. A carta que ele deixou aqui tá pedindo pra não citar o nome do Altino lá no depoimento e ontem eu falei na frente do desembargador Murilo: hoje você vai colocar o nome do Altino, porque se o Mariozinho entrou nessa situação foi por causa dele, pra salvar a vida dele. Entendeu? E se não… Ciro, se ele não resolver o problema do meu marido como foi combinado eu vou pra *Gazeta* e vou falar. Eu vou pro jornal, hoje.

C — Aqui em Brasília tá tudo combinado, tá tudo certo aqui.

R — Ele não tá do jeito que ele falou, não. Ele tá torturando meu marido. Ele quer que Mário Sérgio ponha coisa ali, que não tava, que não pode colocar, que ele não sabe.

C — Aí não pode. Nós combinamos de falar a verdade.

R — Pois a verdade que ele quer não é a verdade que Mário Sérgio sabe, você entendeu? Ele quer que Mário Sérgio crie uma verdade pra limpar a barra do Tribunal, coisa que Mário Sérgio não fez.

C — Aí não é… Não é… o combinado, não.

R — Você entendeu, então… eu tô indo agora. Já liguei para o advogado. Ele tá lá me esperando. Eu tô orando a Deus e ontem eu falei, tive coragem de falar com ele… É… é… o diabo tá… Tá… Levantou aí, eu não posso ficar de mão amarrada. Entendeu?

C — Eu vou ligar pra ele, agora.

R — Então você liga pra ele porque eu tô com duas cartas, aqui, que Mário Sérgio escreveu e tá tudo aqui na carta. Eu tô procurando e se não resolver o problema de Mário Sérgio, agora, pela manhã, eu vou procurar a *Gazeta* e vou denunciar o que tá na carta. Entendeu? E acaba agora também. Eu quero saber onde tá meu marido.

C — E qual o telefone que eu falo com você?

R — (dá o número)

C — Deixa eu anotar, aqui. Peraí. E porque aí não pode, né?

R — Não, meu marido tá sendo torturado, psicologicamente. Ele tá falando que ele tá descompensado. É… Ontem, não pôde ter advogado…

C — (repete a primeira parte do número)

R — (diz a última parte do número). É o telefone do Lívio.

C — Tá.

R — Entendeu? Então, você, por favor...

C — Eu vou correr atrás disso, tá?

R — Então tá. Liga agora pra ele e me socorre nisso aí. Porque se não resolver eu tô indo pro jornal, agora.

C — Olha, qualquer coisa que fugir do que foi acertado, você me liga.

R — Mas já fugiu... há muito tempo. Mário Sérgio, ontem, tava...

C — Por que você não me ligou?

R — Eu não sei o que ele tá fazendo, lá. Mas ele já fugiu.

C — Então você me liga. Eu vou... vou correr atrás dele, agora, pra você encontrar com ele e resolver essa questão.

R — Eu quero saber onde é que tá meu marido. Eu quero saber. Eu quero a segurança dele. Eu não tô confiando nessa segurança. Mário Sérgio tá sofrendo, entendeu? Ele tá aguentando, sozinho. E a carta, aqui. Eu tô falando porque a carta, a carta, aqui, tá pedindo pra não incluir e ontem ele disse que não pode colocar o nome do Altino, né?

C — É.

R — Eu falei, aí eu falei com ele: então, amanhã, na hora que você for depor, o desembargador Murilo tá querendo saber, mas como que você conheceu o coronel Petrarca? Como é que você entrou nisso? E Bidú, num sei o quê... Eu falei: então já tem resposta. Eu falei a resposta que o senhor quer, então, amanhã, já tem, já resolveu o problema: é só dizer que entrou nessa aí, porque você entrou pra salvar a vida do Altino.

C — Certo.

R — Você entendeu? A resposta já está pronta. É o que ele quer, mas não quer que ponha no papel. Agora, meu marido tá lá sofrendo e eu tô aqui sofrendo. Não sei o que fazer.

C — Não é justo, não. O combinado não é isso, não. Isso não é justo, não.

R — Então, tá bem. Resolva isso pra mim. Eu vou atrás do advogado, agora.

C — Vai lá.

R — Obrigada, Ciro.

C — Ciao."

* * *

As conversas, de acordo com os registros da Polícia Federal, se deram nas primeiras horas da manhã. Coincidência ou não, no mesmo dia, à tarde, Mário Sérgio foi posto em prisão domiciliar, por ordem do desembargador Villa Carmo.

O diálogo provocou tremores, em Vitória, mas não o terremoto que se poderia imaginar, quando foi exibido, em rede nacional, no domingo à noite, por um dos programas de maior audiência da televisão brasileira: o *Fantástico*, da Rede Globo. No incêndio midiático, queimaram-se os suplentes do senador. Como sempre, aos políticos o holocausto, a pira sacrificial. Ao Judiciário, à magistratura, temor reverencial e silêncio.

De todo modo, o trabalho do relator, desembargador Murilo Neves Villa Carmo, estava concluído, como ele mesmo fizera questão de anunciar. Mesmo assim, permanecem em aberto algumas interrogações. Entre elas, as mais inquietantes: por que as tentativas açodadas de retirar o acusado do país, oferecendo-lhe os benefícios da delação premiada? Esses esforços guardariam alguma relação com aquilo que teria sido, em sigilo, combinado, de que fala, insistentemente, a esposa de Mário Sérgio, no telefonema grampeado? As duas cartas de Mário Sérgio, às quais alude sua esposa, e as denúncias que ela faria à *Gazeta*, a quem se refeririam? Qual seu conteúdo? Se fossem apenas chantagens vazias, visando pressionar um senador em exercício e seu suplente, por que eles reagiram como o fizeram ao telefone? Por que buscaram contornar a situação e restaurar o respeito ao acordo mencionado pela esposa de Mário Sérgio, acordo que todos os interlocutores, na conversa, reconheciam verdadeiro?

* * *

Agora, já estão acessíveis todos os ingredientes necessários para que se compreenda a sequência final do relato de Mário Sérgio:

"7 — Nesse ínterim minha família não sabia onde eu estava, e já pensavam no pior. Tanto que minha esposa, desesperada, ligou para o celular do senador Ciro da Padaria, que estava em Brasília, pedindo socorro diante de tamanha agressão aos meus direitos constitucionais — fato esse que foi alvo de interceptação telefônica, recentemente divulgado no programa *Fantástico*, da Rede Globo, a que, inclusive, nem mesmo meus advogados tinham acesso, o que somente foi possível após a interferência direta do presidente da OAB/ES, dr. Agesandro da Costa Pereira ao desembargador Murilo Neves Villa Carmo.

8 — Não estava mais suportando tanto massacre, tanta tortura psicológica, emocional e física, verdadeira lavagem cerebral, devido a horas e horas de pressão passando a café e remédios; foi aí que sucumbi, e disse que escrevessem o que bem quisessem, que eu, para me ver livre daquela tortura, assinaria qualquer coisa, menos dizer que eu sabia quem tinha mandado matar o juiz Alexandre, pois isto seria um absurdo de minha parte, uma vez que não sei e nunca soube de tal fato.

9 — Posteriormente, no sábado, dia 9 de abril deste ano, eu fui apanhado em minha casa às 9h da manhã, quando estava em prisão domiciliar, e levado para uma das salas de sessão do Tribunal de Justiça, onde permaneci até a tarde daquele dia, e lá estavam o senador Ciro da Padaria e o pastor João Brito, que queriam convencer a mim para aceitar a delação premiada, a mando do desembargador Murilo Neves Villa Carmo e, então, eu disse que não aceitaria mais a tal delação premiada, porque cheguei à conclusão que seria uma delação fraudulenta, e não premiada, e também porque estavam forçando para que eu dissesse quem era o mandante do crime, o que não sabia, nem sei, sendo eu o maior interessado em saber, porque estou sofrendo uma bárbara injustiça. Falei então com o senador Ciro da Padaria e com o pastor João Brito que dissessem ao desembargador Murilo Neves Villa Carmo que eu não iria mais aceitar a tal delação premiada, porque confio em Deus e tenho a certeza de que provarei minha inocência. Minha esposa, naquele sábado, ligou, logo cedo, para dr. Flávio Sheen, um dos meus advogados, pedindo que ele fosse para o Tribunal de Justiça imediatamente."

16. Corpo e Alma da Justiça

"Declaração.

"Eu, Jucelino Nóbrega da Luz, declaro que recebi através de meus sonhos, e vi a facção do PCC planejar a morte do juiz-corregedor Antônio José Machado Dias, para continuar seus atos criminosos de domínio dos presídios e do tráfico de drogas e armas. E também há mais quatro pessoas nesta lista de crime para morrer (seguem-se as identificações).

"Observei também o plano para matar o juiz-corregedor de Vitória, dr. Alexandre Martins de Castro Filho. O mandante do crime, digo, um dos mandantes é o coronel da PM William Gama Petrarca.* O que programou a morte é o sublíder do crime organizado, 'Soquinha', e um dos executores tem o nome de 'Lombrigão', que será encontrado se a polícia fizer mais varredura pelo estado do Espírito Santo. Este quartel do crime organizado também conta com a participação de delegado da Polícia Civil, Polícia Militar (alguns), deputado e criminosos da região (prefeito e vereador). Não

---
* O nome citado na declaração é o verdadeiro daquele que, neste livro, foi chamado de William Gama Petrarca.

informarei a justiça para que seja resguardada a integridade de minha família, mas mandarei cópia oportunamente. Sem mais para o momento.

"Inconfidentes, 10 de fevereiro de 2003..." [*Seguem-se a assinatura e carimbos do serviço notarial do primeiro Ofício de Ouro Fino, Minas Gerais, e do primeiro tabelionato de notas de Ouro Fino, os quais registram, com o selo de fiscalização, essa declaração no dia 10 de março de 2003.*]

Essa declaração foi registrada em cartório, no dia 10 de março de 2003, na cidade de Ouro Fino, em Minas Gerais.

Uma versão muito parecida com esta — da qual estavam ausentes os nomes de pessoas que o vidente acusa — chegou pelo correio, mais ou menos uma semana antes do assassinato de Alexandre. Foi endereçada ao presidente do Tribunal de Justiça do Estado do Espírito Santo, e lhe rogava que protegesse o juiz ou ele seria morto. O desembargador leu a carta dois ou três dias depois do crime.

A delegada Fabiana Maioral obteve uma cópia do depoimento transcrito acima, quando visitou o vidente, depois que ele, um ano após o crime, telefonou duas vezes para Carlos Eduardo, pedindo-lhe que prendesse várias pessoas, supostamente comprometidas com o assassinato de Alexandre. Ignorando os procedimentos da Justiça, insistiu com o juiz para que prendesse os acusados. Carlos lhe explicou que as coisas acontecem de modo bem mais complicado na Justiça: são necessárias provas. "Mas eu sei que foram eles. Estou lhe dizendo. Pode prender", repetia; "eu vi nos meus sonhos. Eles não costumam falhar".

Metade dos nomes era, exatamente, dos suspeitos que estavam sendo investigados. Carlos ficou perplexo, porque esses nomes eram mantidos a sete chaves, em segredo de Justiça. Por isso, desconfiando de que o vidente tivesse algum envolvimento com a situação que denunciava, compartilhou o conteúdo dos telefonemas com Rodney e ambos decidiram que a delegada Fabiana deveria ir ao interior de Minas, investigar a vida pregressa, os hábitos e as relações do vidente.

Na cidadezinha em que o encontrou, Fabiana deparou com a modéstia do homem, sua vida e sua família. Não teve dúvida de sua inocência. O vidente jamais estivera no Espírito Santo, não se correspondia com ninguém que vivesse no estado, sequer conhecia alguém que morasse ou tivesse vivido lá. Tudo isso Fabiana apurou com faro fino e o rigor de seus métodos. Demorou-se na região, pesquisou, entrevistou outras pessoas, avaliou com cautela.

Na oportunidade, o vidente lhe contou que, um ano antes do crime, enviara uma carta ao próprio Alexandre, sugerindo que se cuidasse e o alertando para o risco de ser assassinado em alguns meses. Como Alexandre nunca mencionara essa carta — o que provavelmente faria se a tivesse recebido —, Carlos Eduardo deduziu que a correspondência, se, de fato, foi enviada, não chegou ao destino. Talvez fosse mentira e o vidente, impostor.

O mais extraordinário veio cerca de um ano após os telefonemas e a visita a Minas Gerais, quando Carlos Eduardo, Rodney e os investigadores chegaram, precisamente, aos nomes que constavam da lista de acusados composta pelo vidente — nomes que, na época das ligações, eram inteiramente desconhecidos para os policiais e o juiz. Não houve qualquer influência da estranha previsão sobre o trabalho policial. Os investigadores nunca levaram a sério as acusações do vidente. Pelo menos até se darem conta de que os nomes eram os mesmos. Aí sim, renderam-se, pasmos, à evidência perturbadora.

Nada disso foi referido nos autos. Carlos Eduardo e Rodney avaliaram que a declaração transcrita acima e as informações orais transmitidas nos telefonemas não poderiam funcionar judicialmente como peças de apoio à acusação, por motivos óbvios: prescindem de bases comprováveis, racionais e empíricas. Além disso, a mera menção a esse material tornaria a acusação vulnerável a críticas da defesa, a qual, apoiando-se em uma retórica fácil, poderia tentar desmoralizar todo o trabalho de investigação, insinuando que tudo não passaria de delírio místico de um bando de irracionalistas supersticiosos. Ou seja, esse material poderia contaminar e desconstituir a legitimidade do conjunto de provas. Sobretudo sabendo-se que pesam contra o suposto visionário acusações graves de impostura. Reportagem exibida pelo *Fantástico*, da Rede Globo, denunciou manipulação de cartas, carimbos, registros e documentos, que teriam forjado, inclusive, identificação profética do local em que se escondia Saddam Hussein, pela qual o governo americano prometia pagar uma fortuna. Portanto, o místico caíra do pedestal em que setores da mídia o haviam situado, ante alguns supostos acertos de suas previsões. Como é que um embusteiro desmascarado poderia ser citado como reforço de denúncias muito sérias e, judicialmente, bem fundamentadas?

Mas o fato é que pelo menos uma carta e os telefonemas estão aí, no mundo, constituindo parte da realidade material, qualquer que seja sua origem ou natureza. Goste-se, respeite-se, compreenda-se, aceite-se ou não. O que fazer com a parte da realidade que não se encaixa em nossos esquemas mentais e códigos explicativos? Os autores preferem admitir sua ignorância e acatar, com humildade, a realidade, em toda a sua surpreendente e enigmática complexidade. Mesmo que ao preço de suas convicções e teorias sobre o que pode ou não ser real. Se a vida transborda o limite de nossas teorias, doutrinas, ideologias e convicções, pior para elas.

17. A Cara do Brasil

Estamos na metade de 2009. Até o momento, sete acusados de participação no assassinato de Alexandre foram julgados e condenados:

— Odessi Martins da Silva, o Lombrigão, condenado a 25 anos e oito meses, pela execução.

— Giliarde Ferreira de Souza, o Gi, condenado, também pela execução do juiz, a 24 anos e seis meses de detenção.

— Sargento PM Heber Valêncio, condenado a 20 anos e três meses de reclusão, por intermediar o crime.

— Sargento PM Ranilson Alves da Silva, condenado a 15 anos de prisão, pelo mesmo motivo.

— Fernandes de Oliveira Reis, o Fernando Cabeção, condenado a 23 anos, pelo mesmo motivo.

— André Luiz Tavares, o Yoshito, condenado a oito anos e quatro meses de prisão, em regime semiaberto, por emprestar a motocicleta aos assassinos.

— Leandro Celestino de Souza, o Pardal, condenado a 15 anos e dois meses de prisão, em regime fechado, por emprestar a pistola 765, usada no crime.

Os demais, que têm importantes conexões na sociedade e no mundo político, ainda aguardam julgamento.

O ex-policial civil, bacharel em direito e empresário Benedito Dutra Antunes Castro, o Bidú, acusado de ter sido um dos mandantes do assassinato de Alexandre e indicado a júri popular, recorreu ao STJ, solicitando a anulação de seu pronunciamento pela 4ª Vara Criminal de Vila Velha. Aguarda a resposta em liberdade.

Coronel PM reformado, William Gama Petrarca, também indicado a júri popular pelo então juiz da 4ª Vara Criminal de Vila Velha, Sérgio Ricardo de Souza, também recorreu ao STJ com idêntico propósito: anular o pronunciamento da 4ª Vara. O mérito está em análise, com o ministro Arnaldo Esteves Lima.

Petrarca permaneceu preso até o final de 2008, no quartel sede do Comando-geral da PM, mas não perdeu seu lugar na Polícia Militar do Estado do Espírito Santo e continua recebendo seu salário de coronel reformado (R$ 12.000,00 — doze mil reais —, aproximadamente). Foi solto em função de um habeas corpus, concedido pelo ministro do Supremo Tribunal Federal, Marco Aurélio Mello, no dia 10 de dezembro. Chegou a ser um dos presos provisórios mais antigos do Brasil. Esteve detido por seis anos. Até fins de 2008, o único processo que o mantinha preso era aquele pelo qual havia sido detido, originalmente: o assassinato do empresário Antônio Costa Neto; o chamado crime de Colatina. Pelo caso Alexandre, estava e continua respondendo em liberdade. Em 2008, foi pego com um celular na cela, o que provava a facilidade que tinha para comunicar-se com seus asseclas na rua.

Reza a lenda que ele teria ameaçado os magistrados e policiais capixabas, prometendo matar quem ousasse condená-lo ou retirar-lhe a farda. Alexandre tentou; conhecemos o desfecho. Carlos

Eduardo e Rodney continuam tentando. Por isso, figurariam no topo de uma suposta lista que, dizem, Petrarca carrega consigo para um futuro acerto de contas. Esperemos que a lenda seja mesmo apenas uma lenda.

O juiz Mário Sérgio Seixas Lobo está livre. Seu processo teve de ser reiniciado, porque o STF, por intermédio do ministro Marco Aurélio, reconheceu, dois anos depois de ter sido provocado a se pronunciar, que Mário Sérgio, conforme afirmava sua defesa, estava aposentado e que, portanto, teria de ir a júri popular, em vez de ser julgado pelo Tribunal de Justiça. Portanto, apesar de o processo, presidido pelo desembargador Amantino Figueira Neto, já estar concluído para sentença, os trabalhos voltaram à estaca zero.

Os acusados pela execução e seus auxiliares diretos, que estão condenados e presos, são pobres, moravam em bairros pobres e têm baixa escolaridade. Os dois policiais condenados ocupam posições subalternas na corporação militar.

Por outro lado, os três acusados pelo planejamento e a contratação dos executores ainda aguardam julgamento. Em liberdade. Eles têm graus elevados de escolaridade e níveis de renda altos. Por sua vez, o policial envolvido é um coronel, isto é, ocupa a posição hierárquica superior na instituição.

Essa não é a cara de nosso país?

***

O Espírito Santo mudou bastante — para melhor. O Brasil deu alguns passos positivos (modestos, modestíssimos e trôpegos), inclusive nessa matéria tão sensível: a desigualdade no acesso à Justiça, que é uma das manifestações mais dramáticas de nossas desigualdades. Mas as transformações estão longe de terem sido suficientes.

Uma das formas de colaborar para que os avanços se aprofundem, consolidando o estado democrático de direito, é compartilhar experiências e contar a história contemporânea de nosso país ao maior número possível de brasileiros, ultrapassando o bloqueio que a indiferença provoca. Indiferença que pode não ser um sintoma de insensibilidade, mas a defesa que cada um encontra para proteger-se contra os horrores da violência e da injustiça. Aí está, portanto, nossa modesta contribuição: o relato da história das lutas recentes contra o crime organizado no Espírito Santo.

Outra maneira de ajudar a empurrar o processo civilizador na direção democrática e saudável é salvar nossos heróis do esquecimento.

Aí está, com o retrato honesto do jovem Alexandre Martins de Castro Filho, mártir da Justiça, nossa declaração de amor ao futuro.

Apesar de tudo.

Agradecimentos

Agradeço a Miriam Krenzinger A. Guindani as críticas e sugestões fundamentais, a confiança e o incentivo constante ao longo dos anos em que trabalhei neste livro, desde as primeiras viagens e entrevistas até a revisão final; a Luis Eduardo Ribeiro, o auxílio competente e sensível na pesquisa, e as ótimas indicações; a Isa Pessôa, a rica leitura crítica dos originais e as excelentes recomendações; a Roberto Feith, a confiança e as sugestões; a Lucia Riff, o apoio cujo valor é inestimável; a Katia Mello, a gentileza e a parceria; a Ricardo Vieiralves (reitor da UERJ) e Lindberg Farias (prefeito de Nova Iguaçu), a solidariedade; a meus colegas da Secretaria Municipal de Assistência Social e Prevenção da Violência, de Nova Iguaçu —especialmente a Tiago Borba —, o companheirismo e o compromisso com os direitos humanos; a Domingos de Oliveira e José Padilha, por partilharem a sabedoria; a Luiz Martins, Adonay Diettrich Mallet de Lima e Benedicto Machado São Christovão, o estímulo inspirador e os exemplos que irradiam esperança; a Eugênio Davidovich, a ajuda na desobstrução de caminhos internos; a André Rego, a competência mais que profissional; a Ekke Bingemer, a afetuosa generosidade; a meus pais, Marcello e Marilina, e meu irmão, Marcelo, a solidariedade ilimitada, do feijão com arroz ao Macintosh; a Liane e José Carlos, a permanente disposição fraternal de colaborar; a minhas filhas, Bruna e Paula Soares, o apoio carinhoso.

Ao governador Paulo Hartung, a permanente abertura ao diálogo e o exemplo de que é possível mudar um estado (e o Estado) para melhor, na linha da civilização, da legalidade constitucional, dos direitos humanos e da democracia, a despeito de todas as contradições e dificuldades.

A todos os policiais, promotores, advogados, jornalistas, professores, pesquisadores, juízes, cidadãos, militantes dos direitos humanos e lideranças da sociedade civil que, no Espírito Santo, compartilharam seu conhecimento e o patrimônio valioso de sua experiência. Sou-lhes grato também pela demonstração de que, apesar de tantos motivos para ceticismo, é nosso dever não perder a fé na sociedade que nossos netos vão construir.

Luiz Eduardo Soares

* * *

Ao colega Alexandre Martins de Castro Filho, que, juntamente comigo, recebeu a missão de enfrentar o problema judicial das prisões capixabas, e da criminalidade organizada instalada neste belíssimo estado que é o Espírito Santo.

O apoio e a coragem deste nobre colega da magistratura me incentivaram e deram forças para continuar a luta. Alexandre foi, é e sempre será uma inspiração para as pessoas de bem, eis que cumpriu sua missão de forma destemida, honrada e competente, digna de registro em uma obra literária como este trabalho, que faço em sua memória.

Aos bons policiais, promotores e juízes capixabas, bem representados por nomes como o de Fabiana Maioral, Rafael Pacheco, Otávio Gazir, Marcelo Zenkner, Gustavo Senna Miranda e Grécio

Nogueira Grégio, que continuam na defesa da reconquista de nosso estado contra a criminalidade organizada, para que futuramente o Espírito Santo possa deixar de parecer um paraíso jurídico para a criminalidade. Nunca conseguirei realmente retribuir tudo que minha esposa Paula e meus filhos fazem por mim. Vivem cada segundo do desafio que é a minha busca pela Justiça, entendendo e estimulando tudo que faço.

Tenho que agradecer muito por meus pais que já partiram, José e Marylda, pois me deram referências de integridade, amor e família, sem as quais não seria o que sou hoje.

Depois, agradecer pelos irmãos que Deus me deu, Mara, Clécio e Cláudio, cada um com seu jeito, pois é com eles que sempre dividi meus espaços e pude crescer. É neles que sei poder confiar eternamente.

Finalmente, agradeço a Deus por não me fazer sonhar muito alto. Assim, todas as conquistas pequenas ficam enormes. Hoje acho que tenho muito mais do que sempre sonhei. Por isso, minha vida é maravilhosa.

Carlos Eduardo Ribeiro Lemos

***

Agradeço a meus pais, Heitor e Ilma, minha esposa Raquel, meus filhos Rubens, Renan, João Pedro e Alexandre, por nunca terem deixado de apoiar e incentivar, apesar de todo o sofrimento a que têm sido submetidos nessa caminhada. Aos meus amigos José Roberto Santoro, Henrique Herkenhoff e Fernando Herkenhoff, Fabiana Maioral, Marcelo Zenkner, Ana Emília Gazel Jorge, Geraldo Scarpellini, Carlos Alberto de Almeida Junior, Clarissa Figueiredo, Grécio Gregio, Souza Reis e tantos outros, pela ajuda e solidariedade nos momentos mais difíceis no Espírito Santo. Ao governador Paulo Hartung, por ter confiado em um policial novo a missão de coordenar os esforços do governo no combate ao crime organizado no estado e, mesmo diante das imensas dificuldades e pressões, não deixar de acreditar em nosso trabalho. A Deus, porque sem Ele nada posso.

Rodney Rocha Miranda

* * *

Os três autores prestamos homenagem à memória de Patrícia Segabinazzi de Freitas, pessoa admirável, delegada exemplar da PF, e subsecretária de segurança no Espírito Santo, cujo trabalho competente foi fundamental para o desvendamento do assassinato de Alexandre e a afirmação do estado democrático de direito. Gostaríamos também de homenagear as lideranças da sociedade civil capixaba, que nunca se deixaram acuar pelo terrorismo do crime organizado, e jamais fugiram à luta pelos direitos humanos e a democracia.

© 2008, Luiz Eduardo Soares

Todos os direitos desta edição reservados à
EDITORA OBJETIVA LTDA., rua Cosme Velho, 103
Rio de Janeiro – RJ – CEP 22241-090
Tel.: (21) 2199-7824 – Fax: (21) 2199-7825
www.objetiva.com.br

Capa
Tecnopop / Marcelo Pereira e André Lima

Revisão
Diogo Henriques
Joana Milli
Héllen Dutra

Editoração eletrônica
Abreu's System

CIP-BRASIL. CATALOGAÇÃO-NA-FONTE
SINDICATO NACIONAL DOS EDITORES DE LIVROS, RJ
S652e

    Soares, Luiz Eduardo
      Espírito Santo / Luiz Eduardo Soares, Carlos Eduardo Ribeiro Lemos, Rodney Rocha Miranda. - Rio de Janeiro : Objetiva, 2009.

      235p.   ISBN 978-85-390-0024-1

      1. Juízes - Brasil - Ficção. 2. Crime organizado - Investigação - Espírito Santo- Ficção. 3. Ficção brasileira. I. Lemos, Carlos Eduardo Ribeiro. II. Miranda, Rodney Rocha. III. Título.

09-3877.   CDD: 869.93
                                      CDU: 821.134.3(81)-3

Conheça mais sobre nossos livros e autores no site
www.objetiva.com.br
Disque-Objetiva: (21) 2233-1388

Este livro foi impresso na
LIS GRÁFICA E EDITORA LTDA.
Rua Felício Antônio Alves, 370 – Bonsucesso
CEP 07175-450 – Guarulhos – SP
Fone: (11) 3382-0777 – Fax: (11) 3382-0778
lisgrafica@lisgrafica.com.br – www.lisgrafica.com.br